ELIZABETH ACEVEDO

W0186382

SUR LE VIF

Traduit de l'anglais (États-Unis)
par Clémentine Beauvais

Nathan

*La traductrice souhaite remercier Elodie Malanda
pour ses conseils et son aiguillage.*

L'édition originale de ce livre a été publiée pour la première fois
en anglais aux États-Unis par les éditions Harper Teen, une marque
de HarperCollins Publishers, 195 Broadway, New York, NY 10007,
sous le titre *With the Fire on High*.

Copyright © 2019 Elizabeth Acevedo
Tous droits réservés

Traduction française © 2021 Éditions Nathan, SEJER,
92, avenue de France, 75013 Paris
Loi n° 49-956 du 16 juillet 1949 sur les publications destinées
à la jeunesse, modifiée par la loi n° 2011-525 de 17 mai 2011.
ISBN : 978-2-09-259398-1
Dépôt légal : juillet 2021

Aux femmes de ma famille,
qui ont, quand j'en ai eu besoin, recollé mes morceaux
et ont offert une base de lancement à mes rêves.

Première Partie

L'ACIDE

RECETTE FAÇON EMONI

« QUAND LA VIE TE DONNE DES CITRONS, FAIS DU TEMBLEQUE À LA VERVEINE CITRONNÉE. »

Occasion : quand il manque à ton cœur
la personne que tu aimes

INGRÉDIENTS :

Deux boîtes de lait de coco
Une poignée de sucre blanc
Quatre cuillères à soupe de Maïzena
Une pincée de sel
Une petite touffe de feuilles de verveine citronnée
Un petit fagot de gousses de vanille
Un soupçon de cannelle

PRÉPARATION :

1. Dans une casserole, fais chauffer le lait de coco jusqu'à ébullition. Ébouriffe les feuilles de verveine citronnée, frotte-les aux gousses de vanille et ajoute tout ça au lait de coco bouillant. Laisse infuser.

2. Un quart d'heure plus tard, mélange le lait infusé, le sel, le sucre et la Maïzena. Remue jusqu'à ce que la Maïzena soit complètement dissoute. Laisse bouillir sans cesser de remuer, jusqu'à ce que ça s'épaississe comme une crème.
3. Verse dans un grand bol à céréales et recouvre de film alimentaire. Mets au frigo pour cinq heures.
4. Démoule et saupoudre de cannelle.

Suggestion de dégustation : en rêvassant de palmiers, avec en fond sonore un tube d'Héctor Lavoe.

Premier jour

Babygirl ne bronche même pas quand je lui défais sa natte pour la quatrième fois. Lèvres serrées, tendue. En fin de compte, c'est moi qui suis au bord des larmes – on va être en retard toutes les deux, à ce rythme-là.

– Pardon, Babygirl, je sais que ça fait mal. Maman veut pas que t'aies l'air d'un épouvantail.

On dirait que ça lui fait ni chaud ni froid que je m'excuse, sans doute parce que : 1) je serre pas les nattes assez fort pour que ça lui fasse mal (c'est pour ça, d'ailleurs, que ça part dans tous les sens), et 2) Babygirl est en train de regarder *Vaiana*. Et *Vaiana*, elle adore. Alors du moment que je la laisse regarder *Vaiana*, elle me laisse tripoter ses cheveux jusqu'à la fin des temps. Heureusement, Angelica me laisse utiliser ses codes Netflix. Je me rapproche du bord du canapé pour attraper les petits cheveux à la naissance du front. C'est le plus difficile, faut commencer la natte bien serré, bien petit, sinon ça prend pas.

– Emoni. C'est l'heure d'y aller pour toi. Laisse, je m'occupe de sa coiffure.

Je ne jette même pas un coup d'œil à 'Buela, campée dans l'escalier qui mène aux deux chambres à l'étage.

– C'est bon, 'Buela, t'inquiète, j'ai presque fini.

– Tu vas être en retard au lycée.

– Je sais, mais…

Je ne termine pas ma phrase – pas besoin. Ma grand-mère comprend toujours, à sa manière.

Elle s'approche, récupère le peigne posé sur le canapé.

– Mais tu voudrais bien pouvoir la déposer.

Je me mordille la lèvre. J'ai bossé dur pour pouvoir mettre Babygirl dans une bonne crèche; malgré la liste d'attente, j'ai appelé et rappelé, et je suis allée sonner chez Mamá Clara, la dame qui dirige la garderie, jusqu'à ce qu'elle arrive à nous trouver une place. Maintenant que Babygirl y va pour de vrai, je balise. Deux ans qu'elle est sur terre, et elle n'a jamais été loin de sa famille. Je tresse ses cheveux jusqu'au bout du bout. Un motif simple: nattes droites, plaquées. Avec un élastique rose assorti à ses vêtements: petite chemise blanche à collerette, pull rose. Elle est trop trop mignonne. J'ai pas pu me permettre de lui acheter plus de trois nouveaux ensembles pour la crèche, mais je suis contente d'avoir cassé la banque pour celui-ci.

Je fais pivoter la chaise de Babygirl pour lui faire face, mais je la grille en train d'essayer de continuer à regarder *Vaiana* du coin de l'œil. Ça me fait rire, même si j'ai l'estomac noué. Babygirl est encore petite, mais elle a déjà compris comment filouter.

– Babygirl, Maman doit aller au lycée. Tu seras gentille avec les autres enfants et tu fais bien attention à ce que dit Mamá Clara, comme ça, t'apprendras plein de choses, OK ?

Babygirl hoche la tête, comme si je venais de lui faire un speech à la Jada Pinkett Smith sur les recettes du succès. Je la serre contre moi, enfin, pas trop fort, histoire de ne pas faire frisotter les nattes que je viens de passer une heure à tresser. Un dernier bisou sur le front, une grande inspiration, et j'attrape mon sac de cours sur le canapé, sans oublier de passer un coup d'éponge sur la housse en plastique, sinon 'Buela va se fâcher.

– Oublie pas son goûter, 'Buela. Mamá Clara a dit qu'il fallait l'apporter tous les jours. Ah, et son jus de fruits ! Tu sais comme elle est difficile.

Je me penche vers 'Buela pour ajouter en douce :

– Je lui ai aussi mis une petite bouteille d'eau. Je sais qu'elle aime pas ça, mais j'ai pas envie qu'elle ne boive que des trucs sucrés, tu vois.

'Buela réprime un sourire en me poussant vers la porte, tendre main autour de ma taille.

– Tu me donnes des cours sur la manière d'élever les gosses ? Nena, enfin ! C'est pas moi qui t'ai élevée, peut-être ? Et ton père aussi ?

'Buela me pince le dos, caresse mon chignon haut.

– Tout va bien se passer, Emoni. Et toi aussi, profite bien de ta rentrée. Sois gentille avec les autres enfants. Apprends.

Je me penche vers elle brièvement, j'inspire son parfum, vanille, toujours le même.

– Bendición, 'Buela.

– Que Dios te bendiga, nena. Que Dieu te bénisse.

Elle me donne une tape sur les fesses et ouvre la porte. Le vacarme de West Allegheny Avenue me souhaite la bienvenue : klaxons, crissements de freins de bus, voisins qui se hurlent des bonjours dans un spanglish rapide d'un coin à l'autre de la rue – et les mères, depuis les fenêtres ouvertes, qui donnent des consignes de dernière minute à leurs enfants. La porte se referme derrière moi, et pendant une fraction de seconde ma respiration s'accorde pile poil au clic du loquet. Derrière cette porte en bois, tous les amours de ma vie. Je presse mon oreille contre le linteau, j'entends comme un applaudissement, et puis la voix de 'Buela, aiguë, joyeuse :

– Eh ben alors, mon Emma ! On va devenir une grande, aujourd'hui !

Je resserre les bretelles de mon sac à dos. Petit speech pour me motiver, à fond les ballons dans l'escalier :

OK, Emoni. On va devenir une grande, aujourd'hui.

Emma

Je voulais donner un joli nom à Babygirl. Un nom qui n'en dise pas trop sur elle avant de la rencontrer, pas comme le mien. Parce qu'il n'y a pas une seule fille blanche qui s'appelle Emoni, et certaines personnes, dès qu'elles voient mon prénom sur un CV ou une candidature à l'université, croient savoir exactement à quoi s'attendre. Elles en savent beaucoup plus sur moi qu'elles le devraient, et merde – je veux dire, mince –, c'est pas gratuit, ce genre d'info, alors le nom de ma fille à moi, il révèlera rien du tout à ceux qui le méritent pas. C'est pour ça que j'ai bataillé contre Tyrone pour qu'il me laisse l'appeler Emma.

– Tu veux juste qu'elle ait les mêmes lettres que toi.

Tyrone et ses râleries.

– Non. Je veux qu'elle ait un prénom moins comme les nôtres, j'ai dit.

Et je me souviens plus si j'ai embrassé la joue de Babygirl toute neuve, ou pas.

Mais je sais qu'à ce moment-là, j'ai été émue, très fort; j'ai voulu faire tout ce que je pouvais pour donner à ma fille le meilleur départ dans la vie. Et même si nos prénoms ont des lettres en commun, le mien sonne comme trois coups de sabre: E-Mo-Ni. Le sien, il est doux, il vogue sur la langue comme un murmure à demi-rêvé.

De toute façon, Tyrone était en retard le jour où j'ai rempli le certificat de naissance, alors c'était Emma, un point c'est tout. Je sais qu'un prénom, c'est pas assez pour s'assurer un tout nouveau départ, mais au moins elle aura une chance de mettre un pied dans la porte, de montrer aux gens qu'elle gagne à être connue.

Sisters

Angelica m'attend au coin de la rue, comme toujours, enfin depuis la primaire. Ses cheveux longs et sombres sont méchés rouge vif comme son rouge à lèvres. Elle trépigne, en legging, le plus moulant que j'aie jamais vu de ma vie.

Je stoppe à quelques mètres, coup d'œil de haut en bas.

– Meuf, les mecs vont faire une attaque ! Et c'est que le premier jour !

Elle noue son bras au mien, et on va à l'arrêt de bus.

– Tu sais que j'en ai rien à foutre des mecs. Les gos, par contre… J'étais sur les réseaux et y en a qui sont devenues bien fraîches pendant l'été !

Je me marre, faussement désapprobatrice.

– Elle est au courant, Laura, du genre de meuf sur qui elle est tombée ?

Angelica sourit, et juste un instant elle a l'air presque aussi angélique que son prénom.

– Mais nan, elle sait bien, ma chérie, que je touche qu'avec les yeux… Je veux juste qu'elle sache que je peux partir si je veux. J'ai d'autres options !

Angelica a fait son coming-out l'année dernière et, une fois ses Air Max débarrassées de la poussière du placard, elle a pas regardé en arrière. Deux mois après le coming-out en famille et au lycée, elle a rencontré Laura dans un atelier de design graphique pour ados au Philadelphia Museum of Art. Laura, sa meuf, dit qu'elle descend des Vikings, et elle leur ressemble, en effet : grande, épaules larges, et de douces mains d'artiste. J'ai tout de suite su qu'elle tiendrait le cœur de mon amie avec précaution.

– C'est ça ! Je vois bien tout ce que tu postes sur Laura. Au prochain selfie trop choupinet, je supprime mon compte. Non, même pas : je hacke ton compte à toi et je le supprime !

– Arrête de faire ta hater. Comment ça va avec Tyrone ? Toujours un connard ?

Je lui file une tape sur le bras.

– C'est pour ça que je te laisse pas approcher Babygirl. Tu jures comme une poissonnière.

– Tu t'es regardée ?

Elle me dévisage, pince les lèvres.

– OK, mais c'est à cause de toi si je suis comme ça. Et je fais de gros efforts, maintenant.

J'ai laissé sortir un gros mot il y a quelques semaines en face de Babygirl et j'ai failli faire une crise d'apoplexie quand je l'ai entendue tenter un « féch… féch… féch… » comme pour s'exercer à le dire. Depuis, je me bride.

– Et comment elle va, ma filleule ? Je l'ai pas vue depuis… quand, déjà ? Samedi ?

On se marre. Malgré les gros mots, Angelica a un super contact avec Babygirl et vient toujours s'occuper d'elle quand 'Buela et moi, on n'est pas dispos. Maintenant que Babygirl a deux ans, 'Buela insiste : c'est à moi de prendre toutes mes responsabilités pour l'élever. C'est pas un problème en soi, parce que Babygirl est le bébé le plus cool du quartier. Mais bon, pas facile de cumuler le boulot, le bébé, et maintenant la nouvelle année de lycée, sans que 'Buela ait le même rôle qu'avant. Et même si je dis rien, j'en pense pas moins : oui, Tyrone agit toujours comme un connard, un salaud, un *boloss*. Qui dit encore *boloss* ?

– Allô, Emoni, est-ce que vous me recevez ?

Angelica fait claquer ses doigts devant mon nez.

– Pardon, j'ai zoné trois secondes. Tu disais quoi ?

Angelica pousse un soupir théâtral. Chaque fois qu'Angelica soupire, c'est du théâtre.

– Jamais tu m'écoutes.

Je décroche mon bras du sien.

– Fais pas ta drama queen. Je fais que ça, t'écouter.

– Je te parlais du dîner que t'avais laissé quand je suis venue babysitter Babygirl. T'appelles ça comment, déjà ?

– Pollo guisado – ragoût de poulet. Ça t'a plu ?

Angelica mange chez moi depuis qu'on est petites, mais comme je passe mon temps à bidouiller les recettes, c'est jamais deux fois la même chose.

– Je me suis dit que j'avais déliré en ajoutant le chou vert à la fin. C'était pas dans la formule de base.

– C'était tellement trop bon. Je me demandais : tu pourrais en faire pour Laura et moi ? C'est notre anniversaire de six mois dans un mois ! Je me disais qu'on pourrait se faire un dîner romantique chez moi, vu que ma mère sera pas en ville.

– C'est jamais romantique, un dîner à la maison, Gelly.

Le bus accoste et on grimpe avec les autres gens, qui, comme nous, vont au lycée ou bosser près de Yorktown et de Fairmount et, pour certains, même encore plus loin, au sud, à Center City.

– Ce sera romantique si c'est toi qui le fais !

On trouve un endroit où se tenir, accrochées aux lanières au-dessus de nos têtes, et les dix minutes de soubresauts dans le bus commencent.

– Je suis cantinière, maintenant ? T'as du bol que je t'aime autant.

– Nan. J'ai du bol que t'aimes autant cuisiner, et que tu rates jamais une occasion de prendre tes potes comme cobayes. Cheffe Emoni Santiago, prochaine championne de *Chopped: Défi en Cuisine* !

Je me marre, et je sors mon portable. Histoire de prendre quelques notes pour le dîner de Gelly.

Magie

Quand on lui demande de raconter l'histoire, 'Buela commence toujours pareil.

J'avais l'âge de Babygirl, ou à peine plus, et je suivais tout le temps 'Buela à la cuisine. Je passais mon temps à table, à grignoter des sous-marques de Cheerios, ou du riz, ou tout ce qui me tombait sous la main et qui tenait dans ma bouche. Pendant ce temps, elle mettait El Gran Combo ou Celia Cruz ou La Lupe à fond sur sa vieille radio, et se déhanchait, une cuillère à la main, la casserole dans l'autre. Elle ne se souvient pas de ce qui s'est passé ce jour-là en particulier – si mon père, Julio, n'était pas arrivé à l'heure prévue (il rentrait une fois par an de San Juan), ou si c'était un jour où elle s'était fait réprimander au boulot (elle avait trop traîné à prendre les mensurations des gens), mais en tout cas, cet après-midi-là, elle n'avait pas mis la radio, et elle ne se sentait pas tout à fait elle-même, devant ses fourneaux. À un moment, elle a dû oublier que j'étais là, parce qu'elle a jeté le chiffon par terre et elle est partie. Elle est partie comme ça, de la cuisine, du salon, elle a franchi la porte d'entrée, et elle a disparu.

On n'arrive pas à se mettre d'accord sur ce qu'elle était en train de cuisiner. Elle dit que c'était un ragoût, rien qui brûle vite, mais même si mes souvenirs sont tout cotonneux d'enfance, je me rappelle que c'était une marmite de moro – du riz, des haricots, des ingrédients qui absorbent l'eau, c'est sûr. 'Buela raconte qu'elle est juste sortie se poser sur les marches de l'immeuble pour se changer les idées et que quand elle est revenue, dix minutes plus tard, j'avais poussé le tabouret jusqu'à la gazinière. J'avais mis des épices en attente sur le plan de travail, et mon petit bras était à moitié enfoncé dans la marmite, à touiller.

Alors évidemment : elle a. Pété. Un câble. Elle a cru que j'allais me brûler moi, ou brûler le dîner, ou pire, brûler la maison ('Buela vous dirait que c'est pas dans le bon ordre, et d'accord, elle aurait été super embêtée que je me fasse mal, mais sérieux, si j'avais mis le feu à l'appartement ? Pas moyen de se remettre d'un coup comme ça). Enfin, bref, rien n'avait brûlé. D'ailleurs, quand 'Buela a goûté ce plat (qui reste donc un mystère), elle a dit que c'était la meilleure chose qu'elle ait jamais mangée de toute sa vie. Que ça avait rendu sa journée plus belle, plus douce. Qu'un souvenir de Porto Rico auquel elle n'avait pas repensé depuis des années était venu la prendre comme un hamac des îles tropicales pour la bercer. Chaque fois qu'elle raconte cette histoire, elle change de comparaison, mais c'est toujours doux comme ça. Tout ce que je sais, c'est qu'elle a pleuré dans son assiette ce soir-là. C'est comme ça qu'à même pas quatre ans, j'ai appris qu'un souvenir heureux pouvait faire pleurer.

Depuis, 'Buela est convaincue que j'ai de la magie au bout des doigts question cuisine. Et je sais pas si c'est vrai que j'ai un truc en plus, ou si c'est parce qu'elle me le répète tellement que j'ai fini par y croire, mais il y a une chose que je sais : la cuisine, c'est l'endroit au monde où je suis la plus heureuse. C'est le seul endroit où je me lâche, où je peux me concentrer sur les fondamentaux : la saveur, l'odeur, la texture, l'unité, la beauté.

Et c'est vrai qu'il se passe quelque chose quand je cuisine. J'imagine un plat, et c'est comme si je savais que si je bricole par-ci par-là, si je fais ma sazón à moi, au bout du compte j'aurai un plat qui n'a jamais encore été inventé. Angelica pense que c'est parce qu'avec notre vie de quartier, on n'a jamais les bons ingrédients – alors faut innover, baby. Ma tante Sarah dit qu'on a ça dans le sang, un besoin inné de raconter des histoires avec la nourriture. 'Buela dit que c'est une bénédiction, c'est sûr – de la magie. Que ce que je cuisine, c'est pas juste bon, c'est la *bonté* même – de la bonté à la louche qui te réchauffe et te fait aimer la vie. Moi, je crois simplement que je sais que telle herbe va aller avec tel légume et telle viande, et qu'avec un soupçon de ceci, de cela, tout ira bien.

Et puis, dans le pire des cas, un jet de citron vert et une petite bouteille de sauce piquante, et personne n'en mourra.

Auteurs de nos vies

– Bon, beauté, on se retrouve à la cantine ? me lance Angelica quand on arrive à ma salle de vie de classe.

Salle de vie de classe, c'est le nom qu'ils donnent à la salle de perm' pour faire important.

– Oui, tu me gardes une place près de la fenêtre si t'es là avant moi ? Ah, et puis oublie pas de me prendre…

– De la compote de pommes si y en a presque plus, je sais, Emoni.

Un sourire, et Angelica s'éloigne. Elle me connaît, c'est vrai. J'adore la compote de pommes de la cantine. Surdosée en cannelle.

Ms. Fuentes est ma prof principale depuis que je suis entrée à Schomburg Charter, et notre salle de vie de classe ne change jamais. Toujours le même panneau au-dessus de la porte : « L'auteur de l'histoire de ta vie, c'est toi. » Ce panneau nous guette, nous les vingt dont elle s'occupe depuis le jour où on est arrivés, tout fraîchement lycéens. Même si j'ai arrêté de lever les yeux au ciel en le voyant, je trouve toujours ça gnangnan. Enfin bon, la vie de classe, c'est le meilleur moment de la journée, même si c'est aussi le plus court. C'est là où Ms. Fuentes fait l'appel, passe des annonces, nous coache pour l'université et nous fait faire des exercices pour mieux nous connaître nous-mêmes. Mais surtout, c'est le seul cours où on est les vingt mêmes élèves depuis le début du lycée. Alors on se dit des choses qu'on ne peut dire dans aucun autre cours.

Ms. Fuentes, qui détaillait les stores de la fenêtre, me grille en train de regarder son panneau.

– Ms. Santiago. Vous avez passé un bon été ?

Elle ajuste les stores pour laisser filtrer plus de lumière. C'est son truc, d'appeler les gens Mr. ou Ms. Depuis notre arrivée, quand on avait quatorze ans. Je m'installe à ma table au deuxième rang, le plus près de la porte. C'était nickel comme place quand j'étais enceinte et que je filais aux toilettes toutes les cinq minutes, et j'ai pas déménagé depuis.

Je hausse les épaules.

– Ça va. Nouveau job. Et vous ?

Ms. Fuentes arrête de tripoter les stores et me jette un regard en biais.

– Mais quelle bavarde ! Ça fait plaisir, une élève qui croit en la valeur des mots de plus d'une syllabe.

Mais en vrai, ça la fait rire. Elle ne me l'a jamais dit, mais je sais bien que je suis parmi ses préférés. Je lui souris aussi. Par petites grappes, d'autres élèves entrent dans la salle.

– Ah ouais, vous avez travaillé votre sens du sarcasme cet été, Ms. Fuentes, ça se voit. C'est bien mieux maintenant.

Elle laisse ses fenêtres tranquilles et se rapproche de mon bureau. D'une voix douce :

– Comment va Emma ? Et vous vous êtes trouvé quoi, comme travail ?

– Elle va super bien, madame. Et le boulot, c'est chez Burger Frites.

Le vrai nom, c'est Burger Hit, mais moi, j'appelle ça Burger Frites. Le quartier de Temple a changé, alors il y en a qui croient qu'il faut donner des noms bourges aux restaurants, mais désolée, on y mange des burgers-frites et puis c'est tout.

– Vous voyez où c'est ? Pas loin de l'université. Je bosse là-bas après les cours deux soirs par semaine et quatre heures le weekend.

Les jolis ongles manucurés de ma prof tapotent mon bureau. On dirait qu'elle trace du bout des doigts une carte imaginaire des quartiers nord de Philadelphie.

– Oui, j'ai dû y passer. Vous allez réussir à tout gérer avec ce travail en plus ?

J'ancre mon regard à mon bureau.

– Ça devrait aller. C'est pas tant d'heures que ça.

– Si vous le dites. La dernière année, c'est déjà assez stressant comme ça ; essayez de ne pas trop tirer sur la corde…

Je ne sais pas quoi répondre. C'est vrai que c'est pas tant d'heures que ça – d'ailleurs, j'aimerais bien en faire plus. Ça me fait de l'argent de poche, qui couvre quelques courses, un peu de ce que me coûte Babygirl, et ça complète un peu l'allocation handicapé de 'Buela.

Mon silence ne trompe pas Ms. Fuentes.

– J'ai une surprise pour vous, quand la cloche sonnera. Un cours qui vous plaira beaucoup, je crois.

Elle me presse l'épaule et reporte son attention sur Amir Robinson, qui habite le quartier de Strawberry Mansion.

– Bienvenue, Mr. Robinson ! Mon Dieu, vous avez poussé comme un champignon, cet été !

Puis, s'éloignant :

– Ms. Connor, j'ai fait la poussière sur votre bureau préféré au dernier rang…

Cette fille-là

C'était moi, cette fille-là, eh oui – la fille dont ta mère te dit : « Ne sois pas amie avec elle. » La fille qu'elle veut pas que tu deviennes. À peine la première année de lycée pliée, j'avais tellement de bide que je voyais plus mes orteils. Heureusement que Babygirl est née en août ; j'aurais raté mes exams si j'avais dû venir en cours pendant le dernier mois de ma grossesse. Et le truc quand on est enceinte et qu'on est ado, c'est que c'est pas seulement le corps qui change. C'est pas seulement le fait d'aller tout le temps faire pipi, ou d'avoir tout le temps mal au dos. C'est pas seulement que j'avais mal aux pieds, ou que je m'étais mise à faire des plats juste *absurdissimes* (ils étaient toujours tellement bons qu'ils donnaient envie de twerker, mais c'était vraiment du n'importe quoi : genre hamburgers aux macaronis et piments jalapeños, ou tacos à l'agneau sauce jamaïcaine).

Non, les plus gros changements, c'était pas dans mon corps qu'ils avaient lieu.

C'était que 'Buela avait dû gratter des commandes de couture pour compléter son allocation. C'était que les viejos qui jouent aux dominos au coin de la rue dodelinaient de la tête quand je passais devant eux. C'était que des mecs dans le train ricanaient en matant mes seins enflés, mais ça ne les faisait pas me céder leur place. C'était de devoir rattraper toutes les fois où je ratais un contrôle à cause d'un rendez-vous médical ou parce que j'étais trop malade le matin pour aller au lycée.

Quand ils ont appris que j'étais enceinte, Mr. Holderness, le proviseur, et la conseillère d'orientation ont organisé une réunion extraordinaire en salle de conseil. 'Buela a dû venir au lycée, et Ms. Fuentes était convoquée aussi. Mr. Holderness et la conseillère ont proposé de me transférer dans un établissement spécial pour ados enceintes. Mais Ms. Fuentes n'a rien laissé passer. Elle a dit que me changer de lycée en milieu d'année, ce serait difficile comme ajustement et que, comme le bahut en question suivait un programme plus lent, ça repousserait la fin de mes études secondaires. J'étais sûre qu'elle avait appelé 'Buela avant la réunion pour en parler, et elles avaient dû se mettre d'accord, parce que 'Buela a tout de suite fait entendre le même son de cloche. Elle a affirmé que rester à Schomburg Charter, c'était « le levier indispensable de mon éducation et de ma réussite ». Ça sonnait comme une phrase qu'elle aurait répétée devant le miroir, sa bouche sculptant tous ces mots pour qu'ils sortent bien droit, et je me doutais que Ms. Fuentes avait expliqué à 'Buela de quoi il serait question lors de cette réunion. Même moi, je savais pas ce que ça voulait dire, ces mots-là, à l'époque, mais maintenant je sais que Ms. Fuentes s'est battue pour que je reste une élève comme les autres le plus longtemps possible.

J'ai toujours été petite, enfin physiquement pas très grande, alors les gens croient que ma personnalité l'est aussi. Et soudain, gonflée de partout, je suis devenue un panneau d'affichage ambulant : attention, voilà l'ado à la dérive, qui prend trop de place, qui attire trop l'attention.

Immersion

– J'ai deux annonces à vous faire, dit Ms. Fuentes.

– Ms. Fuentes, s'écrie Amir sans lever la main, vous avez pas intérêt à nous dire que vous partez.

– Mais non, certainement pas, Mr. Robinson, répond-elle (et on se retasse sur nos chaises, soulagés). La première chose, c'est que votre emploi du temps va un peu changer. On a fait de nouvelles embauches en août, et ça a eu un impact, évidemment, sur les horaires. Il y a de nouvelles options pour les élèves de dernière année ; je vous fais circuler la liste. La deuxième annonce, c'est qu'on a un nouvel élève.

Grognement général. Dans presque tous les autres cours, les élèves vont et viennent durant l'année et tout le monde s'en fiche. Mais en vie de classe, c'est différent. T'as pas envie de taper la discussion à des inconnus qui vont se barrer bientôt.

– Je sais, je sais. J'ai fait des pieds et des mains avec l'administration pour qu'on garde la vie de classe telle qu'elle est, avec les mêmes élèves, mais il n'y a de place nulle part ailleurs.

J'ai rencontré cet élève, et je pense qu'il est tout à fait à sa place parmi nous. Son inscription a lieu aujourd'hui, mais demain, quand il arrivera, je vous remercierais de bien vous tenir. Voilà. Maintenant, parlons des options.

Ms. Fuentes, souriante, dépose une feuille sur chacun de nos bureaux.

– Lisez cette liste avec attention, réfléchissez au cours qui vous semble le mieux vous correspondre, et on en reparle demain.

Sonnerie ; on récupère nos sacs. Je dis au revoir à Ms. Fuentes en sortant, les yeux rivés sur la longue liste d'options. Tous les classiques sont au rendez-vous : Photographie, Écriture créative, Menuiserie, Danse. Et puis juste là, en bas de la liste :

Arts culinaires : immersion dans la gastronomie espagnole.

L'intitulé du cours enfle comme un ballon, s'élève au-dessus de la page, brouille mon champ de vision – et les autres mots disparaissent. Depuis que je suis à Schomburg Charter, je n'ai jamais entendu parler de cours d'arts culinaires – alors qu'il y a une cuisine professionnelle et une cafétéria désaffectée dans le lycée. C'est là que ce cours va se dérouler, c'est sûr.

Un instant, tout en moi se remplit de petites bulles de joie, comme un bouillon frémissant. Je peux enfin suivre un cours de cuisine, officiellement, et de cuisine traditionnelle en plus.

Et puis tout à coup je me rappelle que c'est ma dernière année de lycée. Le seul choix responsable, c'est garder mon emploi du temps actuel, avec des heures de perm'. Pas me rajouter un autre cours, encore plus de travail.

Je baisse la température sous le bouillon. Jusqu'à ce qu'il ne frémisse plus du tout.

Deux heures plus tard, je retrouve Angelica à l'entrée de la cantine. Elle scrute la file d'attente comme pour trouver quelqu'un qui nous laisserait gruger.

– T'as vu l'option design graphique ? Tu devrais trop la faire avec moi !

Je remue la tête. Elle sait parfaitement qu'il n'y a pas moyen que j'en fasse, de son design graphique à la con. À la noix.

– Gelly, j'arrive à peine à dessiner un bonhomme en bâtons.

Elle cesse de se déboîter le cou quand on arrive en bout de file, et je fouille dans mon sac.

– Tes bonshommes en bâtons sont juste sublimes. Arrête de te rabaisser. Mais OK, y a pas de cours qui puisse rivaliser avec arts culinaires, je me trompe ? Elle est faite pour toi, cette option-là.

Elle me voit sortir mon téléphone et sa main s'abat sur la mienne.

– Meuf, tu fous quoi ? T'as perdu ton cerveau cet été ? Si un surveillant te grille, il te le confisque direct. C'est leur trip ultime.

– 'Buela doit aller chez le docteur à seize heures trente et je risque de ne pas avoir le temps de la contacter plus tard. Je veux juste lui envoyer un SMS rapide pour savoir comment ça s'est passé avec Babygirl à la crèche ce matin.

Angelica s'interpose entre moi et les profs ou les surveillants qui pourraient nous repérer. Les employés de la cantine me voient, mais tout ce qui les intéresse, c'est servir les assiettes et faire avancer la file. Je vérifie que la crèche n'a pas appelé, j'expédie un texto à 'Buela et je remets mon téléphone dans mon sac.

– Merci de m'avoir couverte.

– Tu vas devoir faire pareil pour moi pour que je puisse envoyer à Laura ma photo sexy du jour.

Je me marre. On paie notre déjeuner et on s'achemine vers la table près des fenêtres. Le truc avec Angelica, c'est que c'est un pitbull : quand elle a une idée entre les dents, elle lâche rien. Donc on reparle des options, à peine assises.

– Emoni, je sais ce que t'es en train de faire.

Je grommelle, mords dans mon sandwich. La compote de pommes, c'est pour plus tard.

– De quoi ? je baragouine entre deux bouchées de dinde.

S'ils mettaient un peu de chutney sur le pain, ou un peu de sauce à l'ail, et qu'ils passaient ça sous le gril, ce serait de la bombe, ce sandwich. J'ai les doigts qui me chatouillent, tellement j'ai envie de prendre des notes pour une recette sur mon téléphone.

– Tu fais ta martyre de service. La fille qui veut quelque chose, mais qui s'autopersuade qu'elle ne le veut pas, à cause de Babygirl ou de 'Buela.

Je déglutis. Sérieux ? C'est ça que je suis en train de faire ? Parfois ta best te déchiffre mieux que quiconque.

– Si seulement c'était tout bien tracé chez moi comme chez toi, Gelly. La copine, les rêves d'école d'art, les super notes.

Elle m'agite sa fourchette sous le nez.

– Je connais personne de plus solide que toi, Emoni Santiago. On est en dernière année. C'est la dernière fois qu'on sera ados pour de vrai. Si t'essaies pas un truc nouveau maintenant, t'essaieras quand ?

– Chépa. Peut-être. Ça me dirait bien, d'apprendre à cuisiner comme en Espagne.

Les yeux d'Angelica s'élargissent derrière ses lunettes.

– Meuf, tu sais que c'est pas juste apprendre à cuisiner comme en Espagne. C'est apprendre à cuisiner *en* Espagne. Ma prof principale m'a dit qu'il y a un voyage organisé d'une semaine en été.

Ce n'est pas la première fois que Schomburg propose des cours en immersion. Il y avait eu une option en histoire précolombienne où les élèves étaient allés au Mexique, sur un site archéologique ; et un cours de dessin de mode avec tournée des anciennes usines textiles en Nouvelle-Angleterre. Mais j'étais jamais tentée par ce genre d'options, et il n'y a jamais eu de voyage pour lequel je me suis dit : *Je peux me le permettre*.

Et puis suivre ce cours au lieu de bosser en perm', c'est pas raisonnable, Emoni, et puis ce voyage-là non plus, tu peux pas te le permettre. Mais je dis rien à Angelica. Je prends juste une autre bouchée de mon sandwich, je ferme les yeux et je savoure. Autant ma vie, j'arrive pas à imaginer comment je pourrais l'améliorer, autant ce sandwich, j'ai une bonne centaine d'idées. Parfois, se concentrer sur les choses qu'on peut contrôler, c'est la seule manière de calmer les pincements au cœur qu'on a quand on pense à celles qu'on peut pas contrôler.

Conversations en cuisine

– Eh ben, Babygirl ! T'as déjà bien grandi, dis-moi !

Je la prends dans mes bras et la fais tournoyer dans le salon. 'Buela me flanque une claque de chiffon à poussière sur les fesses.

– Ay, pose-la, Emoni, elle vient de manger des biscuits.

Menacée de vomi, je la cale contre ma hanche, même si elle est de plus en plus lourde, et moi pas de plus en plus costaude.

– T'as appris plein de choses, Babygirl ?

Elle hoche la tête et se love contre mon cou, sa tasse à bec pleine de jus d'orange entre les mains. Je caresse du bout du doigt sa joue dodue. Ses grands yeux marron et ses longs cils, ça vient de mon côté : 'Buela a les mêmes. Ses lèvres ont la forme de celles de son père. Tante Sarah nous a montré des photos de ma mère et d'elle quand elles étaient bébés, et j'aime bien me dire que je retrouve leurs traits dans son petit nez rond et ses petites oreilles en coquilles de noix.

Et puis il y a le reste, qui n'appartient qu'à Babygirl.

Soudain, elle s'écarte de mon cou et baisse sa tasse en plastique.

– Tchou, tchou, le p'tit train ! Tchou, tchou !

Je lève les sourcils en regardant 'Buela.

– Ils ont lu un livre sur les trains, à la crèche. Mamá Clara a dit qu'Emma était très intéressée.

Babygirl me baragouine un compte-rendu du livre sur les trains (enfin, j'imagine que c'est ça qu'elle me raconte), que je ponctue de hochements de tête.

– T'avais pas un rendez-vous chez le docteur ? je demande à 'Buela quand Babygirl a terminé. Je croyais que t'allais filer au moment où j'arriverais. C'est pour quoi, déjà ?

'Buela époussète les photos de famille sur le rebord de la fenêtre.

– Ç'a été repoussé d'un quart d'heure, j'ai le temps.

Elle n'a pas répondu à ma question en entier, mais, contrairement à Angelica, je le sens quand quelqu'un n'a pas envie de s'étendre sur un sujet. Ça doit être un rendez-vous de gynéco, un truc du genre. Et même si 'Buela et moi, on n'a pas de secrets l'une pour l'autre, j'ai absolument pas besoin d'entendre parler de son vagin.

– Bon, ben, c'est super. Babygirl, 'Buela ou moi, on va te lire une histoire ce soir avant que tu t'endormes. On doit avoir un livre sur les tchou-tchous qui traîne.

Je repose Babygirl.

– Pas 'Buela. J'ai soirée bingo. C'est toi toute seule, ce soir, Mamounette.

Je m'approche d'elle et passe un bras autour de ses épaules.

– On va flirter avec les beaux gosses de la salle de bingo ?

Elle se dégage et me décoche un coup dans les côtes.

– Toujours à penser aux garçons !

Je sais pas si c'est une blague ou pas, même si on est toutes les deux au courant que c'est pas vrai. J'essaie d'ignorer mon estomac, qui se contracte. 'Buela ne m'a jamais rien dit d'humiliant, mais je ne peux pas m'empêcher de me demander si, pour elle, je suis du genre à sauter sur tout ce qui bouge. Si elle m'en veut pour Babygirl.

'Buela doit bien remarquer que je me suis figée, parce que son visage s'adoucit.

– Tu vas me faire quoi pour le dîner ?

À l'idée de cuisiner, les mauvaises pensées se dissipent.

– Sérieux, tu me gardes juste parce que je cuisine.

– Oui, c'est la seule raison. Contente que t'aies enfin compris. (Elle m'attrape la main.) Regarde-moi ça, comme t'as grandi. T'as appris beaucoup de choses, aujourd'hui ?

Tout 'Buela, ça. Constamment à blaguer, de cette manière inimitable des immigrés portoricains dans les quartiers.

– Tu sais bien qu'ils n'attendent qu'une chose, en dernière année : qu'on se barre. Le seul truc vaguement enthousiasmant, c'est qu'on a de nouvelles options.

Je mets la télé sur PBS et je plante Babygirl sur le canapé avec des jouets et des albums. Je retire mes chaussures pour aller à la cuisine. Le frigo est plein – 'Buela a dû faire des courses ce matin après avoir déposé Babygirl. On a de la laitue iceberg (berk) et des poivrons (miam), de la viande hachée, des oignons. Une idée s'enracine. Je sors les ingrédients dont j'ai besoin et je rince ma planche à découper.

'Buela entre dans la cuisine et s'appuie, de sa main qui va bien, sur le plan de travail – en position idéale pour me voir cuisiner tout en gardant un œil sur Babygirl dans le salon.

– Et alors, t'as choisi quoi, comme option ? elle me demande.

Je lui jette un regard en biais, pas sûre de son humeur. Elle est belle, avec son sweat vert de supporter des Eagles, son pantalon crème, ses chanclas aux pieds. Ses cheveux permanentés se recourbent gracieusement sous son menton brun. Ses yeux sombres – ceux de Babygirl aussi, les miens aussi – semblent pensifs.

Je rince mon couteau préféré.

– Je sais pas trop. J'avais demandé à aller en perm' pour pouvoir m'avancer sur mes devoirs. Avec le nouveau boulot et tout, ça va être difficile de me dégager du temps sur le weekend.

Je tranche le haut des poivrons et je les mets de côté. Ensuite : hacher l'oignon.

– Très pragmatique de ta part. Comment va Ms. Fuentes ?

– Ça va.

Je devrais laisser tomber le sujet, puisque 'Buela, clairement, a l'intention de le faire, mais trop tard, les mots sortent de ma bouche.

– Y a une option qui me fait de l'œil. C'est un cours d'arts culinaires.

'Buela s'interpose et me prend le couteau des mains.

– Dis bonjour à Ms. Fuentes de ma part. Occupe-toi de la viande. Je te coupe l'oignon.

– En petits cubes, s'il te plaît. Genre grands comme ça.

J'écarte les doigts de deux ou trois centimètres.

– Et donc, ça t'intéresse, ce cours d'arts culinaires ? elle me demande, en tranchant l'oignon en deux.

Je m'éloigne, mais je la guette du coin de l'œil. Elle s'interrompt en plein milieu.

– Muchacha, je sais tailler un oignon en lamelles. Tu vas me surveiller du début à la fin ?

Je lève les mains en signe de paix. Ma sous-cheffe n'a pas un caractère facile.

– En cubes, 'Buela, pas en lamelles. Tous de la même taille, s'il te plaît. Et pour la classe, je sais pas. Ça a l'air intéressant, et apparemment il y a un voyage en Espagne.

Je lui glisse un regard. J'essaie de ne pas la dévisager, elle serait capable de me brandir son couteau sous le nez si j'ai l'air de la surveiller. Mais je ne sais pas ce qu'elle va répondre.

Elle coupe l'oignon avec soin, et vite – ma grand-mère n'a peur ni de ce qui coupe ni de ce qui fait pleurer.

– Il y a un temps, tu voulais faire une école de cuisine, non ? C'est un peu tard, maintenant, mais bon.

Je ne dis rien. Pas sûre de ce qu'elle veut dire par « un peu tard » et pas sûre de vouloir qu'elle m'explique.

– Oui, j'imagine. C'était il y a longtemps. Maintenant, j'ai pas envie qu'on étouffe ma créativité.

Origan, ail en poudre, piment de Cayenne. Les mots résonnent dans mon esprit, et même si c'était pas prévu, j'attrape un peu du gingembre frais que 'Buela boit en infusion. Je pêche des sachets de sauce soja dans un tiroir plein de machins de fast-food en vrac.

– Mets l'oignon dans la poêle avec de l'huile d'olive, 'Buela.

– Un sofrito ? elle demande.

Non, je ne fais pas la base habituelle.

– Quelque chose d'un peu différent, cette fois.

Elle balance les dés d'oignon dans l'huile, épluche et écrase l'ail dans le mortier, et puis le jette dans la poêlée.

– Bueno, moi, je pense que tu dois faire ce que tu veux faire. Du moment que ça ne te détourne pas de tes cours ou de ton travail. Mais un voyage à l'étranger, normalement, c'est les élèves qui doivent payer pour ça, non, nena ? C'est obligé, le voyage, si tu suis ce cours-là ?

Elle se dirige vers l'évier, se lave les mains. Elle ne me voit pas hausser les épaules.

L'huile grésille, une gouttelette vient griffer ma paume. Ça fait trop longtemps que la poêle est sur le feu. Je porte ma main à ma bouche, là où l'huile bouillante a planté sa petite douleur.

'Buela me fait un léger sourire, puis regarde sa montre.

– Bon. On en reparlera plus tard. Je vais voir le Dr. Burke. Une minute, j'avais tout le temps devant moi, et l'instant d'après, je suis presque en retard ! Il s'enfuit où, le temps ? Je repasse avant le bingo. Me guardas à manger.

Cheffe

Au plus loin que remontent mes souvenirs, j'ai toujours imaginé que je serais cheffe cuisinière quand je serais grande. Les autres enfants regardaient des dessins animés le samedi matin, ou des clips de musique sur YouTube, mais moi, je matais *Iron Chef*, *Le Meilleur Pâtissier* et les vieilles émissions d'Anthony Bourdain, et je prenais des notes. Genre pour de vrai, sur l'appli Notes de mon téléphone. J'ai des longues listes de recettes, que je modifie ou que je personnalise. Ces leçons-là, que je me donne à moi-même, c'est les seules pour lesquelles je travaille vraiment sérieusement.

J'ai d'abord commencé par faire joujou avec ce qui traînait toujours dans la cuisine : du riz, des haricots, des bananes plantains, du poulet. Et puis 'Buela m'a laissée tester ce que je voyais à la télé – soufflés, hachis, gésiers. Pendant que les gens de mon âge économisaient leur argent de poche pour s'acheter la dernière paire de Jordan à la mode, moi, c'était pour m'offrir les meilleurs ingrédients. Un type de poisson dont je n'avais jamais entendu parler, qu'on trouvait dans un seul marché vers Penny's Landing. Des saucisses que je regardais les grandes-mères italiennes des quartiers sud de Philly façonner à la main. J'ai même épargné pendant un mois quand j'étais en 5e, histoire de préparer à 'Buela un filet mignon pour son dîner d'anniversaire.

Pour mes douze ans, elle m'a acheté un set de couteaux – du sérieux, douze couteaux ! –, pas le genre recommandé pour les enfants, mais j'ai regardé des tutos en ligne et j'ai appris à jouer des lames comme une pro.

Alors, au moment des dossiers pour entrer au lycée, quand la conseillère d'orientation au collège m'a demandé ce que je voulais faire plus tard, je lui ai dit que je voulais être cheffe. Je m'attendais à ce qu'elle mentionne le cursus le plus prestigieux en arts culinaires d'un lycée pro de la ville. J'avais déjà un peu googlé à la bibliothèque et je savais que c'était le meilleur programme, avec des cours de gestion en restauration et de science de la gastronomie – tout un tas de leçons un peu classe. Et la conseillère m'a parlé de ce cursus, en effet. Mais comme d'un endroit où j'aurais pu aller si j'avais eu les notes qu'il fallait. Elle m'a dit qu'elle ne pensait pas que je réussirais les examens d'entrée. À la place, elle a mis mon dossier dans le tirage au sort pour Schomburg Charter, alors que leur cours d'arts culinaires n'était pas très connu, et même plus proposé, d'ailleurs. Elle a dit que le tirage au sort, c'était le meilleur espoir pour que j'intègre un lycée sélectif.

'Buela a prié pour cette histoire de tirage au sort pendant des semaines. Il y avait des centaines d'élèves de toute la ville dans ce chapeau-là, pour moins de cinquante places. De mon collège et de mon quartier, on n'a été que trois à être admises : Pretty Leslie Peterson, de Lehigh Avenue, Angelica et moi.

Donc voilà, je suis pas nulle, je suis juste pas exceptionnelle. J'ai l'impression que pour que je comprenne un sujet, il faut que je fasse quelque chose de concret, que mes mains prennent le contrôle. Les cours avec des travaux pratiques, j'y arrive. C'est quand il faut mémoriser des faits que j'ai du mal. Même avec du temps supplémentaire, je ne m'en sors pas toujours bien en contrôle. J'ai de la chance que les profs de Schomburg me fassent faire des projets en plus, pour prouver que j'ai compris, mais le lycée, c'est pas du tout mon truc.

Là où je suis le plus cheffe cuisinière, c'est quand je fais des tacos gourmets pour 'Buela ou que je grille des steaks chez Burger Frites. Et le seul cours que j'aurais vraiment voulu suivre n'a jamais été proposé.

Jusqu'à aujourd'hui.

Le nouveau

– Alors, tout le monde, je vous présente Malachi Johnson. Il nous arrive de Newark.

Tandis que Ms. Fuentes étire la dernière syllabe du prénom, Mala-kaï, Amir, au fond de la classe, fait craquer ses phalanges, et je repère d'autres mecs qui se tassent sur leur chaise. Les garçons, ils aiment pas ça quand il y a un nouveau qui vient perturber l'ordre établi, surtout quand il arrive d'une autre ville. Les filles, par contre, elles se redressent d'un coup. Enfin, pas moi. J'en ai rien à faire d'un Malachi Machinchouette. Mais il est grand, dans les un mètre quatre-vingt-dix, la peau sombre, je me doute qu'il taquine en basket, et que c'est le genre de joueur qui ne touche pas que des ballons, ça se voit à sa démarche – sexy, chaloupée. Et donc probablement pas deux neurones connectés. Je consulte mon emploi du temps. J'arrête pas de changer d'avis, question option, et Ms. Fuentes veut notre réponse à la fin de l'heure.

Elle s'éclaircit la gorge, et je relève mon regard vers elle. Elle fait un signe à Malachi en mode présentatrice de *La Roue de la fortune*.

– Voulez-vous nous dire quelques mots, Mr. Johnson ?

Malachi lui jette un regard perplexe en l'entendant lui donner du *Mister*, mais il lui sourit en retour. Angelica dirait qu'il lui métamorphose le visage, ce sourire-là. Il fait plus jeune que dix-sept ans, soudain, il est tout doux, et ça annonce un bon gros tas de problèmes. Il va y avoir des meufs – ou des gens (Angelica me rappelle constamment d'arrêter de « faire mon hétéro de service ») – chez qui ça va faire des ravages. Je parie.

Ses mains s'agitent comme au-dessus d'un ballon invisible, il hausse les épaules.

– Ben, salut… Merci de m'accueillir. J'ai entendu dire que vos cours de vie de classe étaient blindés, alors j'apprécie d'autant plus.

Merde alors, j'avais tout faux. À l'entendre, c'est un geek, c'est sûr. Cynthia, au fond de la classe, lâche un ricanement. La vie de classe devient d'un coup beaucoup plus intéressante.

Ms. Fuentes fait un large sourire à Malachi.

– Parfait ! Asseyez-vous où vous voulez. Remettez-vous à vos devoirs, tout le monde. Je passe dans les rangs pour qu'on parle de vos emplois du temps.

Je finis de remplir le formulaire pour les options, puis je prends mon plan détaillé pour le sujet de dissertation que Ms. Fuentes nous a donné hier, pour les dossiers de candidature à l'université. J'ai deux ou trois idées de ce dont je pourrais parler : quand je suis tombée enceinte de Babygirl et que j'ai décidé de la garder. Ou alors ce que ça fait d'être élevée par sa grand-mère parce que tes parents sont pas là. Ou peut-être ce que je ressens quand je suis tellement concentrée en cuisine que le monde disparaît autour de moi. Ms. Fuentes a dit qu'il faut que le sujet « harponne » le lecteur, mais j'en sais rien, moi, de ce qui les harponne, les jurys d'entrée à l'université.

– Ms. Santiago, je suis ravie que vous ayez décidé de vous inscrire au cours d'arts culinaires. C'est fait pour vous.

Ms. Fuentes et ses mouvements de ninja. Je l'ai même pas entendue s'approcher – cela dit, j'aurais pu la sentir venir, avec son parfum aux notes de verveine citronnée. J'adore la verveine citronnée. Les ingrédients s'alignent sur le plan de travail de ma cuisine imaginaire et il me semble déjà goûter une nouvelle variation à la Emoni du tembleque de 'Buela.

– Ms. Santiago, vous savez qu'il y a un voyage à l'étranger dans le cadre de cette option, n'est-ce pas ? Votre professeur, Mr. Ayden, le prépare depuis le début de l'été.

J'émerge de mes rêveries de gâteau à la coco.

– Il paraît.

Pas envie que Ms. Fuentes sache que 'Buela et moi, ça nous inquiète, financièrement.

– Vous parlez si souvent de votre passion pour la cuisine. Je pense que suivre ce cours et voyager, ce sera une chance exceptionnelle.

Je jette un œil autour de moi. Tous les autres élèves fixent leur copie, mais je sais bien qu'ils laissent traîner leurs oreilles.

Sauf le nouveau. Il n'a même pas la politesse de faire croire qu'il s'occupe de ses affaires. Il s'est trouvé une place près de la fenêtre, dans un rayon de soleil, et il tambourine du crayon sur sa table, les yeux braqués sur moi. J'accroche son regard, et il sourit – timidement –, mais il continue à me dévisager.

Je me détourne vivement, coupure nette.

– Eh ben, j'espère que ça sera cool, comme option, Ms. Fuentes. À votre avis, je devrais choisir quoi, comme sujet, pour ma dissertation ?

Elle remue la tête et retire ses lunettes pour lire mon plan.

– Je pense que vous devriez choisir celui qui vous fait le plus peur. Prendre des risques et faire des choix malgré la peur, c'est ça qui harponnera votre lecteur, dans l'histoire de votre vie.

Harponner – encore ce mot. Elle s'éloigne, mais j'ai le sentiment que son conseil n'avait rien à voir avec la dissertation.

De la perte

Je me souviens que Tyrone était mignon. Longs cils, mince, les cheveux en dégradé, style cent pour cent made in Philly. On s'est rencontrés au début du lycée pendant une fête des anciens du collège, dans le sous-sol de la maison du mec qui organisait. Tyrone allait au lycée de l'autre côté de la ville, sur Mount Airy, où il habite, mais il avait des potes de collège à Schomburg et la fête avait réuni des gens de partout. Maintenant que je sais ce que je sais, je suis étonnée d'avoir été invitée, parce qu'on était très peu de mon âge dans cette soirée, mais je crois que c'était parce qu'un mec du lycée de Tyrone voulait choper Angelica. Tyrone avait un an de plus que moi, et il avait la parole facile. Les mecs mignons, c'est pas trop mon truc, surtout quand ils s'attendent à ce qu'on embrasse le trottoir sur leur passage. Je l'ai ignoré toute la soirée. Ça a dû l'intriguer, parce qu'à la soirée suivante, début octobre, il ne savait plus quoi faire de son corps pour attirer mon attention.

J'ai retrouvé Tyrone le beau gosse, Tyrone les belles paroles, pour un date en ville. On a regardé une comédie romantique,

que j'ai trouvée marrante, mais Tyrone n'arrêtait pas de ronchonner que c'était nunuche. On a remonté les allées de Love Park, entourés d'arbres et d'autres couples. Je me souviens que j'ai menti à 'Buela ce soir-là, je lui ai dit que j'étais restée chez Gelly.

Encore aujourd'hui, je ne saurais pas dire *pourquoi lui*. Peut-être parce que je m'attendais pas à ce qu'il vienne me chiner. Peut-être parce que la plupart des mecs calculaient pas mon corps tout maigrelet, trop fascinés par les filles aux fesses bien gonflées. Peut-être parce que quand je lui ai fait un cupcake, il a dit que c'était trop beau pour être mangé et qu'il a attendu une semaine – le cupcake avait ranci, mais il en a pris une bouchée et a dit : « C'est la meilleure chose que j'aie jamais mangée de ma vie, ça me rappelle mon plus beau souvenir d'anniversaire. » Il m'a dit qu'il voulait que je sois sa copine.

Et tous les autres le faisaient, c'était comme ça, alors pourquoi pas Tyrone ? Il était correct, il était plus âgé, il était plutôt sympa avec moi. Enfin, je me suis autopersuadée qu'il était sympa. Le plus important, c'était qu'il voulait de moi. Il aurait pu coucher avec n'importe quelle fille, mais c'était sur moi qu'il bloquait. Même maintenant, quand j'y pense, ça me triture un peu le ventre. Ma décision de coucher avec lui était tellement motivée par le fait qu'il m'avait choisie – beaucoup plus que par une quelconque attirance sexuelle envers lui.

Le jour où j'ai perdu ma virginité, j'avais cours seulement le matin et Tyrone a séché l'après-midi pour me retrouver. J'étais angoissée qu'un voisin un peu fouineur me voie ramener un mec à la maison, alors on est allés jusque chez lui, vers Mount Airy. Ses parents étaient au travail.

Le sexe. Mes premières impressions ? Plus technique que ce à quoi je m'attendais. Il galérait avec le préservatif et je rigolais parce que j'étais en stress et qu'il se débattait tellement. Apparemment, rigoler, c'est pas idéal dans des circonstances aussi cruciales, parce que sa bouche s'est crispée et il s'est encore plus débattu qu'avant. Et c'était lui qui était censé avoir plus d'expérience !

Quand il a fini par se planter en moi, ça m'a fait mal. Piques. Un moment, j'étais pas sûre de savoir si je voulais le repousser ou l'attirer plus près encore, et puis d'un coup il s'est mis à haleter et à transpirer sur ma poitrine et à s'excuser. Et moi, j'arrêtais pas de lui dire que c'était pas grave, je croyais qu'il s'excusait de me faire mal, mais en fait je me suis aperçue qu'il s'excusait que ce soit déjà fini. J'avais même pas retiré mon soutif. Ça a même pas duré toute la chanson de Weeknd qu'on avait en fond sonore. Une bulle de déception a enflé dans ma poitrine, et je savais pas ce que je réprimais, un rire, des larmes, ou un autre sentiment que j'aurais été incapable de nommer. La seule chose que je me disais, c'était qu'il n'avait pas eu un mot tendre, pas une gentillesse, au moment où j'en aurais eu le plus besoin. Je me suis nettoyée toute seule, j'ai remis mon pantalon, et je suis partie. Il ne m'a même pas dit au revoir.

Quand je suis rentrée chez moi cet après-midi-là, j'ai épluché une banane plantain mûre. Sa peau sombre comme la nuit annonçait son sucré. J'ai coupé la banane en une douzaine d'ovales, je les ai jetés dans une poêle sur le feu le plus vif, et je les ai cuits jusqu'à ce qu'ils brûlent presque ; le sucré a tourné à l'amer. Je les ai servis sur une assiette sans accompagnement et je les ai engloutis l'un après l'autre jusqu'à ce qu'il ne reste rien qu'une trace huileuse.

Ça m'a collé un effroyable mal au cœur.

Chaque fois que je refais des maduros à quelqu'un, ça le fait fondre en larmes, les larmes tombent dans son assiette, il ne sait pas expliquer pourquoi ; et moi non plus, je peux pas en manger sans pleurer, sans une douleur fantôme entre les jambes.

Depuis Tyrone, je n'aime plus trop parler aux garçons. Les garçons de cet âge-là, ils disent ce qu'il faut pour obtenir ce qu'ils veulent, et maintenant je fais encore moins confiance aux belles paroles qu'aux beaux visages.

Adieux

Les deux premiers jours de classe sont terminés, et c'est samedi matin tout à coup. Donc : jour de visite.

Pendant presque deux ans après la naissance de Babygirl, les parents de Tyrone voulaient qu'il fasse un test de paternité. Mais Tyrone savait que j'avais jamais couché avec d'autres garçons que lui, et il n'a jamais douté qu'elle soit sa fille. De toute façon, ça ne changeait rien tant qu'il habitait chez ses parents. Il pouvait venir ici la voir, et il le fait plusieurs fois par mois depuis qu'elle est née, mais ça fait moins longtemps qu'il a le droit de l'emmener chez ses parents. Apparemment, ils ont fini par être convaincus, en voyant des photos récentes, que son visage commençait à ressembler aux leurs. Depuis le milieu de l'été, il en a la garde un weekend sur deux, et je n'y suis pas encore tout à fait habituée. Elle non plus. C'est marrant pour personne.

Tyrone a peut-être plein de défauts, mais au moins il est présent. Et autant il n'était jamais à l'heure quand on avait rendez-vous, autant les weekends où il doit s'occuper de Babygirl, il arrive pile poil au moment prévu. C'est pour ça que ça ne m'étonne pas de le voir débarquer à onze heures exactement, ce samedi matin.

– Coucou, Emma ! il dit, et il s'agenouille, les bras grands ouverts.

– Papa !

Babygirl pique un sprint et enroule ses bras autour de lui. Il la soulève et la lance en l'air.

– T'as grandi, ces deux dernières semaines ! Prête à aller voir Mamie ?

Il la serre dans ses bras quand il lui parle et elle hoche sa petite tête fraîchement tressée. La mère de Tyrone n'aime pas ça quand Babygirl n'est pas absolument tirée à quatre épingles. Des couettes frisottées, des vêtements « décontractés », ça ne lui va pas du tout. Il faut une coiffure impeccable, serrée, et des habits du dimanche. Babygirl cligne des yeux en regardant son père, comme si c'était un rayon de soleil à travers une vitre. Non, je suis pas jalouse du tout.

Tyrone se tourne vers moi et attrape le sac que je lui tends.

– Je te la ramène demain à dix-neuf heures. Rien de spécial à me dire ?

Je secoue la tête et me penche pour embrasser Babygirl sur la joue. Effluves de l'eau de toilette de Tyrone, en nuage autour de lui – je m'empêche de respirer, il est putain de sexy. Je veux dire *sacrément*. Je recule pour arrêter de le renifler en douce.

– Elle a des trucs à manger dans son sac. Et son livre préféré. S'il y a quoi que ce soit, tu m'envoies un SMS. Je serai au boulot cet après-midi, mais je peux répondre pendant ma pause. Et 'Buela est là toute la journée. Alors tu peux aussi appeler le fixe.

Je bafouille. J'espère qu'il ne l'a pas remarqué. Tyrone balance Babygirl contre sa poitrine.

– Tu bafouilles. T'es au courant qu'on a tout ce qu'elle aime à la maison ? Ça sert à rien de lui mettre ses jus de fruits. Et je sais très bien comment vous contacter toutes les deux.

Il balance Babygirl encore plus fort et elle hurle de rire dans son cou. Je ravale la boule qui est en train de naître dans ma gorge. 'Buela, dans l'encadrement de la porte de la cuisine, tripote son alliance.

– Bonjour, Mrs. Santiago. Vous allez bien ? demande Tyrone avant de sortir.

– Ça va, Tyrone, merci de demander.

'Buela baisse sa main qui fonctionne encore et nous accompagne à la porte d'entrée.

– Tu nous ramènes Emma en un seul morceau ?

Elle étire le bras vers Emma. Tyrone la lui tend sans problème et 'Buela lui fait un gros câlin avant de la lui rendre.

– Et toi, tu es gentille avec papa, d'accord ?

– Sí, 'Buela.

Babygirl hoche la tête avec sérieux. Mais je sais très bien ce qui va suivre.

On sourit. On ouvre la porte. Tyrone s'apprête à sortir, et juste avant qu'il puisse refermer la porte derrière lui, Babygirl se rend compte de ce qui se passe.

Elle s'en va. Et 'Buela et moi, on s'en va pas avec elle.

Son tout petit visage se contracte et elle se met à hurler de toute la force de ses poumons. On doit l'entendre depuis les immeubles de chaque côté de nos murs de briques. Tout mon être voudrait se tendre vers elle, l'arracher aux bras de Tyrone, lui claquer la porte au nez ; dire à Babygirl que jamais je ne laisserai quiconque me la prendre. Mais je me force à rester immobile. Ça s'est déjà passé comme ça les quatre autres fois où il est venu la chercher. Tyrone me regarde et ses lèvres pulpeuses s'amincissent. Il lui murmure doucement des choses. Je suis bien placée pour savoir que Tyrone est très fort pour rassurer les filles à coups de belles paroles, mais sa propre fille a l'air totalement hermétique à son charme.

Babygirl continue de se débattre dans ses bras, mais il ne fait que reculer en chuchotant gentiment. Il endosse son sac plus fermement et descend l'escalier à grands pas. Je le regarde attacher Babygirl dans le siège bébé de la Lexus hors de prix de sa mère. Près de moi, 'Buela lâche un petit soupir. On reste sur les marches de l'immeuble à les regarder jusqu'à ce que la voiture s'éloigne et disparaisse.

– Ça va aller, tu sais, je dis à 'Buela.

Elle opine et me serre contre elle.

– Ça va aller, elle répète.

Je respire son odeur de vanille. Le compte à rebours a commencé. Plus que trente-deux heures avant qu'il la ramène, dimanche soir.

Je me redresse et cligne des yeux pour faire passer les larmes. Je ferme la porte.

– Ça te branche, un tembleque ? Je me disais que j'allais faire infuser la noix de coco avec de la verveine citronnée… et peut-être de la vanille. J'ai deux heures avant d'aller travailler.

On retourne dans la cuisine en se tenant toutes les deux par la taille.

Amants et amis

Au début, Tyrone et moi, on a essayé de donner une chance à notre non-couple. Je veux dire quand on a su pour Babygirl. Mais la vérité, c'est que Tyrone n'avait jamais voulu être seulement avec moi, il ne mentait pas quand il m'avait prévenue qu'il cherchait pas une relation sérieuse. Alors après que j'ai découvert que j'étais enceinte, on s'est sentis tous les deux un peu coincés. Ses parents n'arrêtaient pas de lui répéter que c'était probablement pas de lui, qu'une fille de quatorze ans qui tombe enceinte en entrant au lycée, ça devait pas être la première fois qu'on lui passait sur le ventre. Un truc que je ne lui pardonnerai probablement jamais, c'est qu'il m'ait défendue aussi mollement, alors qu'il savait que j'étais vierge avant lui. Mais quand même, pendant la grossesse et après la naissance d'Emma, on a joué à être ensemble.

Et Tyrone est un bon père, vraiment. Mais lui, quand sa garde est finie, il peut juste s'en aller. Pendant ma grossesse, il a jamais vraiment compris pourquoi je m'énervais ou je déprimais si facilement. Il me disait juste : « Arrête ton drama ». Et après la naissance d'Emma, il me mettait tout le temps la pression pour qu'on couche ; apparemment, maintenant que j'avais une gamine de lui, c'était normal, mais les deux ou trois fois où on l'a fait, j'étais pas à l'aise, et même si on avait déjà un enfant, j'avais encore l'impression que c'était en cachette.

Alors comment on fait quand un mec de dix-huit ans est meilleur comme père que comme copain ? J'ai lu quelque part : « La meilleure chose qu'un père puisse faire pour son enfant, c'est d'aimer la mère. » Mais il y a des fois où je me dis que la meilleure chose que Tyrone puisse faire pour Babygirl, c'est de foutre la paix à la mère.

Retours

Le dimanche soir, 'Buela et moi, on se pose devant des rediffs de *Beat Bobby Flay*. On mange les perniles con tostones de 'Buela, célèbres dans tout notre quartier de Fairhill, en regardant les concurrents tenter de faire des plats encore meilleurs que ceux de Bobby. J'ai été sur les nerfs toute la journée – incapable de cuisiner – et 'Buela trop anxieuse pour rester sans rien faire. Tout le weekend, quand j'étais pas au travail, on a passé notre temps à s'esquiver, à ne pas s'avouer que Babygirl nous manquait. On pourrait croire qu'une journée de libre, ça veut dire sortir avec Angelica, ou profiter de ne pas avoir un petit être humain à charge, mais ça donne plutôt l'impression d'une déchirure dans la toile de ma vie, qui ne va pas se ravauder jusqu'à ce que Babygirl repasse le seuil de la porte.

Babygirl revient chez nous à 19 h 03, et c'est 'Buela qui ouvre férocement la porte et l'arrache aux bras de Tyrone. Elle me passe Babygirl et j'enserre son petit corps. Tyrone nous dit deux-trois trucs avant de repartir à la voiture, mais j'entends pas un mot.

– Comme t'as manqué à ta maman, comme tu lui as manqué, très très fort, je murmure dans sa joue toute douce.

C'est comme si notre appartement avait retenu sa respiration, et maintenant que Babygirl est de retour, même le courant d'air qui entre par la fenêtre semble être un soupir de soulagement. 'Buela et moi, on s'assoit sur le canapé, Babygirl plantée entre nous deux, et on l'écoute babiller au sujet de *Vaiana*, de *La Pat' Patrouille* et de cookies. On a oublié le dîner; Bobby Flay est en silencieux. Le reste de la soirée, Babygirl est notre centre de gravité, la bougie qui éclaire notre lecture du monde.

Mamá

C'est bizarre de devenir maman quand le seul exemple que tu as, c'est quelqu'un qui n'est même pas ta mère. Ce n'est pas que 'Buela soit pas comme une mère pour moi, c'est juste que je sais qu'elle ne m'a pas élevée pareil que mon père. Elle pense qu'elle a échoué avec lui, et elle n'a pas voulu échouer avec moi. Je sais qu'elle est fatiguée, et que même si elle adore Babygirl, elle aimerait bien que les choses soient plus simples pour moi. Pour nous.

Je mentirais si je disais que je ne me pose pas un millier de questions sur ma mère. Je me prends tout le temps à me demander : est-ce qu'elle serait fière de moi ? Si elle avait été dans les parages, est-ce que je serais tombée enceinte ? Est-ce que j'aurais eu Babygirl ? Si elle était toujours vivante, est-ce que mon père serait resté à Philadelphie ?

Du côté de ma mère, je suis seulement en contact avec sa grande sœur, Tante Sarah. Elle vit en Caroline du Nord, et la seule fois où je l'ai rencontrée, j'étais trop jeune pour m'en souvenir aujourd'hui : c'était à l'enterrement de ma mère. Avant, on se parlait seulement de temps en temps, par téléphone, pour les fêtes, mais depuis qu'elle s'est acheté un smartphone il y a quelques années on s'envoie des mails une ou deux fois par mois. Elle m'envoie des recettes de famille quand elle trouve le temps de les transcrire, même si elle cuisine comme moi : sans rien peser, juste les ingrédients et de vagues consignes. Elle m'a invitée à venir la voir dans le Sud pendant l'été, mais l'été, c'est quand Julio vient me rendre visite, et depuis Babygirl j'ai du mal à imaginer de voyager aussi loin, avec ou sans elle. Enfin, je préserve ce lien-là, parce que Julio ne parle jamais de ma mère, et 'Buela ne l'a pas assez bien connue pour m'en raconter beaucoup de choses. Parfois, Tante Sarah, dans ses recettes, inclut une petite anecdote sur ma mère, sur la première fois qu'elle a goûté tel plat, par exemple.

Ma mère s'appelait Nya, et j'avais pensé à en faire le deuxième prénom de Babygirl, mais ça sonnait faux, étant donné que je ne l'ai pas connue. Je ne savais pas à quel genre d'avenir j'exposais ma fille en lui imposant un prénom du passé. C'est le genre de choses pour lesquelles 'Buela m'a transmis une sorte de superstition.

Est-ce qu'une personne peut nous manquer quand on ne l'a jamais connue ? Bien sûr que oui. Je me suis inventé l'histoire de ma mère, et elle me manque, cette personne-là, proche ou non de la mère qu'elle aurait vraiment été. Je la vois patiente, mais stricte. Quelqu'un qui se mettrait du vernis à ongles avec moi, qui me lisserait les cheveux, qui m'emmènerait m'acheter une robe pour le bal de promo, mais qui exigerait aussi que j'aie des bonnes notes, et irait à toutes les réunions parents-profs, et ne dirait pas simplement que je cuisine bien mais serait aussi ma plus grande critique.

Sur ma table de chevet, il y a une photo de ma mère et de mon père, main dans la main. Il porte un maillot des Iverson, et elle, un jean droit, et un T-shirt bleu vif avec un smiley recouvrant son énorme ventre. C'est moi la montagne sous le smiley. C'est la seule photo que j'ai de nous trois : mes parents en mode roucoulements, main dans la main, et moi toute prête à l'intérieur de son ventre, frappant à la porte de peau, impatiente de sortir avant que tout le monde ne parte.

Nouveautés

Le lendemain, bien que ça me brise le cœur, je dis au revoir à Babygirl et je m'échappe pendant que 'Buela la prépare pour la crèche. C'est dingue quand quelqu'un nous manque comme ça – et en même temps, prendre soin d'elle, ça veut aussi dire faire constamment ses adieux.

Lorsque j'entre en vie de classe, Ms. Fuentes est en train de faire passer des polycopiés.

– Sur vos tables, vous trouverez vos emplois du temps modifiés.

Vie de classe – Fuentes

Langue anc – Latin III, Gatlin

Litt – Anglais renforcé, McCormack

Ph-Ch – Physique niveau intermédiaire, Ordway

Maths – Mathématiques appliquées, Gaines

Socio – Gouvernement américain, Ulf

Option – Arts culinaires : immersion dans la gastronomie espagnole, Ayden

J'ai été prise pour le module d'arts culinaires. Le nouveau, Malachi, regarde par la fenêtre. Je reporte mon attention sur ma feuille. Mon nom en haut. Mes autres cours, pareils qu'avant. J'essaie de rester calme, mais mes mains tremblotent d'enthousiasme.

– Vous me raconterez en fin de journée comment s'est passé votre premier cours d'option. Prévenez-moi s'il y a le moindre problème. Et maintenant, sortez votre dissertation de candidature pour les universités. Il reste un quart d'heure, et on va le passer à retravailler le thème que vous avez choisi.

Dissertation : premier jet

Mon père s'appelle Julio. Et, comme le mois d'été dont il porte le nom, il ne vient nous rendre visite qu'une fois par an.

Ma grand-mère dit que mon père n'a pas supporté de devenir parent solo après la mort de ma mère. Qu'avant ça, ma mère le gardait à l'œil, mais que ça le démangeait de retourner sur son île. Ma grand-mère et mon grand-père sont venus s'installer ici quand il avait quatorze ans, et ils ont dit qu'il ne s'était pas habitué facilement au froid, à l'anglais, aux rues si différentes des siennes.

Ma grand-mère a décidé de m'élever quand mon père m'a déposée sur ses genoux, lui a demandé de s'occuper de moi quelque temps, et puis a quitté l'hôpital. Quelque temps, c'est devenu dix-sept ans. Le cours de ma vie a changé au moment où mon corps est passé de ses bras à lui à ses bras à elle.

Les gens disent qu'on est coincé pour toujours dans la famille où on naît. C'est sans doute vrai pour la plupart. Mais on fait tous des choix. On décide de qui on veut être proche, toute sa vie, et de qui on peut se passer. Je préfère ne pas m'attarder sur le style de parentalité de mon père, bonjour-au-revoir ; je préfère penser au choix de ma grand-mère, non seulement de me ramener de l'hôpital et de m'élever, mais aussi de le faire de manière à me donner des chances de m'en sortir.

Le monde, c'est une platine où un disque tourne, tourne ; nous, les humains, on ne fait que décider quels sillons éviter et quels sillons nous donnent envie de danser.

Une forme d'art

Je retiens mes larmes en entrant pour la première fois dans la grande cuisine. J'ai jamais vu de cuisine professionnelle autre part qu'à la télé, et celle-là n'est pas du tout aussi moderne, mais c'est quand même la meilleure cuisine que j'aie jamais visitée. Le long du mur du fond, il y a deux doubles éviers et de grandes cages métalliques pleines de saladiers, de pinces, de cuillères en bois, d'ustensiles de service. Le long du mur de droite, deux gazinières avec fours. À ma gauche, trois énormes réfrigérateurs sont encadrés de placards que j'imagine remplis d'ingrédients. Des casseroles et des poêles sont suspendues au plafond par des crochets, comme des lustres d'acier. Au centre de la pièce, cinq tables de métal forment un rectangle autour d'un autre grand plan de travail.

Je ne suis jamais allée à l'opéra, mais ça doit être ça que ressent un chef d'orchestre qui entre dans la salle de spectacle, qui voit la scène éclairée et le rideau tiré, et qui sait que c'est son destin de faire résonner la musique entre ces murs.

Le prof, Mr. Ayden – j'imagine que c'est lui, parce qu'il porte un tablier de cuistot boutonné serré autour de sa bedaine, et un confortable pantalon à carreaux –, sort de son bureau, au fond de la pièce, juste au moment où Malachi débarque en courant. Un instant ils se toisent, et nous, on fait ricocher nos regards de l'un à l'autre. Mr. Ayden n'est pas grand, et il a une de ces peaux sombres si lisses qu'elles semblent vernies. Malachi vient se poser dans le seul espace libre, à côté de Pretty Leslie, et j'ai l'impression pendant un bref moment que Mr. Ayden va le virer parce qu'il est en retard. C'était tellement prévisible que ce mec allait être en cours avec moi, sérieux. Je sais même pas pourquoi ça m'énerve autant.

– Ceci n'est pas une salle de classe normale. Nous sommes dans une vraie cuisine. Il y a de vrais couteaux ici, de la vraie nourriture, et il y a une vraie pendule au mur qui bat la mesure de tout ce qu'on peut accomplir en un cours. Et comme certains d'entre vous le savent déjà, nous ferons un vrai voyage dans un pays étranger au printemps. Si vous êtes incapables d'arriver à l'heure en cours, vous pouvez être sûrs que je ne vous emmènerai pas en voyage.

Silence, puis il reprend :

– Je ne suis pas ici devant vous parce que j'ai toujours rêvé d'enseigner. Je suis ici parce que je suis chef, parce que j'ai une passion pour la cuisine, parce que vous avez une option arts culinaires dans votre établissement, et parce que je sais gérer une cuisine. Avant d'être dans une salle de cours, on est dans une cuisine, et chacun d'entre vous respectera ce lieu. Entendu ?

Il s'interrompt, et clairement il attend une réponse de notre part. Il y en a qui marmonnent, il y en a qui opinent. Moi, j'aimerais être seule dans cet endroit, à examiner les couteaux, les plaques, le placard à épices.

Le regard du chef embrasse la pièce entière, fixant chacun d'entre nous dans les yeux avant de passer au suivant.

– La cuisine, c'est d'abord le respect. Respect pour les ingrédients, respect pour le lieu, respect pour vos collègues, respect pour ceux qui vont manger ce que vous préparez. Le chef qui oublie cela n'est pas un chef. Si ça vous pose problème, le respect, ce cours n'est pas fait pour vous. Faites-le-moi savoir, et je signerai la décharge vous autorisant à abandonner cette option.

Mr. Ayden nous observe tous à nouveau, mais personne ne bouge. Ses yeux atterrissent sur moi, et je soutiens son regard.

– Commençons par le commencement. Avant la fin de la semaine, vous devrez avoir rempli le formulaire de prêt de tablier et de toque. À partir de maintenant, quand vous entrez dans cette pièce, vous n'êtes plus lycéens à Schomburg Charter, vous êtes des cuisiniers en formation.

J'ai l'impression que ce mec aime bien faire de grands discours. Mais ça me plaît, ce qu'il a dit question respect.

– Aujourd'hui, vous n'allez même pas toucher à de la nourriture.

Il agite un couteau à beurre.

– Aujourd'hui, vous apprenez à vous servir d'un couteau.

J'essaie de réprimer un soupir qui rivaliserait sans problème avec ce dont Angelica est capable, mais ça sort quand même de ma poitrine, et le regard de Mr. Ayden revient directement se braquer sur moi.

Au début, quand le chef parlait, je me disais qu'il devait savoir comment c'est, là d'où on vient. Il avait l'air de comprendre ce que ça veut dire, de venir des quartiers, en tout cas. Mais ce truc avec le couteau à beurre, ça me fait penser qu'il ne doit pas être d'ici. Parce que la majorité d'entre nous, dans cette pièce, on cuisine et on utilise des couteaux depuis qu'on est tout petits – sans parler des fois où on a vu des couteaux être utilisés contre des gens.

Les autres se balancent d'un pied sur l'autre, et Pretty Leslie s'éclaircit la voix :

– Euh, chef, je veux pas être impolie ou quoi, mais je croyais que c'était un cours de cuisine ? Je pense que la plupart d'entre nous, ici, savent se servir d'un couteau.

Qu'est-ce que je disais ! Même Pretty Leslie est d'accord avec moi, et cette fille n'est jamais d'accord avec qui que ce soit.

– Un cours de cuisine ? Certainement pas. Vous êtes dans un cours d'arts culinaires. Ici, il est question de créativité, de cœur et de science. Une forme d'art. Et aucun artiste ne commence son œuvre sans comprendre ses outils et son médium. N'importe qui peut vous apprendre à faire la cuisine – vous n'avez qu'à googler. Par contre, si vous voulez apprendre à faire de l'art, restez ici.

Pretty Leslie hausse les épaules et rejette ses cheveux en arrière. Mais elle ne quitte pas la classe.

Et moi non plus.

Malachi

– Hé ho, Santiago !

Une voix derrière moi. Je jette un coup d'œil par-dessus mon épaule et je vois Malachi qui arrive en courant, évitant de justesse deux membres de l'équipe de foot. Il ne calcule même pas leurs regards meurtriers.

– Salut. Malachi, c'est ça ? je réponds. Tu sais que tu peux m'appeler Emoni ? Le truc du nom de famille, c'est bon pour Ms. Fuentes.

Je fais attention à ne pas ralentir ni changer de démarche. Hors de question que ce mec s'imagine une seconde qu'il a la moindre raison de m'adresser la parole. Malheureusement, il a des jambes plutôt grandes, et ça ne lui demande pas beaucoup d'efforts de se caler sur mes petits pas.

– Je connaissais pas ton prénom. J'aime bien. C'est pas comme ça qu'on appelle un des jours de la fête de Kwanzaa, Imani ? Je savais pas que t'étais noire-noire.

Je peux pas m'empêcher de lever les yeux au ciel. C'est parti.

– Et pourquoi tu pensais pas que j'étais « noire-noire », vas-y ?

– Ben, ton nom de famille, c'est Santiago, t'as la peau claire, et t'as des bouclettes de fou. Je pensais que t'étais espagnole.

Et il tiraille une de mes mèches. Je lui file une claque sur la main.

– Me touche pas, mec. Mon père est portoricain et il est encore plus foncé que l'était ma mère, et toute sa famille à elle est noire, couleur Caroline du Sud tendance Caroline du Nord. Et ses cheveux à elle étaient tout aussi bouclés que les miens. Toutes les femmes noires se ressemblent pas, ni toutes les Latinas, d'ailleurs.

Il lève les bras en signe de reddition.

– Au temps pour moi. Je voulais pas te blesser ou quoi. Je me demandais juste d'où tu venais, vu que t'es pas noire typique.

Profonde respiration. Je sais bien que c'était une question innocente.

– Pas de souci. Mais oui, je suis noire des deux côtés. Sauf que côté portoricain, on parle espagnol, et côté américain, anglais.

– Merci pour la leçon sur les couleurs de peau.

Il essaie de me faire du charme. Et moi, je suis pas là pour ça.

– T'as besoin de quelque chose ? je demande, en tournant au coin du couloir.

Pourquoi ce type a l'impression que j'ai du temps à lui consacrer ? Il m'a déjà assez fait gaspiller ma salive.

Mais voilà qu'il sourit. Des fossettes éclosent sur ses deux joues comme dans une pub pour le bonheur et je trébuche sur rien du tout. Putain, ce sourire, ça mérite un avertissement. C'est genre *bim* ! Il met direct un plomb dans la cible de mes émotions. J'en viens à dire des gros mots, et même si c'est dans ma tête, je m'étais promis de plus faire ça. Maintenant je suis vraiment énervée.

– Nan, c'est rien, Santiago, je voulais juste faire connaissance. Je suis content qu'on ait ce cours en commun. J'aimerais trop goûter tes plats.

Je fronce les sourcils.

– C'est un sous-entendu sexuel chelou ?

Ses yeux s'élargissent et il laisse échapper un rire comme un jappement.

– Mais sérieux, meuf ! J'essaie juste d'être sympa. T'as l'esprit trop mal tourné.

– OK, ben, goûter les plats, ça fera partie du cours, j'imagine.

Je m'arrête devant la porte de mon cours d'anglais. Angelica est à sa table près de la porte et je la vois déjà prendre des notes.

– Bon, c'est ma classe.

Et, puisque 'Buela m'a appris à être polie, j'ajoute :

– Merci de m'avoir escortée.

– Quand tu veux, Santi.

Noire comme moi

Toute ma vie les gens se sont demandé de quelle race je suis. Surtout ceux qui ne sont pas du coin. À Fairhill, il y a d'abord des Caribéens hispanophones, et puis des Afro-Américains avec des racines dans le Sud mais élevés à Philly. Et donc, dans mon quartier, la plupart des gens ont des parents et des grands-parents avec un accent qui n'est pas de Philly. Mais ceux qui viennent d'autres quartiers, la première fois qu'ils me rencontrent, ils se demandent pourquoi je ne corresponds pas à tel ou tel modèle. Les grands-mères latinas qui font leurs courses au Papi Store me *tsk-tskent* quand elles me posent une question en espagnol et que je réponds avec mon accent à couper au couteau, ou pire, en anglais. Et je suis incapable de leur dire que 'Buela ne m'a pas beaucoup parlé espagnol quand j'étais petite. Je comprends plein de trucs grâce à elle, mais l'anglais, c'est la langue que j'ai apprise à l'école et entendue à la télé et, en grande partie, c'est ça qu'on parle à la maison. J'essaie de pas culpabiliser de parler aussi peu l'espagnol, sauf que parfois j'ai l'impression que ça fait de moi direct une Bad Boricua. La Portoricaine qui a oublié ses racines.

En même temps, les gens se demandent si je suis assez afro-américaine. Comme si mon côté portoricain annulait le côté noir, alors que si on se base seulement sur la couleur de peau, ma famille portoricaine est aussi noire que ma famille américaine. En plus de ça, Julio a peut-être plein de défauts, mais pour le coup il est fier de ses racines africaines et il s'est assuré que j'oublie pas notre histoire. Et 'Buela ne cache pas non plus qu'elle s'identifie comme Noire, même si elle en parle pas de manière aussi fervente. Ça arrive tout le temps que des gens demandent son chemin à 'Buela dans la rue et que, dès qu'ils entendent son accent, ce soit la surprise : « Ah, vous êtes espagnole ? »

Il faut toujours que je donne des cours d'histoire et de géographie pour expliquer que la ville de naissance de ma grand-mère est à soixante-cinq pour cent peuplée d'Afro-Portoricains, et que la majorité des esclaves se trouvaient dans les Caraïbes et en Amérique latine. C'est pas parce qu'être noir, chez nous, ça vient avec de la bomba et du mofongo, que ça compte pas. Et j'ai l'impression que je suis toujours en train de défendre ce que j'ai hérité de ma mère : les racines bien ancrées ici aux États-Unis, les choses que me raconte Tante Sarah sur les gens de la région de Raleigh, les petits proverbes qu'elle glisse dans ses mails et dont je sais qu'ils viennent de sa mère, et de la mère de sa mère, et de la mère de la mère de sa mère, jusqu'à la toute première mère africaine qui a posé le pied sur cette terre. Cette même sagesse que je chuchote à l'oreille de Babygirl de temps à autre, en souvenir d'où on vient, de qui on vient.

C'est compliqué, ces histoires. Mais c'est comme si j'étais une sorte d'équation que les gens s'efforçaient de résoudre. Et ils ne m'entendent pas quand je leur dis : je suis pas réductible, les gars. Je suis noire de tout mon être. Et mon moi est entier.

Grillée

– Tu parlais à qui ?

Angelica fourre un gros chewing-gum rouge dans sa bouche quand la cloche sonne après le cours d'anglais et que tout le monde s'engouffre dans le couloir pour aller aux casiers.

– De quoi ? je demande, et je lui pique un chewing-gum avant qu'elle ait eu le temps de remettre le paquet dans son sac.

– Fais pas l'idiote, Emoni, je t'ai totalement repérée. Tu parles à aucun mec dans ce lycée et tu te fais escorter en cours par un mec pas dégueu. Nouveau ?

Grillée.

– On a vie de classe ensemble et arts culinaires aussi. Malachi. Il arrive de je sais pas où, Newark ou un truc du genre.

– Newark ? Bien courageux de ramener son cul ici. Bien courageux et très chou… Et c'était comment, ce cours ? T'avais l'air stressée au déjeuner.

Angelica me regarde, ignorant le flot de premières années, un peu paumés, qui arrive à contre-courant. Je l'attire à moi pour qu'elle se fasse pas écraser.

– Ça va. On a parlé de couteaux à beurre. T'as parlé d'ustensiles en cours d'arts graphiques ?

Angelica me décoche un regard perplexe avant de s'arrêter devant nos casiers. Elle fait tourner le cadran qui ouvre le sien.

– D'ustensiles ? Ben, on a regardé les différents logiciels de design qu'on va utiliser. On ne commence pas de vrais projets avant une semaine ou deux, le temps de se familiariser avec les programmes.

OK, bon. Peut-être que le chef avait raison : ce n'est pas le même type d'outils, mais Angelica non plus n'a pas l'air de se lancer directement dans la pratique.

– Dis-m'en plus sur ce Malachi.

Elle sort ses livres de son casier.

– Gelly, steuplé. Et bouge tes grosses fesses.

Je la percute gentiment et j'ouvre mon casier, en bas, pour remettre un manuel, et je referme la porte.

– Je dis juste qu'il serait mignon en cavalier au bal de fin d'année.

Elle m'éclate une grosse bulle de chewing-gum sous le nez, alors que je me tourne vers la sortie du lycée.

– Et moi, je dis juste que, sauf si on a le droit d'emmener des gamines de deux ans ou des grands-mères, j'ai pas la moindre intention d'aller au bal de fin d'année.

Sel

– Bienvenue chez Burger Hit ! Qu'est-ce qui vous ferait plaisir, madame ?

– Je ne sais pas encore. Vous me recommanderiez quel hamburger ?

Mon manager, Steve, s'approche, se cale juste derrière mon épaule et commence immédiatement à dérouler son speech.

– Tous nos hamburgers sont délicieux, madame. Vous pourriez vous laisser tenter par le Spécial Hit, avec double dose de bacon et de fromage.

Franchement, je mérite un bonus pour mon stoïcisme. Steve est tout le temps là à essayer de copiner avec les clients en s'imposant aux caisses. Son souffle chaud sur ma nuque exige une véritable autodiscipline pour ne pas lui jeter un regard assassin.

Juste un truc : les copeaux dégelés caramélisés infusés aux colorants, c'est pas du bacon. Juste un autre truc : pourquoi quiconque voudrait une double dose de calories goût carton prétendument fromagères (fake news !) dans son hamburger ?

Juste un dernier truc : s'il tient tellement à faire mon boulot, pourquoi m'avoir embauchée ?

La dame hoche la tête, puis me regarde droit dans les yeux. Elle a l'air d'une prof de fac. Lunettes portées bas sur le nez, et le genre de prestance qui laisse imaginer un amphithéâtre autour d'elle, écoutant avec attention.

– Et vous, jeune fille ? Vous préférez quoi ?

Elle me fixe sans ciller, pas dupe. Ma bouche se tord en un sourire que j'espère convaincant.

– Le milkshake à la vanille vaut le coup. À base de vraie glace. Et le hamburger numéro six, euh… il plaît aux gens.

Je suis nulle en mensonges.

– Merci, jeune fille. Je crois que je n'ai pas envie d'un hamburger, finalement.

Elle sort, et un mec du lycée entre à son tour. On n'est pas loin de Schomburg, alors ça ne m'étonne pas de voir quelqu'un que je connais. Je prends sa commande et, en allant récupérer ses frites, je tombe nez à nez avec Steve.

– Pardon, je marmonne.

Mais il me suit dans l'espace de service.

– Pourquoi tu n'as pas dit la même chose que moi, Emoni ? On a perdu de l'argent, là, avec la dernière cliente.

– Je voulais juste qu'elle ait le choix, Steve.

Je racle une pelletée de frites avec un cornet. Les cristaux de sel brillent à la surface comme une croûte de diamants sur un collier de rappeur. Steve ne lâche pas l'affaire.

– T'as saboté une vente. T'as même pas répondu à sa question.

Je lui adresse un petit haussement d'épaules et un sourire qui, j'espère, me donne l'air de m'excuser. Je cale les frites et une tarte aux pommes sur un plateau, et je me dirige vers la machine à milkshakes. Steve me colle.

– C'est lequel, ton hamburger préféré, Emoni ?

Oh-oh. Mon pote, je ne mange pas de hamburgers ici. J'ai du mal à manger des choses dont je peux faire une version cent pour cent meilleure dans ma propre cuisine. Mais j'ai besoin de ce boulot, alors j'avale ma salive et je déclare :

– Ben, écoute, tout le monde adore le numéro six.

Les yeux de Steve rétrécissent.

– Emoni, il va vraiment falloir que tu comprennes comment faire partie de l'équipe ici. À moins qu'on ne soit pas assez bien pour mademoiselle, comme équipe ?

Sur ce, Steve repart vers son bureau, en grognassant, sec et rance comme ses frites.

Crises et caprices de l'enfant de deux ans

– « “Mange une carotte”, dit la maman lapin. Fin. »

Je referme l'album et embrasse Babygirl sur le front. Elle est lovée contre moi, son pouce dans la bouche.

– Babygirl, je t'ai déjà dit de ne pas sucer ton pouce. C'est une mauvaise habitude.

Je prends sa main pour l'éloigner de ses lèvres. Elle attend une seconde, et puis elle renfonce son pouce exactement d'où il vient.

– A'core le livre, Maman.

Elle s'arrange pour parler tout autour du pouce, que je lui retire doucement de la bouche.

– Pas ce soir, ma puce. C'est l'heure de dormir. Maman doit faire ses devoirs.

Je ne sais pas ce qui leur a pris, aux profs, cette semaine, mais dans chaque cours je me suis récolté une heure de devoirs aujourd'hui. La nuit va être longue. Je cale Babygirl sur ma taille et je monte l'escalier jusqu'à notre chambre.

– Veux le lire a'core ! elle glapit, et je sais qu'elle va interrompre le match des Eagles que 'Buela est en train de regarder. C'est la première semaine de la saison et ça met 'Buela de mauvaise humeur si on ne la laisse pas suivre son équipe.

– Emma Santiago, je gronde (je sors son prénom officiel parce que c'est le seul moyen d'éviter ses caprices). Pas la peine de crier. Je sais que tu veux que je te le relise. Mais on l'a déjà lu trois fois, et il faut que tu apprennes qu'on ne peut pas toujours avoir ce qu'on veut dans la vie.

Parfois, je suis convaincue que l'âme de Babygirl est très ancienne, un genre d'esprit qui me fait imaginer qu'elle faisait de la méditation et des postures de yoga dans mon ventre. J'en suis moins convaincue depuis qu'elle passe plus de temps avec son père. Je ne sais pas s'ils la gâtent, là-bas, ou s'ils lui ont chamboulé ses habitudes, mais c'est un vrai ajustement de lui faire réintégrer le mode de vie Santiago quand elle revient d'un weekend avec eux. Alors quand elle commence à hurler, à pleurer et à jeter ses peluches depuis son lit à barreaux, tout ce que je peux faire, c'est soupirer et faire preuve de patience.

– Tu étais pareille, tu sais. Quand tu voulais quelque chose, le monde entier était au courant.

Je ne me tourne pas vers 'Buela, apparue dans l'encadrement de la porte. Elle n'entre pas dans la pièce. 'Buela me laisse m'occuper seule des caprices. Au début, je m'énervais contre elle : qu'est-ce que j'y connaissais, moi, à l'art de faire taire un bébé ? Mais j'ai appris à apprécier qu'elle n'intervienne pas. Elle me laisse faire la mère.

– Babygirl, je lui dis en m'approchant du lit à barreaux. On lira l'histoire quatre fois demain. Je suis trop contente que tu aimes lire. Mais là, c'est l'heure de dormir.

En réponse, elle me balance une poupée.

– Ça suffit, Emma.

Je ne sors pas souvent ma voix sévère, mais cette fois, si.

– Ce n'est pas parce que tu es en colère que tu dois jeter des choses sur les gens.

Elle se roule en boule, pleurant toujours fort, mais clairement épuisée. Son corps minuscule est secoué de sanglots, et tout mon être voudrait caresser sa petite tête et lui relire encore une fois cette foutue histoire. N'importe quoi, pourvu qu'elle arrête de souffrir. Mais je reste immobile jusqu'à ce qu'elle se calme, jusqu'à ce que sa respiration s'épaississe. Une fois qu'elle s'est endormie, je récupère les peluches et les range à ses pieds, et puis j'essuie ses joues trempées. J'allume sa veilleuse et je ferme la porte de notre chambre. Une demi-heure de perdue, et c'est la faute de la lapine.

'Buela me suit dans l'escalier jusqu'au salon, où je remplace *Lapinette s'est enfuie* par *Mathématiques appliquées: les équations dans le monde réel.*

– Pardon d'avoir interrompu ton match, je lui dis en me laissant tomber sur le canapé.

– C'était la mi-temps, nena. Et ça se présente horriblement mal – j'espère qu'ils vont se reprendre, les cocos.

Elle s'assied près de moi et me prend le manuel des mains. Je soupire et pose la tête sur son épaule. Elle me tapote le visage, et je me cale plus profondément contre elle.

– Tu veux que je te lise ton livre ?

– Je suis pas sûre que tu fasses le meilleur casting de doublage de l'année avec *Mathématiques appliquées*, je lui dis, les yeux fermés.

Elle bouge un peu et je l'entends ramasser le livre.

– « Il était une fois une petite lapine qui voulait s'enfuir. »

Paternité papillonnante

Mon père a toujours adoré me lire des livres. Je pourrais remettre en question un bon nombre de ses actions, mais pas ses coups de fil de San Juan et ses tentatives de m'inculquer l'amour de la connaissance. Au plus loin que remontent mes souvenirs, il y a sa voix dans mon oreille qui me lit un passage du livre qu'il est en train de dévorer. Julio ne croyait pas à la littérature pour enfants. Il croyait qu'il devait me lire, à moi, tout ce qu'il lisait, lui. Ce n'était jamais de la fiction, et c'était rarement approprié pour un enfant, mais j'adorais écouter sa voix.

Maintenant, il ne me lit plus rien quand il vient me rendre visite, et il me rend visite chaque année au même moment. Julio arrive début juillet, et son emploi du temps est généralement blindé. L'été dernier, il a loué un emplacement chez le coiffeur du coin de la rue, et chaque matin il coupait les cheveux de quelques hommes, et puis il jouait les bénévoles au centre culturel l'après-midi, et puis il allait écouter une conférence ou un séminaire dans l'une des universités de la ville.

Chaque jour, il me proposait de l'accompagner dans son périple de l'après-midi, mais moi, les conférences, c'est pas mon truc, et ma relation avec mon père est compliquée. Sans parler du fait que mon nouveau boulot ne me permettait pas de juste lâcher mon poste selon son bon vouloir.

Le soir, il était parfait comme invité.

Il aidait à faire la vaisselle, même s'il arrivait toujours trop tard pour dîner avec nous. Il allait chercher les médicaments de 'Buela à la pharmacie ou faisait les courses dont on avait besoin. Il jouait avec Babygirl et faisait semblant de lui raser la boule à zéro jusqu'à ce qu'elle hurle de rire et file des coups de poings à ses ciseaux. C'était l'une des rares personnes qui arrivaient à l'empêcher de pleurer quand elle faisait un caprice. J'ai eu un aperçu du genre de père qu'il aurait été si ma mère avait vécu.

S'il avait décidé de rester.

Mais Julio ne reste jamais longtemps et il repart comme il est venu. À un moment, quand le mois d'août pointe son nez, il se met à lever le sien vers les avions en direction de Puerto Rico.

Fin juillet cette année, un jour où, 'Buela et moi, on est rentrées du supermarché, toutes ses affaires avaient disparu du salon. Sa valise n'était plus posée dans le coin de la pièce. Sa couverture était bien pliée sur le canapé. Plus de trace de sa mallette de barbier. Babygirl était chez Tyrone ce weekend-là, donc non seulement il ne nous a pas dit au revoir à nous, mais en plus il ne lui a pas dit au revoir à elle. Et au stade où on en était, elle s'y était attachée, à « Pop-Pop », comme elle l'appelait.

Mais *pouf!* Houdini en personne. Ou plutôt, en *plus personne.* Il a pas laissé de mot, pas de texto d'adieu. Il a appelé une semaine plus tard comme si rien ne s'était passé et il m'a demandé si je pouvais lui envoyer le code Netflix d'Angelica parce qu'il voulait regarder un documentaire sur les Young Lords.

J'ai du mal à retenir certaines leçons, j'avoue, mais celle-là en particulier m'a pris des années : un père comme le mien, faut pas lui faire trop de place dans sa vie. Parce qu'il entre à coups de coude et il écarte les murs, et quand il part, le vide est trop grand – cet espace dans ton cœur où il devrait y avoir un parent.

Épuisement

– Santi, t'étais super calme en vie de classe aujourd'hui, dit Malachi.

Je ne sais pas quand il a décidé qu'il avait le droit de me donner un surnom. Mais je suis trop fatiguée pour le reprendre. On n'en est qu'au milieu de la deuxième semaine, et même si on se voit en cours, on n'a pas beaucoup parlé. Je coupe un virage pour aller à mon prochain cours.

– Yes. Je me suis couchée tard pour finir mes devoirs. Et Ms. Fuentes m'a filé une put… une *purée* de tonnes de corrections à faire dans ma dissertation de candidature.

Il a levé un sourcil interrogateur quand je me suis autocorrigée, mais il ne relève pas. Il me demande :

– Tu l'écris sur quoi ?

– On n'a pas arts culinaires avant la fin de la journée, Malachi. Tu vas où ?

– Je t'accompagne en classe, Santi.

Je freine juste devant une fontaine d'eau potable.

– Malachi, on n'est pas amis. On peut être sympas l'un envers l'autre, mais je veux pas que tu t'imagines des trucs. Je sais que t'es nouveau, je veux pas être méchante. Mais juste pour que ce soit clair… nous deux, toi et moi – on n'est pas amis.

J'ai pas toujours été capable de dire un truc comme ça à quelqu'un. Avant, j'étais tellement discrète et timide que la moindre attention à mon égard m'étonnait. Mais dans les livres sur comment éduquer les enfants, on dit aux mamans de s'entraîner à utiliser un langage clair et direct, à gérer les attentes, à donner des instructions explicites, etc. Parfois je me dis que les garçons, question désirs, c'est pareil que les bébés : il faut leur dire « non », fermement et sans détours.

Malachi lève une main et tiraille l'une de mes boucles.

– OK, Santi. On n'est pas amis. Je peux aller dans la même direction que toi jusqu'à ce que t'arrives en cours ?

– Tu seras pas en retard au tien ?

Il hausse les épaules.

– « Nous deux, toi et moi, on n'est pas amis », alors t'inquiète pas de mon absentéisme.

Un éclair de sourire, et je fonds quasiment en voyant ses fossettes.

– Et puis t'es une des seules personnes ici avec qui j'aie eu une vraie conversation. Tu veux pas me conseiller quelques plans à faire en ville ?

Je n'ai pas l'intention d'encourager Malachi plus que nécessaire, mais bon, je suis toujours contente de faire la pub de ma ville.

– Ben, pour commencer, y a les cheesesteaks. La spécialité de Philly ! Mais là où vont tous les touristes, crois-moi, c'est dégueu, de la vraie basura. Les meilleurs cheesesteaks, tu les trouves…

Le Conte de deux cités

Je viens d'un coin de Philadelphie qui me rappelle un livre de Charles Dickens qu'on a lu en cours d'anglais. Ça s'appelle *Le Conte de deux cités*, et ça se passe à Londres et à Paris pendant et après la Révolution française. Mais l'endroit d'où je viens, c'est à des années-lumière de l'Europe. Je viens de Fairhill. Ça sonne bien, hein ? « La belle colline ».

Pour les gens qui n'habitent pas là, c'est la seule chose qu'il a de joli, ce quartier-là.

La plupart des habitants sont portoricains. Julio m'a dit que dans ce quartier, il y a la concentration de Portoricains la plus importante au monde, à part sur l'île elle-même. Mais je sais pas pourquoi. Ça ne ressemble pas du tout aux photos de l'île que j'ai vues. C'est rangée après rangée de maisons de ville à deux étages, avec cours de béton grillagées, et des terrains vagues. Il y a plein de choses qui se murmurent sur notre coin de la cité, mais ceux qui médisent ont intérêt à pas y mettre le nez. C'est là, dans ce quartier du nord de Philly, qu'il y a le taux de criminalité le plus élevé de la ville – en tout cas, c'est ce que disent les journaux. Ils nous appellent la Jungle, mais quand on habite là, on voit bien que c'est plus tranquille que ce que les actualités font croire.

C'est sûr qu'on a des gangs qui s'affrontent sur fond de rafales de balles, mais on a aussi des troupes de danseurs, l'été, quand tous les voisins font la fête dans la rue. On a el Centro de Oro, la brochette de magasins portoricains où on trouve de tout – drapeaux gigantesques, épices des îles, mortiers artisanaux. On a les épiciers du quartier qui distribuent des bonbons pour Halloween, et le coiffeur pour hommes du coin de la rue qui met de l'eau glacée à disposition pendant l'été. On a le centre communautaire où la plupart d'entre nous ont passé leur enfance à faire leurs devoirs, où j'ai suivi des cours pour parents ados quand j'étais enceinte, et on a le centre culturel à quelques rues de chez moi où on peut suivre des cours d'arts plastiques ou d'anglais – gratuits – et qui embauche même des groupes de musique pour donner des concerts live.

Peut-être que c'est pas vraiment un conte de deux cités – plutôt un conte de deux quartiers. D'un côté, les gens ont peur de venir parce qu'ils disent que c'est dangereux, à Fairhill, « sous-développé », et une partie de moi pense : *Eh ben, tant mieux pour toi, reste où tu es*. Mais tout le monde sait que les trucs cools, genre marchés de produits fermiers, magasins hipsters, ramassage régulier des ordures, ça se passe seulement quand ces gens du dehors viennent dans notre quartier. Et même si on dirait parfois que Fairhill est un grand oublié, le changement arrive. Je vois de plus en plus de chantiers et des tas de maisons avec écrit VENDU ; et de plus en plus de Blancs descendent à mon arrêt de train, mangent chez Freddy & Tony's, traînent le pull siglé de leur université jusque chez eux, l'air un peu nerveux.

Chez eux. Chez moi. Chez moi, c'est aussi doux que la fraise la plus fraîche, et âcre comme du lait caillé ; chez moi, on rêve de s'acheter un manoir, de quitter le quartier ; chez moi, on ne pourrait pas imaginer avoir grandi ailleurs. Les gens se demandent pourquoi je marche d'un pas aussi ferme, pourquoi je souris si rarement aux passants, pourquoi je verrouille mon visage, pourquoi je suis toujours prête à dégainer mes poings autant que mes clés.

Et tout le monde à Philadelphie est comme ça, l'ambassadeur de son propre quartier. L'une des premières choses qu'on demande, l'une des premières choses qu'on apprend sur quelqu'un, c'est d'où il vient. Ces lieux, ça laisse des empreintes partout, et si tu sais déchiffrer l'endroit où vit quelqu'un, tu sais déjà un peu à qui tu parles.

Moi, je suis cent pour cent Fairhill. Mais il y a plus d'une cité, plus d'un quartier à l'intérieur de moi. Et quiconque tient à me connaître doit apprendre mes paysages.

Échec

– Dans quelles conditions se développent les bactéries pathogènes pouvant contaminer la nourriture ?

Mr. Ayden embrasse la classe du regard.

– Sharif ?

Sharif baisse les yeux vers son plan de travail, comme si la réponse allait s'y afficher par magie. Il hausse les épaules. Le chef griffonne quelque chose sur son carnet. Aujourd'hui, on a droit à une interro orale surprise. En plus d'étudier les composantes d'une recette, d'apprendre à dresser une assiette et d'apprendre à servir, Mr. Ayden veut aussi nous préparer pour le programme ServSafe. Il nous donne rarement des contrôles sur table, comme les autres profs. À la place, il pose des questions à voix haute, et il faut réagir rapidement. Il dit qu'être capable de répondre vite et efficacement, c'est la routine dans une vraie cuisine. Bien sûr, on déteste tous les interros orales, mais on veut tous réussir l'examen du ServSafe. Si on réussit, non seulement on réussit notre année, mais en plus la ville nous délivre un certificat qui atteste qu'on est apte à manipuler de la nourriture en toute sécurité et qu'on peut travailler dans un restaurant. En théorie, avec ce certificat, je pourrais candidater pour le job de Steve chez Burger Hit. Bon, j'ai aucune envie de faire le boulot de Steve, mais j'aime bien me dire que j'aurais les qualifications pour le lui voler si je voulais.

– Emoni.

J'arrête de triturer les pointes de mon foulard. Mr. Ayden a dit que j'avais le droit de porter un foulard plutôt qu'une toque, du moment que ça maintient mes cheveux à distance de mon visage et des casseroles. Mes boucles ne tenaient pas sous la toque.

– Oui, chef ?

– À quelle température considère-t-on que le poulet se trouve en défaut thermique ?

Mes sourcils font un bond. Je n'ai pas fait gaffe au chapitre températures du manuel… Le poulet, c'est cuit quand c'est cuit.

– Emoni ?

– Euh…Quand on coupe le poulet, il faut que l'intérieur ne soit que très légèrement rosé, parce que le poulet garde…

Il prend des notes sur son carnet.

– Emoni, quels détails doivent figurer sur l'étiquette de tout aliment à destination d'un congélateur ?

– La date de péremption. Enfin, la date à laquelle l'aliment a été préparé. Et l'heure de préparation. Et le nom du plat ?

Je fixe un point au-dessus de l'épaule du chef, incapable de croiser son regard. Il griffonne à nouveau sur son carnet.

– Vous n'avez pas tort. Mais vous n'avez pas raison non plus. Vous avez un sens intuitif de ce qui fonctionne. Vous comprenez en pratique. Mais il vous reste quand même à apprendre le cadre technique. La cuisine, c'est de la science ; pas seulement de l'instinct.

J'ai envie de baisser la tête, mais je garde le menton levé. J'avais peur de ça très exactement – que ce cours se résume à ce que j'arrive à mémoriser, pas à ce que je peux faire. La plupart d'entre nous se sont inscrits pour pouvoir voyager et cuisiner, et pour l'instant on n'a fait ni l'un ni l'autre.

Mr. Ayden semble attendre que je dise quelque chose, mais je ne fais que le regarder en silence. Il secoue la tête.

– Leslie, conservation des aliments. Quel est le meilleur endroit pour la conservation des denrées sèches ?

Une fois l'attention de Mr. Ayden reportée sur Pretty Leslie, je baisse enfin les yeux, et je sens la honte, comme les bactéries dont parle le chef, grouiller sous ma peau.

Catharsis

'Buela entre dans la cuisine et allume la radio. Les trémolos de Marc Anthony sur fond d'orchestre emplissent la cuisine. J'hésiterais pas à vendre mon âme dans une pochette cadeau à ruban rose si je pouvais cuisiner pour Marc Anthony. C'est un chanteur pur et dur. 'Buela sort les herbes qu'elle fait venir directement des champs de Puerto Rico et les dispose sur le plan de travail. La yerba buena au parfum mielleux, l'origan caribéen. Elle me tend les couteaux sans que j'aie à le lui demander et nettoie la planche à découper avant même que je m'aperçoive que j'en ai besoin.

Parfois, quand je me sens comme ça – comme de l'eau dans une casserole sur feu vif –, je ne sais pas quoi cuisiner. Les projets, les idées échappent à mon esprit, et à la place je laisse mon cœur et mes mains prendre les commandes, guidés par une voix qui vient de l'intérieur et qui dit où doivent aller les choses.

Je pousse sur le côté, ou peut-être je pousse devant moi, tout ce que je ressens. La colère d'avoir à laisser partir Babygirl un weekend sur deux. De devoir la fringuer comme une poupée pour que sa grand-mère l'aime. L'incertitude sur cette foutue option que je me suis auto-convaincue de prendre, et qui est maintenant le plus difficile de tous mes cours. L'énervement d'avoir un boulot qui pue le graillon, à servir de la nourriture industrielle en me faisant engueuler à la moindre erreur. La perplexité d'avoir un père que j'aime mais qui me manque. Le stress d'être en dernière année sans savoir si l'université doit faire partie de mes projets. Sans savoir ce qui pourrait faire partie de mes projets, sinon.

Mes mains bougent toutes seules, attrapent, découpent, hachent. Et 'Buela et moi, on fait de la musique en plus de la radio, les percussions des casseroles, le pilon qui grince contre le mortier, nos bouches qui marmonnent.

Quand tous les sons s'arrêtent, y compris la radio, c'est comme si on sortait du brouillard. La gazinière s'éteint. 'Buela essuie le plan de travail et plie le torchon avant de se tourner vers moi. Je soulève le couvercle des casseroles et je vois que j'ai fait un riz jaune, fragrant, avec de la coriandre. Des haricots noirs ont atterri là-dedans, je ne sais plus comment, mais à l'odeur, je sais que ça fonctionne. Le poulet a l'air juteux, enseveli sous les oignons – cuit parfaitement, et sans thermomètre figurez-vous. Une salade verte à base d'épinards bien craquants. Pas compliqué, comme repas, mais conçu pour réconforter.

Je dresse l'assiette de 'Buela, mettant en œuvre l'une des leçons du manuel d'arts culinaires : les féculents en premier, les protéines au-dessus, une cuillerée de sauce sur les deux. La salade dans un bol à part.

Au premier coup de fourchette, elle ferme les yeux, et quand elle les rouvre, elle est en larmes. Elle rit en s'essuyant les joues.

– Regarde-moi ça, comme je pleure ! C'est pas comme si c'était mon habitude, hein, nena !

Je pose rarement des questions quand les gens goûtent la nourriture que je cuisine. Ça me torsade l'estomac bien serré de penser que mes plats peuvent avoir un effet auquel je ne m'attendais pas – comme si quelque chose en moi était sorti de mon corps pour s'infiltrer dans les casseroles, au creux des poêles, sans autorisation. Mais aujourd'hui, il faut que je sache.

– Ça te fait ressentir quoi, 'Buela ?

Elle comprime sa serviette sans me regarder, et sa fourchette erre comme une âme en peine dans son assiette.

– Ça a fait resurgir un souvenir de quand j'étais petite et que je regardais l'océan. Je mourais d'envie de plonger et de nager loin, très loin, et j'avais peur que l'eau monte au-dessus de mon cou et m'engloutisse entièrement et ne me recrache jamais.

Je hoche la tête et je m'attaque à ma propre assiette. Aucun souvenir particulier, aucune nouvelle impression. Tout ce que je ressens, c'est mes papilles qui réagissent aux notes salées et acidulées.

– Même ce souvenir-là, ce désir de quelque chose qui me faisait peur, ça me réchauffe. Comme une bougie à l'intérieur. Tu as de la magie en toi, nena.

Je libère un souffle dont je n'avais pas conscience qu'il était enfermé dans mes poumons. Je ne connais pas grand-chose question bactéries pathogènes et conservation du sucre, mais sérieux, je sais faire de bons plats qui rappellent aux gens que la nourriture n'est pas seulement là pour remplir un ventre vide. Elle est aussi là pour nourrir le cœur. Et ça, c'est bien une chose qu'on ne trouve dans aucun manuel.

Pimenter la pâte

On ne s'attendait pas à bosser autant en arts culinaires. C'est plus de travail que dans sa propre cuisine. On se retrouve trois fois par semaine, lundi, mercredi, vendredi. Et maintenant que les cours préparatoires sont terminés, chaque session est spécifique : il y a le jour de la démonstration, où le chef nous apprend une nouvelle technique et on s'entraîne ; le jour de la recette, où il nous en fait faire une nouvelle ; et le jour de l'évaluation, où on doit suivre une recette tout seuls et on est notés. En plus de chaque cours, on a une interro orale pour nous préparer à l'examen ServSafe. Mais on n'a pas encore eu à inventer notre propre recette.

Alors ces deux dernières semaines, tous les deux jours, j'entre dans la cuisine, je boutonne mon tablier blanc jusqu'au menton, je remonte mes cheveux sur mon crâne en forme d'ananas, je mets mon foulard, et je suis prête pour les fourneaux. Mais en vrai, on passe plus de temps à nettoyer qu'à cuisiner. On est toujours là à laver nos couteaux, à essuyer nos planches à découper, à organiser notre plan de travail, à ranger ce qui vient de sécher sur l'égouttoir. C'est épuisant, comme travail, et je ne suis pas la seule à le penser. Deux élèves ont déjà abandonné : Sharif et une certaine Elena, qui ont décidé qu'ils préféraient aller en perm' ; alors maintenant notre groupe est tout petit, seulement dix personnes.

Les interros me stressent – elles portent sur tous les sujets, de servir la nourriture à la préparer –, mais j'aime bien apprendre les ficelles du fonctionnement d'un restaurant, et pas seulement d'une cuisine. Ça m'horrifierait de rendre quelqu'un malade, et c'est ce dont j'essaie de me souvenir quand je révise pour les interros. Mais je n'attends qu'une chose : faire la cheffe, pour de vrai.

Et aujourd'hui, pour la première fois, on nous donne une vraie recette : un gâteau au chocolat, à exécuter du début à la fin. On mélange le cacao et la farine de maïs et le sucre, et puis on incorpore le lait. Le chef nous guide pas à pas et on débarrasse nos plans de travail pendant que le gâteau repose. Alors que je range mes ingrédients, un petit flacon rouge dans le placard attire mon regard. Je l'attrape et j'en dissémine un peu sur mon gâteau. Quand Mr. Ayden nous appelle pour goûter ce qu'on a fait, je suis la première élève à lui passer mon plat. Il s'arme d'une cuillère en plastique et tire mon plat vers lui, se penche, fait lentement tourner l'assiette.

– Mmm. Belle couleur chocolatée, texture lisse ; vous avez fait attention à ce que la crème ne tranche pas, c'est très bien. Et je suis curieux de savoir ce qu'il y a dessus.

Il en prend une toute petite cuillerée et la met dans sa bouche, et au moment où ses levrès se referment sur la cuillère, ses paupières se ferment également. Je me demande si ma sorcellerie va fonctionner sur lui aussi.

– Qu'est-ce que c'est que ça ? il demande, les yeux toujours clos.

J'imagine qu'il veut dire l'épice que j'ai utilisée, pas le souvenir libéré par mon gâteau. Ses yeux s'ouvrent, et je m'aperçois que la question m'était destinée.

– J'ai mis un peu de paprika fumé.

Ma nuque se met à chauffer. Je n'avais même pas réfléchi à ce qui se passerait si j'utilisais un ingrédient qui n'était pas dans la recette d'origine.

– Vous essayez de vous rendre intéressante, Emoni ? me demande le chef d'un ton très, très sérieux.

– Non, chef.

– Les anciens Aztèques aussi mettaient du piment ou du poivre de Cayenne ou d'autres épices avec le chocolat, mais ce n'est plus très courant de nos jours. Pourquoi vous en avez ajouté ?

– Je sais pas. Je l'ai vu dans le placard et je me suis dit que ça irait bien ensemble.

Il en prend une autre cuillerée. Le chef nous a dit au début que, comme chaque étudiant est évalué, il ne goûterait que très rarement deux fois le même plat. Ça m'étonne qu'il le fasse, mais il ferme de nouveau les yeux, comme si la pénombre de ses paupières l'aidait à mieux démêler les saveurs.

Ses yeux s'ouvrent d'un coup.

– Ce n'est pas mal du tout.

Il pose sa cuillère.

– Emoni, je suis en faveur de la créativité. Et ça, c'est…

Il a un petit rire, comme s'il était surpris de se trouver à court de mots. Il s'éclaircit la gorge et on dirait presque que c'est un souvenir qui est coincé là.

– C'est délicieux, mais je tiens à ce que vous respectiez la liste des ingrédients. Si vous êtes au service d'un chef et qu'il vous donne des instructions claires, c'est lui manquer de respect que d'essayer de modifier sa recette sans le consulter d'abord. Que vous soyez ou non convaincue que votre modification fonctionne.

Il goûte encore mon plat.

– Tout le monde ! Venez goûter aux délices d'Emoni.

Deux mecs ricanent, ils prennent clairement ça pour un sous-entendu sexuel. Je ne baisse pas les yeux, mais je rougis, à la fois de fierté et d'embarras.

Quand on sort de la classe, Malachi me court après.

– Yo, Santi, t'aurais vu ta tête ! il rigole.

Le cours est fini depuis une bonne poignée de minutes, mais j'ai encore les joues en feu.

– J'arrive pas à croire qu'il ait dit ça sans se rendre compte que vous avez tous l'esprit mal tourné.

Malachi se marre à nouveau.

– Je pense pas que le chef voie des êtres humains quand il nous regarde. Juste des tabliers blancs et des apprentis cuistots.

Il baisse la voix.

– Et en vrai, ils étaient trop bons tes délices.

– Arrête ! Oh là là, je pourrai plus jamais remettre le pied là-dedans.

– Allez, ça va aller.

– T'as un joli rire, je lui dis.

Et je crois que j'ai l'air aussi interloquée que lui quand ces mots sortent de ma bouche.

– On n'est toujours pas amis. Je sais pas pourquoi j'ai dit ça.

– Merci. Toi aussi, t'as un joli rire, même si je l'entends pas souvent.

– Pas la peine de remercier. Ni de me rendre la pareille. C'était pas un compliment. Juste une observation.

Malachi hausse les épaules et lance en partant :

– Pas de souci, Santi. Et j'avais pas rigolé comme ça depuis longtemps. Alors merci pour ça aussi.

Voir la vie en grand

Dans le bus en rentrant du lycée, Angelica fait la liste de toutes les universités auxquelles elle envisage de candidater – celles qui proposent un diplôme en design graphique. New York University, Pratt, Savannah College. Sans rien dire, je l'écoute lister les avantages et les inconvénients de tel ou tel cursus et parler des différents profs avec qui elle aimerait travailler dans chacune.

– Le truc, c'est que je sais pas si je serai acceptée. Tous ces cursus sont géniaux, ils prennent que les meilleurs des meilleurs.

Je secoue la tête.

– Ça va pas, ou quoi, Gelly ? T'es incroyable comme artiste. Pourquoi tu crois qu'au lycée on te demande toujours de faire les affiches des tournois et les décors des spectacles de danse ? Pourquoi tous les gens de la classe t'implorent de les aider à créer des visuels ? Ta manière de voir le monde, elle est unique. Ces universités devraient se jeter à tes pieds pour te supplier de candidater.

Je ne lui fais pas de la lèche. Je veux dire, sérieux : que ce soit pour concevoir un vêtement, un logo ou un prospectus, tu files un crayon de couleur à cette fille, elle te fait quelque chose qui aurait sa place dans une galerie d'art.

– Peut-être. La conseillère d'orientation trouve que j'ai mes chances, et les profs m'ont déjà dit que mon portfolio est une tuerie, mais ça me stresse. Et toi ? Fuentes te pousse vers quelle fac ?

Je laisse flotter mon regard au-delà des vitres du bus.

– Fuentes sait que je ne peux pas choisir une fac qui soit pas à Philadelphie. Elle veut que je regarde ce qu'ils proposent à La Salle, à Temple, à St. Joseph. Elle fait du forcing pour Drexel, qui a un diplôme d'arts culinaires, mais tu sais comme je suis nulle en cours – j'aurai jamais de bourse. Et comment je pourrais travailler à plein temps et aller à la fac à plein temps et élever Babygirl à plein temps ? En termes de priorités, l'université, c'est le dernier truc sur la liste, il me semble.

Mes doigts pianotent contre la vitre. Je résiste à l'envie de me ronger les ongles.

Angelica ne dit rien, pendant très longtemps, et ça me soulage qu'elle ne cherche pas illico à me rassurer à base de paroles irréalistes.

– Mais si jamais t'avais une aide financière ? Tu peux pas bosser chez Burger Hit à temps plein.

– C'est un boulot comme un autre. J'ai un salaire, et peut-être que je passerai manager un jour.

Mais comment donner une réponse à Angelica alors que je n'en ai pas la moindre idée moi-même ? J'arrête de regarder par la fenêtre, je me force à sourire.

– Pour le moment, je continue à préparer ton menu d'anniversaire. Du homard, ça te dit ? Super romantique.

Elle secoue la tête.

– Compris, poulette. Je me tais. Mais tu sais, pour moi, t'as bien plus à offrir au monde que ce que tu fais semblant de croire.

Je regarde Angelica et je souris.

– Pareil pour toi, sister. Fais-toi la même remarque. Si l'une de ces universités peut t'aider à t'améliorer comme artiste, remplis le formulaire de candidature et cible-la. Vise les étoiles et au-delà. Fais ça pour toi.

Impossibilités

C'est mercredi et on bosse sur une nouvelle recette. Je suis contente qu'une semaine se soit écoulée et que les autres aient arrêté de me demander s'ils pouvaient goûter à mes délices. Je coince mon foulard dans mon col. Quand je mets mon tablier et mon foulard, j'ai toujours l'impression d'être un sportif de haut niveau qui ajuste son équipement avant d'entrer sur le terrain.

– Aujourd'hui, on travaille le safran. Ce n'est pas une épice ordinaire : ça tache et ça coûte cher. Un ami m'en a rapporté d'Europe, alors soyez précis dans la manipulation du couteau. Mettez-vous en binômes – il n'y en a pas assez pour faire ça individuellement.

Le chef claque dans ses mains. Je jette un œil dans la pièce. Les autres se mettent par deux. Au plan de travail de Malachi, Pretty Leslie lui pince le bras et lui fait un grand sourire. Il accroche mon regard, hausse les épaules, en mode *je sais pas pourquoi cette jolie meuf n'arrête pas de me toucher*, et puis il reporte son attention sur Leslie. Mr. Ayden s'aperçoit que je suis restée seule.

– Emoni, on dirait qu'on est en nombre impair, aujourd'hui. Tu veux travailler seule ? Ou tu préfères rejoindre une autre équipe et faire ça à trois ?

Je remue la tête. Mr. Ayden n'arrête pas de me taper l'affiche avec ses commentaires. Je ne peux même pas nier qu'ils méritent bien quelques ricanements.

– Ça me dérange pas de travailler seule.

Le chef n'avait pas tort. La préparation prend presque toute la durée du cours, et on a seulement dix minutes pour servir notre plat de riz et le goûter.

– Bravo, tout le monde. Le chorizo que vous aviez n'était pas de la meilleure qualité, mais quand il l'est, cette paella, c'est vraiment quelque chose d'unique, et un plat incontournable pour la plupart des familles andalouses.

Il s'éclaircit la voix.

– J'ai quelque chose à vous annoncer.

On lève tous les yeux. Zut, il va se barrer déjà ? Après seulement trois semaines ?

Le chef parle toujours.

– Comme vous le savez tous, il est prévu que nous allions à Séville, en Espagne, pendant les vacances de printemps, en mars prochain.

Mon cœur s'emballe. Ça fait des années que je regarde des rediffs d'Anthony Bourdain, qui voyage dans le monde entier pour goûter toutes les spécialités. J'écoute les chefs dans *Cauchemar en cuisine* qui parlent de leur formation à Paris et à Londres. Je m'imagine aller dans des endroits lointains, riches d'ingrédients dont je ne connaissais même pas l'existence.

– Je ne voulais pas aborder le sujet tant que le budget n'était pas arrêté. L'administration m'a fait un retour sur le coût initial et je suis maintenant en mesure de vous dire combien chaque élève devra débourser. Chacun d'entre vous devra s'acquitter de huit cents dollars avant le 15 décembre pour participer au voyage. Bien entendu, nous organiserons une levée de fonds pour permettre de réduire ce coût.

Mon cœur se serre. Huit cents dollars en quoi, deux mois et demi ? Je n'arriverai jamais à travailler assez pour en gagner même la moitié avant la date butoir. Bien sûr, il y en aura qui pourront se le permettre sans levée de fonds. Amanda, dont les parents dirigent un cabinet de comptables à Port Richmond. Talib, qui vit à Chestnut Hill avec son avocat de père. Mais moi – et probablement aussi Pretty Leslie, qui vient du même coin –, c'est clair que je ne peux pas juste faire apparaître huit cents dollars. Et c'est le genre de somme qui serait mieux employée à régler l'électricité ou les courses, ou à offrir des nouvelles chaussures à Babygirl.

Une semaine en Espagne, ça changerait ma vie, ça serait énorme, ça serait génial… ça serait impossible. J'en ai des triples nœuds à l'estomac. Tellement envie d'y aller, mais cet espoir-là, je le pince entre le pouce et l'index et je l'écrabouille, comme les brins de safran, en espérant qu'il ne laisse pas de tache.

Santi

Je suis dans les derniers à débarrasser mon plan de travail, et quand je quitte la classe, je vois Malachi adossé au mur, qui bavarde avec Pretty Leslie. Elle glousse en l'écoutant parler, mais, comme s'il sentait mon regard sur lui, ses yeux se posent sur moi. Je les dépasse à toute vitesse. Malachi m'interpelle :

– Hey, Santi.

Je n'ai pas envie d'être impolie, mais je n'ai pas envie non plus de parler à Pretty Leslie, alors je fais « non » de la tête et je continue à avancer.

– Santi, j'ai un truc à te demander.

Je m'arrête au milieu du couloir et j'attends qu'il me rattrape. Il prend tout son temps, Pretty Leslie sur ses talons.

– Qu'est-ce qu'il y a ? je réponds.

Je hoche la tête en direction de Pretty Leslie, dont le regard sautille de Malachi à moi. Elle fronce ses sourcils parfaitement dessinés.

– Rien de spécial, Emoni. Et toi, ça va ?

Elle fait une bulle avec son chewing-gum, puis baisse la voix, faussement conspiratrice.

– Comment ça va, ta fille ?

Je me force à continuer à sourire. J'ai pas honte de mon bébé. J'ai pas honte d'avoir eu un bébé. J'ai pas honte d'être mère. Je dresse le menton encore plus haut.

– Elle va totalement bien, Babygirl. Elle a commencé la crèche il y a un mois et quelque. Merci de demander.

Je fixe Malachi droit dans les yeux. Ses fossettes ont disparu.

– C'est trop génial ! dit Leslie. Je sais pas comment tu fais, meuf. J'arrive pas à imaginer être parent tout en allant au lycée. Et toi, Malachi ?

Mais Malachi n'écoute pas Leslie. Ses yeux sont rivés sur moi. S'il y a un truc que j'ai appris depuis que mon ventre s'est mis à pointer, c'est qu'on ne peut pas contrôler les regards des gens sur soi ; mais on peut contrôler la manière dont on rejette ses épaules en arrière, la hauteur de son menton. Les mecs, ils pensent qu'à deux choses quand ils apprennent que t'as un bébé : 1) que non merci, c'est trop galère le coup maman-bébé ; ou alors, 2) que t'es une fille facile. Malachi se dégage du mur, mais je reste immobile, comme une danseuse qui attend son tour avant de faire une pirouette.

– Tu m'as appelée parce que t'avais un truc à me dire ?

– Santi, t'aimes bien les glaces ?

Je jette un œil à Pretty Leslie. Elle a l'air aussi surprise que moi.

– Euh… les glaces ?

– J'ai grave envie d'une glace. Si t'as rien à faire après les cours, on va se prendre une glace ?

Je l'ai jamais vu aussi sérieux. Je le regarde et je regarde Pretty Leslie. Le sourire gentil qu'elle affichait a été catapulté d'un coup. Son visage est un océan de perplexité. Malachi me demande de sortir avec lui ? Comme ça, devant Pretty Leslie ?

– Je veux dire, je sais bien qu'on n'est pas amis, ni rien.

Il sourit. L'éclair mutin est revenu dans ses yeux.

– Mais je me disais qu'on pourrait bavarder.

Je laisse échapper un grand bol d'air qui était, apparemment, coincé dans mes poumons.

– Je te retrouve devant la grille après la sonnerie.

'Buela m'a élevée correctement, pas comme une vandale, alors je m'embête pas à dire « Et toi, va te faire f… voir » à Leslie.

J'avoue, je suis un peu swag, en chemin pour le cours d'anglais.

Jamais deux sans trois

– Attends, deux secondes. Redis-moi ça ? Cette pouffiasse de Pretty Leslie essaie de t'afficher devant ce mec, et direct il lui fout un putain de gros vent en te demandant de sortir avec lui ? Devant elle ? Faut que je le rencontre. Tout de suite.

Je me marre et je pousse Angelica pour attraper mon sweat dans notre casier. Le temps se refroidit – enfin – et j'ai pas du tout besoin de me prendre un rhume en plus du reste.

– Elle a pas essayé de m'afficher. C'est pas un secret, que j'ai une gamine. Et surveille ta langue, toi !

Angelica claque la porte du casier.

– Arrête de me censurer juste parce que t'es incapable de tenir la tienne devant Babygirl. Mais sérieux, il savait pas, je me trompe ? C'était à toi de lui dire, pas à elle.

– Je sais même pas si elle l'a fait exprès. Peut-être qu'elle voulait être sympa.

Gelly passe son bras sous le mien.

– Emoni, même toi t'es pas aussi naïve. Je t'ai rien appris ? Elle tentait de lui pisser dessus.

– Gelly ! Ça va pas la tête ! À droite.

On tourne au coin du couloir.

– Tu vois parfaitement ce que je veux dire. Lui, c'est le lampadaire, et elle, elle veut marquer son territoire, mais à la place, le lampadaire vient trottiner jusqu'à ton arbre.

Gelly et son imagination débridée.

– Je suis pas sûre que cette métaphore filée fonctionne parfaitement.

Pensive, Angela fronce les sourcils.

– T'es sûre ? Ça serait intéressant comme dessin. On va où, déjà ? Pourquoi on a tourné là ?

Mais ça y est, on est à la grille, et voilà Malachi. Avec un groupe d'autres mecs, tous hilares. Comment il se fait des amis aussi vite ?

Angelica lui jette un coup d'œil et ses sourcils grimpent jusqu'à sa frange.

– Eh, c'est pas le beau gosse que j'ai vu t'accompagner en cours ? C'est lui, Malachi ? C'est pour ça qu'on a pris ce chemin ? Fonce, meuf !

Je lui pince l'intérieur du bras pour étouffer ses questions. Malachi nous repère et distribue des checks aux autres mecs avant de nous rejoindre, tout sourire.

– T'es venue ! Il reste de l'espoir dans ce bas monde.

Puis il se tourne vers Gelly, comme ça, sans attendre d'être présenté.

– Malachi. Je viens de Newark.

Les sourcils d'Angelica sont toujours haut perchés sur son crâne.

– Salut, Malachi. Moi, c'est Angelica. Tu veux quoi à ma pote ?

– Puisque ça t'intéresse, t'as qu'à venir, on se prend une glace, on en reparle. Il y a un endroit bien dans le coin ?

Angelica et moi, on s'attrape du regard. Il n'y a aucun glacier dans le coin. Et ni elle ni moi ne comptons traîner près du lycée de toute façon. Il n'y a qu'un seul endroit qui convienne.

– Tu vas vers Schuyllkill parfois ? je demande.

On traverse la rue pour aller à la gare de Broad Street. Le trajet est silencieux, et je commence à stresser au cas où la conversation entre Malachi et Angelica tournerait mal. S'il dit un truc de travers, Angelica n'aura aucune hésitation à le remettre à sa place.

Mais dès qu'on s'assoit dans le train, Malachi pose à Angelica un million de questions sur moi, et cette traîtresse se met à lui raconter toutes mes histoires malaisantes de collège. Je suis contente que le train soit tellement blindé que les gens n'entendent pas leur conversation et ne remarquent pas mes joues en feu. Angelica lui redemande ce qu'il me veut, mais c'est clair qu'elle s'est adoucie, maintenant, et le petit cocktail haussement d'épaules-sourire de Malachi semble lui suffire comme réponse. On change de train et ça prend encore douze minutes jusqu'à notre arrêt, et puis encore cinq minutes de marche vers la jetée, au bord de la rivière, pour trouver la boutique spécialisée en glaces à l'eau qu'on adore, Angelica et moi.

– C'est pas de la glace, dit Malachi quand on entre.

– Non. C'est mieux, répond Angelica.

On le dévisage, au cas où il oserait argumenter que la glace à l'eau n'est pas absolument un cadeau des dieux. Mais Malachi est clairement futé comme mec parce qu'il se retient de dire quoi que ce soit. Il commande son sorbet au citron et on descend jusqu'à l'eau. C'est une belle journée et la manière dont la rivière accroche la lumière me remplit de gratitude d'habiter ici. Je regarde le pont, les gratte-ciels qui se découpent sur l'horizon, les gens qui font du canoë, les gamins qui sautent dans un jet d'eau pas loin.

Angelica avale un peu de glace à la cerise et brise le silence.

– Alors, vous deux, ça vous plaît, le cours d'arts culinaires ?

Malachi mange sa glace à l'eau précautionneusement.

– Moi, oui. Emoni t'a raconté la fois où on est tous allés goûter à ses délices ?

Angelica dégage sa frange rouge de ses yeux.

– Mais what, de quoi ?

Je file une claque à Malachi sur le bras.

– Ça sonne dégueu, ce que tu racontes.

– Aïe ! Tu tapes fort. J'ajoute ça à la liste des trucs que j'ai appris sur toi aujourd'hui.

On fait silence. Puis Angelica ouvre un sourire lumineux.

– Bon, je vais retrouver Laura. Son bahut est à deux pas et elle doit venir de sortir. Emoni, fais un gros bisou à ma filleule pour moi. Malachi, tu t'assures qu'elle rentre chez elle tranquille.

Elle pointe un index vers lui en se relevant.

– Et que j'aie pas à venir te démonter la gueule.

Il lève les mains en signe de paix.

– Oui, madame. Je la traiterai comme l'amie qu'elle n'est pas pour moi.

Il sourit largement. Et je vois Angelica qui flanche. Angelica, qui ne regarderait même pas deux fois Idris Elba, se prend presque les pieds dans le tapis quand Malachi sourit. L'artiste en elle se dresse toute droite.

– Trop beau sourire, elle dit doucement, presque plus pour elle que pour lui. Celui-là, le vrai sourire que tu viens de faire. Comme un doigt d'honneur de soleil à ce monde de merde.

Elle tend la main et tapote l'une de ses fossettes.

– Gaffe à ce que tu fais de ce sourire-là.

Elle lève un sourcil et me regarde dans les yeux – clairement, c'est à moi qu'elle adresse cet avertissement. Gelly dit au revoir d'un signe et part.

Quand je me tourne vers Malachi, le sourire a disparu. Le silence s'alourdit.

Je jette mon pot vide et collant de glace fondue dans une poubelle pas loin et m'essuie avec une serviette supplémentaire.

– Ça voulait rien dire, tout ça. Et les mecs, c'est pas son truc, à Gelly, alors te fais pas trop d'idées question caresse de fossette.

– T'es sûre ? J'ai senti des ondes, un truc de fou.

Mais je vois bien qu'il plaisante.

– Pourquoi t'as fait ça ? Ignorer Pretty Leslie comme ça ? Me demander de venir prendre une glace avec toi ?

Il mange sa glace à l'eau vraiment lentement et il lui en reste encore la moitié.

– Je sais ce que c'est, d'avoir des secrets, ou plutôt des trucs privés. La famille, ça se brandit pas comme ça pour essayer de se mettre un mec dans la poche. Et puis j'avais envie de te connaître mieux. Je sais qu'on n'est pas amis… mais peut-être qu'on peut le devenir.

Je lui balance une pichenette d'eau au visage et il renverse un peu de sa glace en tentant d'esquiver. Il me pointe du doigt.

– Pas cool, Santi, pas cool.

Il essuie sa veste avec la serviette que je lui tends, puis il reprend :

– Tu vas pas me demander ce que c'est ?

Je lève un sourcil.

– Le secret de ma famille.

– Si tu voulais que je sache quelque chose, tu me le dirais toi-même.

– Alors tu voulais pas que je sache pour ta fille ?

J'étends les bras, un livre ouvert.

– Malachi, j'ai été enceinte pendant presque toute ma première année. Tout le monde est au courant. C'est pas un secret. Mais, en parlant de ma fille, faut que je rentre chez moi. Merci de m'avoir invitée à traîner.

Malachi et moi, on tourne le dos au fleuve, et il marche du côté de la rue, me protégeant des voitures sur le chemin de la gare. Je tiens fermement en cage les mots qui me titillent la langue : *Moi aussi, j'aimerais bien te connaître un peu mieux.*

Coups de fil

Dans le train du retour, je convaincs Malachi qu'il n'a pas besoin de descendre en même temps que moi, puisqu'il vit à plusieurs arrêts de là – ça n'a aucun sens qu'il sorte pour remonter ensuite. Je vois bien qu'il a envie de s'y opposer, mais on sait tous les deux que ça ne sert à rien qu'il passe une heure de plus dans le train.

Le sourire qu'il m'a mis sur mon visage est toujours accroché à mes lèvres quand je passe la porte d'entrée.

– 'Buela ! Je suis là.

Elle débarque en trombe et, à la vue de son front ridé, mon sourire se détache et glisse de mon visage.

– 'Buela, qu'est-ce qu'il y a ? Babygirl… ?

Je m'avance vers le canapé, mais elle me bloque de tout son corps.

– T'étais où ? Je t'attends depuis une demi-heure. Je t'ai appelée, mais je tombais directement sur ton répondeur.

Je recommence à respirer. Ça peut pas être si grave si elle trouve encore la force de me gronder. Je lâche mon sac.

– Je suis désolée. Je suis allée me prendre une glace à l'eau avec Angelica et un ami, et tu sais que j'ai pas de réseau quand je suis dans le train. J'ai juste pas regardé l'heure.

– Je vois ça. Pourquoi tu ne m'as pas envoyé un texto ? Il fallait que je parte chez le docteur il y a un quart d'heure.

– Encore ? C'est ta main qui recommence à faire des siennes ?

C'est la deuxième fois ce mois-ci. 'Buela est beaucoup allée chez le docteur quand elle s'est blessée au travail il y a quelques années, mais pas autant, et pas si souvent. 'Buela travaillait chez Macy's sur Walnut Street avant même que ça soit racheté par Macy's ; c'était encore un Wanamaker's à l'époque. Elle était couturière au rayon retouches. Elle a travaillé là-bas plus de trente ans, a connu plusieurs changements de propriétaires, depuis la semaine où elle est arrivée à Philadelphie jusqu'au jour où elle a eu un accident du travail. Elle s'est fait happer les doigts de la main droite par une machine, et même après l'opération, sa main n'a plus jamais fonctionné pareil. J'étais encore en primaire et personne n'est venu me chercher. Tous les autres enfants étaient partis quand Ms. Martinez, notre voisine, a débarqué pour me récupérer et m'a expliqué que 'Buela avait été emmenée à l'hôpital en ambulance. J'ai eu une peur de malade parce que toute ma vie j'ai entendu 'Buela dire que les ambulances c'est trop cher et qu'elle préfèrerait encore prendre un taxi plutôt qu'en appeler une, alors je savais que ça devait être grave, ce qui lui était arrivé.

Quand 'Buela a enfin appelé depuis l'hôpital, elle a essayé de prendre une voix normale pour dire que c'était rien du tout, alors que sa blessure était tellement grave qu'elle est rentrée chez nous la main bandée et les doigts suturés, et qu'elle n'a plus jamais travaillé officiellement comme couturière. Et maintenant mon esprit passe directement aux scénarios catastrophe : sa main lui fait mal, elle est malade, vraiment malade, et ne veut pas me le dire. J'ai peur de sa réponse. C'est peut-être égoïste, mais la première chose qui me vient à l'esprit, c'est : *Qu'est-ce que je ferais sans 'Buela ?* Elle est ma moelle épinière, la seule personne dont les caresses effacent mes froncements de sourcils, les bras qui me tiennent quand j'ai l'impression que je vais m'effondrer. Je n'imagine pas ma vie sans elle. Mes pensées doivent se lire sur mon visage.

– Ça va, m'ija. C'était juste une visite rapide, de suivi. Pas de raison que tu t'inquiètes.

Elle me tapote le bras.

– Ce qui m'inquiétait, moi, c'était que tu étais en retard, et Julio a appelé. Tu sais combien ça me porte sur les nerfs quand je lui parle.

J'ai envie de poser davantage de questions sur le rendez-vous chez le docteur, mais parler de Julio, ça met la conversation sur pause. Mon père, c'est un activiste, un pilier de sa communauté, qui tient des meetings mensuels et des conférences dans son salon de coiffure à San Juan, alors il est souvent occupé. Et pourtant il a appelé deux fois ces deux dernières semaines. Mais vu la manière dont il s'est barré cet été, je l'évite en ce moment.

Elle baisse le bras et je vais dans le salon, où Babygirl s'agite sur une musique des Bubble Guppies à la télé. Je suis toujours tremblotante que 'Buela me soit tombée dessus pour m'annoncer qu'elle a encore un rendez-vous chez le médecin, et que Julio a encore appelé.

– Il faut que tu rappelles ton père, nena. Tu sais comment il est quand tu traînes à retourner ses coups de fil.

– Mais il m'a pas appelée moi, il t'a appelée toi.

Je me mords la langue en entendant ma voix pleurnicharde. 'Buela ne se laisse pas amadouer.

– Ne me fais pas ce cirque, Emoni. Il m'appelle parce que c'est mon fils. Et il demande à ce que tu l'appelles. Et toi, tu l'appelles parce que tu es sa fille.

Je m'accroupis devant ma fille à moi.

– Coucou, Babygirl ! Tu fais un câlin à Maman ? T'inquiète pas, quand tu seras grande, je t'appellerai et tu m'appelleras, et personne ne jouera les tyrans à exiger des coups de fil.

Je fais en sorte que ma voix reste légère et joyeuse, les bras tendus vers Babygirl. Elle s'y jette vivement.

Mon père n'est pas un sale type. Il aide plein de gens. Il stocke des livres jeunesse dans son salon de coiffure pour encourager les enfants de la communauté à bouquiner. Il n'arrête pas d'inviter des orateurs à faire des conférences sur les droits des Portoricains et les problèmes de la communauté, et quand je suis tombée enceinte de Babygirl, il a organisé des dons de nourriture pour les mères célibataires. Mais ses passions me rendent parfois perplexe. Il lève des fonds pour ses causes, mais il n'en envoie jamais ici. Pendant qu'il s'inquiète de sa communauté, il laisse sa famille en plan. C'est comme si le meilleur de lui-même était réservé à des étrangers. Et ça me noue le cœur, comme une pâte pas bien mixée, où des grumeaux cuisent sous la surface.

Je me force à inspirer profondément. Babygirl dégage son parfum habituel de bébé et de savon, mais son visage sent un peu le lait caillé. J'attrape une lingette dans son sac à langer et je lui nettoie la joue. Et puis je la laisse tranquille pour qu'elle puisse danser. Mes mains tripotent toutes seules les coussins, la housse du canapé, comme pour tenter de canaliser mes émotions. 'Buela, les bras croisés, est campée dans l'encadrement de la porte du salon.

Penser à Julio, ça me colle des démangeaisons. Ça me donne envie de hurler ; ça me contracte la gorge. Je l'aime, mon père, mais il se pourrait bien que je sois allergique à lui.

Je ne dis rien à 'Buela, et après un long moment elle décroche son sac à main de la patère près de l'entrée.

– Bébé Emma a grignoté un peu, mais elle risque d'avoir faim bientôt. Ne me laisse rien pour le dîner, ne t'en fais pas. J'attraperai quelque chose au passage après mon rendez-vous. Te quiero, nena.

– Je t'aime aussi, 'Buela, je murmure à la porte fermée.

Julio, oh, Julio

– Hola, Emoni. Comment ça va ? Il était temps que t'appelles ton père.

Je sais que j'ai chopé Julio en plein salon de coiffure. Le bruit des tondeuses qui bourdonnent, des hommes qui marmonnent. Je l'imagine, lui, tête penchée sur le côté pour coincer le téléphone entre l'oreille et l'épaule, ses cheveux en queue-de-cheval le long de son dos, en pleine élaboration d'une coupe parfaitement anglée.

– Ça va bien, Julio. Et toi ?

Bzz, bzz, bzz.

– Ça va toujours, tu sais bien. Aquí, busy, busy. Ta grand-mère me dit que tu suis des cours de cuisine au lycée. Et tu vas aller en Espagne. C'est vrai, ça ?

'Buela. Elle me harcèle pour que j'appelle mon père, mais elle lui a déjà fourni toutes les infos.

– Seulement si je peux me le payer.

– Mmm-hmm. Et pourquoi l'Espagne ? Ils voudraient t'apprendre à cuisiner vraiment, ils t'emmèneraient ici.

Mon père est un grand fan de son île. Et il n'est pas très fan de l'Europe. Il a ses idées sur la façon dont les Européens ont traité l'Amérique latine et les Caraïbes quand ils étaient au pouvoir, et il pense que c'est principalement à cause d'eux (et des États-Unis) que ces pays ont tant de problèmes aujourd'hui. Et au cas où j'oublierais ce qu'il en pense, il n'hésite jamais à se lancer dans une leçon d'histoire.

– Tu sais que c'est pas parce qu'ils étaient un pouvoir colonial qu'ils sont le centre du monde, hein, Emoni ? Qu'est-ce que je t'ai toujours dit ? Sois fière de qui tu es, pour ne pas avoir à imiter ton oppresseur ou à te prosterner devant lui.

Oh là là. Les ciseaux de Julio se sont tus, ce qui veut dire que si je ne l'interromps pas maintenant, je l'aurai au téléphone encore une heure, à l'écouter s'emporter sur la manière dont on nous force à idolâtrer les superpuissances internationales.

– Julio, je pense pas qu'on aille en Espagne parce que c'est un ancien pouvoir colonial. Je pense que c'est juste parce que notre prof adore la cuisine espagnole.

– Pftt. Tout ce qu'ils savent faire là-bas, c'est ici qu'ils l'ont appris.

Probablement pas tout. D'accord, il a dû y avoir des échanges de recettes entre les deux continents, surtout question épices, mais je doute que *tous* les plats espagnols aient été inventés à Puerto Rico. La plupart des opinions de mon père sont basées sur des faits solides, assaisonnés ici et là d'un chouïa d'hyperbole.

Il doit se dire que je ne vais pas répondre, parce qu'au bout d'un moment il change de sujet :

– Comment va mon petit amour ?

Je lui parle de la crèche de Babygirl et des nouveaux mots qu'elle apprend. Il me résume la biographie de Roberto Clemente qu'il a lue récemment. Quand il me dit enfin qu'il doit me laisser, il a dû finir deux coupes et en commencer une troisième. Pourtant, une fois le téléphone raccroché, ni lui ni moi n'a dit je t'aime. Ni lui ni moi n'a dit tu me manques. Ni lui ni moi n'a dit viens vivre ici, avec moi. Il ne dit pas, je suis désolé d'être parti. Et je ne lui dis pas, je suis furieuse que tu sois parti.

Université

– Bon, tout le monde: on a bien parlé des universités où vous allez candidater, et je vais passer dans les rangs pour discuter de vos choix avec chacun d'entre vous. En attendant, remplissez le formulaire que je vous ai donné en indiquant différentes possibilités de disciplines à étudier, avec les opportunités de carrière et les options à envisager.

Je fais un signe de tête à Malachi, qui vient d'arriver en retard. Avant qu'on se sépare dans le train, il a enregistré son numéro sur mon téléphone. Je lui ai envoyé un texto après avoir parlé à Julio pour lui dire que j'étais bien rentrée, mais il m'a répondu une heure plus tard; j'étais déjà en train de faire à dîner, et j'ai donné son bain à Babygirl avant de la coucher, et puis je suis passée direct à mes devoirs. Finalement, je ne lui ai pas répondu. C'était cool, le rendez-vous glace à l'eau, mais la réaction de 'Buela à mon retard m'a remise à ma place: je n'ai tout simplement pas le temps de flâner et de flirter.

Je contemple le questionnaire de Ms. Fuentes, et je remplis

des cases, parlant de mon tempérament, de mes horaires de travail idéaux, de mes attentes question salaire, de mon expérience. J'en suis à la troisième page quand Ms. Fuentes s'assied à côté de moi.

– Alors, Ms. Santiago. Qu'est-ce qui vous préoccupe ?

Je hausse les épaules.

– Je sais qu'on en a déjà un peu parlé, mais la conseillère d'orientation dit que mes notes « laissent beaucoup à désirer ». Elle pense que la plupart des universités de la ville que j'envisage seront pas à ma portée. Je me demande si ça ne serait pas plus logique de trouver un bon boulot directement après le lycée et de me concentrer sur ça, au lieu de ces candidatures.

– À cause d'Emma ?

J'hésite une seconde. Ce serait simple de dire qu'Emma est la raison principale. Mais je ne sais pas si ce serait entièrement vrai.

– Je peux pas demander à ma grand-mère de s'occuper de Babygirl pour toujours. J'ai pas envie qu'elle le fasse. Je veux pouvoir m'occuper d'elle moi-même, et le seul truc que je voudrais étudier, c'est les arts culinaires, mais pourquoi essayer d'apprendre ça dans une école alors que je pourrais le faire dans un vrai restaurant et gagner de l'argent plutôt que de le dépenser ?

Clairement, cette réponse ne plaît pas trop à Ms. Fuentes. Elle fronce tellement les sourcils qu'ils se rencontrent au milieu de son front.

– Tu ne penses pas que ce sera mieux sur le long terme pour ta famille si tu as un diplôme ? Comme ça, si la cuisine, ça ne fonctionne pas, tu auras d'autres options. Je voudrais juste que tu fasses quelque chose de ta vie.

Je retiens un soupir agacé. J'adore Ms. Fuentes, mais parfois elle dit vraiment des trucs à la con.

– Il me semble qu'il y a plein de moyens de « faire quelque chose de sa vie » tout en s'occupant de sa famille. La fac, c'est pas la seule solution, je lui réponds.

– Bien sûr. Je suis désolée, je me suis mal exprimée. Je voudrais juste que tu candidates à l'université, histoire qu'en avril tu aies au moins la possibilité de décider de faire autre chose. Tu auras une alternative. Et qui sait ? Ton opinion sur l'université pourrait changer, en quelques mois.

Je regarde Ms. Fuentes. Elle est jeune, peut-être début de la trentaine, pas comme la plupart des profs de ce lycée. Et elle se tient au courant de plein de choses, comme la mode et la musique. Mais elle n'a pas de gosse. Elle n'a pas de grand-mère qui a passé les trente-cinq dernières années de sa vie à élever un fils et puis la gamine de son fils et puis la gamine de la gamine de son fils. Non, Ms. Fuentes a un job qu'elle a l'air d'aimer, et elle peut se payer un bon parfum, et des fringues chouettes, et de jolies manucures, et elle peut se permettre de donner des conseils que personne ne lui a demandés.

Je ne dis pas à Ms. Fuentes que je pense juste que la fac, c'est pas fait pour moi. Que je préfèrerais économiser pour que ma fille aille à l'université, quitte à ne pas y aller moi-même. Que mes rêves et mes désirs, je ne crois pas que je puisse les accomplir dans une salle de classe. Qu'ils semblent si loin de ma portée qu'il me faut plisser les yeux pour les apercevoir. Mais alors, comment les atteindre ?

Vers un ailleurs

– Angelica, c'est sublime.

Je contemple l'esquisse qu'elle a faite pour la pochette d'un rappeur qui a fini le lycée l'année dernière. Il sort son premier album dans un mois et, comme tous les élèves de Schomburg le savent, si t'as besoin d'un visuel pour un projet, c'est à Angelica qu'il faut s'adresser. Ça fait des années qu'elle mène son business pendant son temps libre et c'est grâce à lui, entre autres, qu'elle arrive à se fringuer comme si elle avait sa propre émission de téléréalité.

Angelica est sur le point de mordre dans son sandwich au beurre de cacahuète. Elle s'interrompt.

– Ça te plaît ? C'était plutôt vite fait. Il avait pas beaucoup de budget.

Je remue la tête. Les trucs « plutôt vite faits » d'Angelica, c'est le genre de boulot que n'importe qui d'autre voudrait faire encadrer. Sur la pochette, il y a un portrait du rappeur, esquissé à la main ; derrière, elle a tracé au crayon la silhouette de la ville, qui se termine avec le titre de l'album en boucles élégantes. C'est presque trop beau pour ce que c'est. Et tout à coup ma gorge se noue. Bientôt, Angelica va tout déchirer. Les gens célèbres lui commanderont des visuels. Et moi, je la soutiens à fond, à fond. Et moi, je serai aussi toujours là, loin derrière.

Je me force à sourire.

– Si t'obtiens pas une bourse complète, je défonce la tête des administrateurs. Ton book est cent fois meilleur que celui des autres candidats.

Elle hausse les épaules et mord dans son sandwich.

– J'espère, ma sœur.

Je mélange un peu de sauce soja, de ketchup et un sachet de sucre, et j'essaie de fabriquer une fausse sauce barbecue coréenne pour mes nuggets de poulet. Angelica pose sa main sur la mienne.

– Arrête de faire joujou avec la nourriture, Emoni. Tu fais ça seulement quand t'es pas bien. Qu'est-ce qui va pas ?

À mon tour de hausser les épaules.

– Tout un tas de trucs, j'ai l'impression. Mon père a appelé hier soir, et même si on a parlé longtemps, je sais pas, je suis toujours énervée contre lui. 'Buela a plein de rendez-vous chez le médecin et elle dit que c'est rien, mais je la crois pas ; elle me regarde pas dans les yeux quand elle dit ça. Et je sais pas quoi faire question fac.

Je ne mentionne pas mes sentiments confus envers Malachi.

– Hmm, il s'en passe, des choses. J'espère qu'Abuela Gloria va bien. Peut-être que c'est juste un suivi, ses rendez-vous ? Elle disait quoi, Ms. Fuentes, pour la fac ? Mr. Goldberg nous a aussi gavés avec cette histoire de candidatures, et maintenant il faut qu'on les envoie. Sérieux, on n'est même pas encore en novembre.

– Oui, mais mi-octobre, c'est la semaine prochaine. Et dans deux secondes on sera en décembre, et ça sera le moment de tout rendre à la conseillère d'orientation pour qu'elle nous fasse ses commentaires.

Les deadlines sont gravées dans mon agenda mental ; c'est juste que je ne sais pas trop ce que je vais en faire.

– Tu te déguises en quoi pour Halloween ? demande Angelica, en terminant son sandwich.

– Hein ?

Je me marre : elle a toujours été comme ça, à sauter d'un sujet à l'autre, et elle calcule parfaitement ses effets de surprise. Mais je sais qu'elle essaie aussi de me distraire des problèmes que ni moi ni elle, on n'arrivera à résoudre.

– Ça tombe quel jour, cette année ?

– Un jeudi, dit Angelica, en vérifiant dans son portable.

– Raté : je travaille, le jeudi, normalement. Mais peut-être qu'il faut que je réfléchisse à un déguisement pour Babygirl, au cas où 'Buela voudrait la balader un peu.

Les yeux d'Angelica s'écarquillent et je me retourne pour voir ce qu'elle est en train de regarder.

– On lui fabrique un costume ? Ce serait trop mignon.

Je me marre à nouveau et je mange un autre nugget pendant qu'Angelica dessine des costumes sur une serviette. Le rire aide à alléger le fardeau sur ma poitrine. Et la sauce prend un goût un tout petit peu plus doux.

Basura

Le lendemain, je pose mon plat en face de Mr. Ayden et il le fait tourner et tourner. J'attends qu'il prenne sa fourchette et son couteau.

– Jetez-moi ça, il dit sans lever les yeux.

– Je… Pardon ?

Il se fout de moi ? Je regarde autour de moi, mais les autres élèves gardent la tête baissée. Ils sont tous là à attendre de présenter leurs assiettes. La classe, d'ordinaire animée, est soudain plongée dans le silence. Malachi est le seul à ne pas faire semblant que je n'existe pas, et ses sourcils se froncent de perplexité, comme si l'ordre du chef l'avait lui aussi pétrifié.

– Jetez-moi ça, répète le chef, et cette fois il me regarde dans les yeux.

– Qu'est-ce qui ne va pas ? je demande.

Je me doute que le tic nerveux de ma mâchoire est bien visible. J'arrive pas à croire qu'il me dise de jeter un plat qu'il n'a même pas goûté !

– Ce n'est pas la recette que je vous ai donnée. Ce ne sont pas les mêmes ingrédients, et ce n'est pas coupé comme il faut.

– C'est bon, c'est équilibré comme vous nous le demandez, et la présentation est impeccable, je réponds, les dents serrées.

Il attrape une fourchette, la plante dans le plat et place un morceau dans sa bouche. Il reste silencieux un long moment. Et c'est évident qu'il *adore* ça.

– Cumin, basilic, origan.

Il secoue la tête.

– Aucun de ces ingrédients n'était dans la recette. Ce n'est pas du tout le même plat. Je ne peux pas mettre une note à un plat qui fait preuve de davantage de créativité que d'exécution. Ce n'était pas le sujet de l'évaluation d'aujourd'hui. Alors ne m'obligez pas à me répéter une nouvelle fois : jetez-moi ça.

Il repose sa fourchette.

Mes yeux picotent, mais je me mords fort la lèvre et j'attrape mon plat. Je plaque l'assiette en plastique contre le côté de la poubelle et la nourriture glisse dedans. Les mains tremblantes, je déboutonne mon tablier de cuisine, je défais mon foulard. Quand la cloche sonne, j'attends que tout le monde soit parti. Malachi est le seul élève à rester auprès de moi, et il me touche le bras en sortant.

– Viens avec moi, Santi. Laisse tomber.

Je me dégage. Le chef est derrière sa longue table de métal ; il entre les dernières notes dans son ordinateur portable. Il lève lentement la tête.

– Oui, Emoni ? Je peux vous aider ?

Je sais que ma colère se dessine comme des graffitis sur mon visage, mais je me fiche qu'il s'en aperçoive.

– Pourquoi vous m'avez fait faire ça ?

Comme en réaction à ma voix brûlante, la sienne s'apaise d'autant plus.

– Vous n'avez pas préparé le plat comme il faut.

– Et alors ? C'était bon.

– Je vous l'ai déjà dit : parfois, suivre des instructions, ça ne veut pas dire étouffer votre créativité, ça veut dire faire preuve de respect. Vous avez un mépris absolu des règles. Passe encore une fois que vous êtes un professionnel. Mais en formation, il faut apprendre les règles avant de les briser.

– Ça n'a pas de sens. Et si les règles sont idiotes ? Et si c'était juste pas génial comme recette ? Pourquoi je devrais apprendre à bien suivre une mauvaise recette ?

– Mes règles à moi, mes recettes à moi, là n'est pas la question. Un client entre et il demande une bavette saignante. À quelle température vous retirez la viande du grill ?

Je réfléchis.

– Ça brûle, Emoni. Votre steak brûle parce que vous ne vous souvenez pas de la température ni de la durée, et maintenant le client est furieux parce que c'est trop coriace et il ne reviendra pas. Et c'était juste une petite règle technique. Imaginez : si un client est allergique au poivre de Cayenne, et la liste des ingrédients ne le mentionne pas, mais voilà que vous avez envie de *vous exprimer* à la dernière minute, et hop, le client tombe malade ? Je pourrais vous sortir une centaine d'autres scénarios.

Il soutient mon regard encore un instant, puis il retourne à son ordinateur. Pas la peine de m'informer que je peux disposer, j'ai compris.

Je claque la porte derrière moi, parfaitement consciente que ça exaspère le chef quand les élèves font ça. Après ce qui s'est passé aujourd'hui, je ne pense pas rester son élève beaucoup plus longtemps.

Home

Je sèche le dernier cours de la journée, anglais, pour la première fois depuis deux ans. Quand j'étais enceinte, j'ai raté pas mal de cours, alors j'essaie vraiment de faire attention depuis. Mais c'est la dernière heure, et j'ai les mains qui tremblent encore après le cours d'arts culinaires – impossible de m'installer dans une salle de classe pour débattre de la manière dont Baldwin aborde les questions raciales et religieuses.

Le vigile du lycée devrait probablement s'interposer, mais il y a tellement de dernières années qui sortent du lycée pour aller chez le docteur ou passer un entretien ou parce qu'ils ont terminé leur journée que je n'attire qu'un coup d'œil distrait.

Et donc je vais voir la seule personne au monde qui puisse me rendre ma bonne humeur.

La crèche de Babygirl n'est pas très loin de la maison, alors au lieu de prendre le bus ou le train, j'y vais à pied, tout le long. Une heure à me vider la tête. J'arrive pile poil avant la sortie. J'observe par la fenêtre de la classe. Babygirl, plantée devant une mini-cuisine, agite une grande cuillère en plastique. C'est le truc le plus mignon du monde et, pour une raison ou pour une autre, ça me fait fondre en larmes. Je n'arrête pas de la regarder, jusqu'à ce qu'une douce odeur de vanille m'enveloppe.

– Ça fait chaud au cœur, hein ? dit 'Buela.

J'aurais dû lui envoyer un message pour la prévenir que je récupérerais Babygirl aujourd'hui. Je hoche la tête. Sa question n'appelle pas de réponse. De toute façon, la réponse est affichée sur mon visage.

– Tu vas pas me demander pourquoi je suis pas en cours ? je finis par articuler.

'Buela continue à contempler Babygirl par la fenêtre.

– Dans deux mois, tu seras majeure. Je te fais confiance pour t'occuper de cette enfant, alors je te fais confiance pour t'occuper de toi-même.

Même si sa confiance devrait me booster, je ressens un pincement dans ma poitrine. Chaque jour qui passe, 'Buela semble se mettre un peu plus en retrait, pour me laisser les rênes pas seulement de la vie de Babygirl, mais de la mienne aussi. Et je sais que cette liberté-là devrait me plaire, mais j'ignore si je suis prête à sauter sans aucun filet. Elle ne voit pas que j'ai encore besoin d'elle ? Que j'ai besoin de quelqu'un pour m'expliquer comment s'imbriquent tous les petits morceaux de ma vie ?

Grandie

Le truc, c'est que les profs oublient que depuis trois ans j'ai des décisions difficiles à prendre tous les jours. Et que je vois bien les moments où ils essaient de me convaincre de faire quelque chose qui leur conviendrait à eux, sans connaître ma situation. Il a fallu que je décide si c'était préférable d'allaiter Babygirl ou de la sevrer tôt, histoire de ne pas avoir de montées de lait en classe. Ou si je devais dire à mon père ce que je pensais de son absence, ou serrer les dents et me rappeler que j'ai au moins de la chance d'avoir un père. Ou s'il valait mieux envoyer ma fille dans une crèche que je ne connaissais pas, ou tenter de persuader 'Buela d'élever un tout petit enfant alors qu'elle est fatiguée et qu'elle a d'autres obligations.

Ou si j'aurais même dû avoir un bébé.

Et ça, c'était probablement la décision la plus difficile de toute ma vie. Personne n'avait la bonne réponse; personne ne savait si je m'en sortirais comme mère ou si je ferais mieux de faire adopter le bébé. Si je ferais mieux d'avorter. Tyrone a plein de défauts, mais il ne m'a jamais poussée d'un côté ou de l'autre. Ses parents ne voulaient pas du bébé, mais Tyrone m'a dit que c'était ma décision. 'Buela a pleuré le soir où je lui ai annoncé que j'étais enceinte, de gros sanglots silencieux, et je savais que c'était en partie pour moi et en partie pour elle – elle pensait qu'elle avait fini d'élever des enfants.

– Emoni, pregúntate – il faut que tu te poses la question : est-ce que tu es prête ? Si tu gardes ce bébé, ta vie, ça ne sera plus jamais la tienne. Toutes tes décisions devront prendre en compte cet enfant. Plus possible d'être égoïste, tu ne pourras pas placer tes propres désirs plus haut que ceux de ce bébé. C'est la dernière fois qu'on te demandera ce que tu veux, *toi*, avant de te demander ce dont le bébé a besoin. Píensalo bien.

'Buela est catholique soft. Elle croit en Dieu et en ses enseignements, mais elle n'impose pas sa foi aux gens. J'allais à l'église avec elle le dimanche, mais elle ne m'a pas forcée à faire ma première communion ou ma confirmation. Et elle ne m'a pas forcée à garder le bébé. Elle m'a juste tenu la main et elle m'a demandé de réfléchir à ce que ça impliquait. Píensalo bien. J'avais quatorze ans. J'avais aucune idée de ce que ça impliquait.

Julio est resté silencieux quand je le lui ai annoncé par téléphone. Finalement, il m'a demandé de lui passer 'Buela, et elle a emporté le téléphone dans sa chambre. On n'a plus jamais reparlé de ma grossesse. Il ne m'a pas demandé si je voulais garder l'enfant ou pas.

Sans rien dire à personne, je suis allée au centre médical public. Je me suis assise sur une chaise en plastique. J'avais pas encore le gros ventre, ni les chevilles gonflées, aucun petit coup de pied pour me rappeler la présence à l'intérieur. Je n'avais rien d'autre qu'un test urinaire et pas de règles comme preuves qu'il y avait un bébé. Les infirmiers de la clinique ont été adorables. La docteure m'a traitée comme une vraie adulte, et elle m'a présenté toutes les possibilités, tous les risques, toutes les procédures. Elle ne m'a forcée à rien, et elle m'a épargné sa pitié.

La seule question que je me posais, c'était : *Est-ce que j'en suis capable ?* Et je me suis aperçue qu'il n'y aurait jamais de bonne réponse pour tout le monde, juste une bonne réponse pour moi.

Saison des ouragans

'Buela regarde les infos avant le match du dimanche soir pendant que je révise l'interro de la semaine pour le ServSafe. Babygirl devrait être de retour dans une heure et j'ai terriblement hâte de la prendre dans mes bras. Tout le weekend, Tyrone m'a envoyé des photos d'elle et des nouvelles, et j'ai l'impression qu'on trouve enfin notre rythme avec ces gardes.

Quand j'entends 'Buela sursauter, je braque mon regard sur la télé, pensant apprendre que son joueur préféré s'est blessé. Mais non, c'est la météo, et ma poitrine se contracte en voyant le tourbillon de nuages. 'Buela et moi, on sait parfaitement ce que ça veut dire, une tempête, pour la Caroline du Nord et surtout pour Puerto Rico. Il n'y a pas si longtemps, un ouragan a atteint l'île, et il a causé plus de ravages que jamais.

La dernière fois, on n'a pas eu de nouvelles de Julio pendant plus de trois semaines.

'Buela ne pouvait rien avaler, et je ne dormais que quelques heures par nuit. On n'arrêtait pas d'appeler son portable et les numéros d'urgence pour savoir si quelqu'un avait des nouvelles de lui. Mais aucune. J'ai passé des jours à tenter de contacter des gens de son quartier, mais tout ce que j'apprenais, c'était que personne ne l'avait vu. J'ai eu plus peur pendant ces trois semaines que pendant mon accouchement, et c'était assez terrifiant déjà, l'accouchement, sachant que ma mère n'y avait pas survécu. Avoir peur pour la vie de quelqu'un d'autre, c'est toujours pire qu'avoir peur pour sa propre vie.

Et maintenant, alors qu'ils viennent à peine de s'en remettre, là-bas, on dirait bien qu'une autre tempête se prépare.

– Tu avais rappelé ton père, d'ailleurs ? me demanda 'Buela.

Je hoche la tête. Heureusement que je l'ai rappelé mercredi, même si c'était tendu comme coup de fil. Je prends ma colère et je la plie en tout petit et je la cale dans un recoin de mon cœur. Pour le moment, ces sentiments-là ne comptent pas.

– Emoni ! Deux fois en une semaine, c'est mon anniversaire, ou quoi ?

Je commence à parler avant qu'il ait fini sa phrase.

– Julio, il y a une tempête qui s'approche de chez vous. T'es au courant ? Elle devrait arriver d'ici une semaine.

Et j'attends qu'il s'en moque ouvertement, comme il fait d'habitude à chaque tempête. Il est toujours le premier à dire que c'est rien, que personne ne lui fera quitter son île. Mais un petit silence accueille ma question, comme si Julio cherchait ses mots.

– J'ai vu, bien sûr que j'ai vu, Emoni. On fait des stocks de vivres et on vérifie que les générateurs fonctionnent en cas de panne d'électricité. Au barrio, on a un plan et je m'assure que tout le monde est en sécurité.

Et puis on se tait tous les deux, parce que je ne sais pas comment lui dire que j'aimerais bien qu'il se mette en sécurité, lui. Et je ne crois pas qu'il sache dire ce genre de choses non plus.

'Buela nous sauve.

– Demande à Julio s'il va venir. On doit lui réserver un vol. Ils disent que ça va être terrible, comme tempête.

Il doit l'entendre, parce qu'il répond avant que j'aie à répéter.

– Dis à Mami que je ne partirai pas de chez moi. Je suis né ici. Je vis ici. Je mourrai ici, à l'heure que Dieu choisira. Un chez-soi, ça s'améliore; on ne s'en échappe pas juste parce qu'on peut se le permettre. La communauté a besoin d'autant de bras et de cerveaux que possible.

Je hoche la tête, même s'il ne me voit pas à l'autre bout de la ligne. Et on reste comme ça un moment, à écouter l'autre respirer.

Deuxième Partie

LE SALÉ

RECETTE FAÇON EMONI

« QUAND LA VIE RENVERSE TON LAIT À LA FRAISE, PAS LA PEINE DE VERSER TES LARMES DESSUS EN PLUS. »

Occasion : booster ton égo quand t'es remplie de regrets.

INGRÉDIENTS :

Autant de fraises que possible

Autant de sucre que tu veux

Assez d'eau pour recouvrir le sucre

Un verre et demi de lait entier

Trois gouttes d'extrait de vanille des Caraïbes infusé à la menthe

PRÉPARATION :

1. Dans une casserole, fais chauffer les fraises, l'eau et le sucre jusqu'à ébullition. L'eau va commencer à s'évaporer et le mélange s'épaissira jusqu'à ressembler à de la confiture. Laisse sur le feu le temps d'écouter trois fois une chanson de Cardi B.
2. Filtre-moi tout ça pour séparer les fraises cuites du sirop. Laisse refroidir le sirop.

3. Verse l'équivalent de trois gorgées de sirop et la vanille infusée dans un grand verre de lait. Agite jusqu'à ce que le lait soit rose de partout.

Suggestion de dégustation : en jouant à cache-cache avec ta gamine, best-of de Rihanna en fond sonore.

Sécher

Je ne vais pas en arts culinaires le lundi suivant. À la place, je me glisse dans le CDI par la porte de derrière. La bibliothèque, c'est bien, c'est tranquille, et les profs viennent rarement chercher les élèves ici.

Quand arrive le mercredi après-midi, je ne vais toujours pas à ce cours. Malachi m'expédie un texto pour me demander où je suis. Je lui envoie un smiley souriant mais rien d'autre. Il me jette des regards interrogateurs en vie de classe tous les matins, mais je remue la tête, et il finit par arrêter de me poser des questions sur les cours et on parle d'autre chose. Je passe la semaine à faire mes devoirs dans la bibliothèque et à ne pas penser à mes absences qui s'accumulent. Il va y avoir un moment où Ms. Fuentes recevra une note disant que l'une de ses élèves sèche un cours. Et je sais que si je continue, j'échouerai à cette option. Mais même si je n'ai aucune envie de revenir un jour en arts culinaires, je n'arrive pas non plus à abandonner complètement, et le cours ne me laisse pas tomber non plus, d'ailleurs. Il vient me chercher jusque chez Burger Hit.

Ding. Ding. Ding.

Je me dirige vers la chaîne de production et j'attrape la commande de hamburgers et de frites, les empile sur le plateau avant de les donner à ma cliente. Elle me souhaite une bonne journée et s'en va, et le client suivant débarque. J'enfonce ma casquette sur ma queue-de-cheval et je lève les yeux.

Malachi. C'est vendredi après-midi et j'ai raté toute une semaine d'arts culinaires. J'ai aussi passé mon temps à répondre à ses textos avec seulement des smileys et des mots-phrases. Il n'arrête pas de me demander si je vais revenir en cours, si je vais bien, et honnêtement, je connais pas la réponse à ces questions, alors c'est plus facile de rester dans la légèreté, avec des mèmes et des paroles de chansons.

Mais voilà qu'il est là, Malachi, à Burger Hit, Pretty Leslie à ses côtés. S'il est surpris de me voir, il n'en laisse rien paraître, mais elle sourit, elle, ses lèvres peintes en rouge s'écartant comme un rideau le long de ses dents. Et je l'entends presque me saluer comme un magicien de cirque. *Tadam ! Une autre occasion de te taper l'affiche, bitch !*

– Emoni, dit-elle comme si on était de grandes amies – et elle fait durer la dernière syllabe trois secondes. Salut, ma beeeeelle !

Ses faux cils interminables papillonnent et j'ai envie de les lui arracher un à un.

– Bienvenue chez Burger Hit. Qu'est-ce qui vous ferait plaisir ? je demande du même ton que pour n'importe quel client.

Je sais que Malachi mériterait mieux, mais j'ai pas l'énergie de faire semblant d'être gentille avec Pretty Leslie ou de me demander ce qu'il fiche ici avec elle.

– Je vais prendre un numéro deux, avec supplément fromage, cornichons sur le côté, frites ultra-croustillantes et sauce barbecue. Ah, et un chausson aux pommes… ils sont trop bons. Peut-être que je devrais prendre une glace pour aller avec.

Pretty Leslie tapote son menton de ses longs ongles rouges. Le vernis est exactement de la couleur de son gloss. J'entre leur commande dans l'ordinateur et j'attends qu'elle se décide. Je ne sais pas si c'est vrai, le truc de la glace, ou si elle fait juste allusion à ma dernière virée avec Malachi.

– Non, non, pas de glace. Ça suffit comme ça, déjà.

Je lève un sourcil en direction de Malachi, sans rien dire.

– Je vais prendre le numéro cinq, avec un verre d'eau.

J'entre sa commande dans la machine.

– Ensemble ou séparément ?

Pretty Leslie se met à glousser.

– Ensemble. Oh, Emoni, ça doit être tellement cool de travailler dans l'alimentation, même si t'as abandonné notre cours. Tu dois apprendre plein de choses ici, je suis sûre.

Malachi écarquille les yeux et se déplace vers le mur du fond, mais Pretty Leslie ne bouge pas. Je lui adresse un sourire.

– Merci de t'en inquiéter. Quand votre commande sera prête, vous pourrez la récupérer là-bas.

Je leur désigne l'autre comptoir. Elle s'éloigne, faisant en sorte que je la voie bien ricaner.

– Emoni, arrête de copiner avec les clients. Même si ce sont tes potes de lycée, dit Steve derrière moi.

Je soupire et je regarde le client suivant.

– Bienvenue chez Burger Hit. Qu'est-ce qui vous ferait plaisir ?

Le pardon

Quand j'arrive à la maison, 'Buela est posée sur le canapé à regarder la télé. J'accroche mon sac de cours à la patère, je lui embrasse le front, et j'entre dans ma chambre, où Babygirl est déjà endormie. Ces derniers temps, elle arrive à se hisser toute seule à mi-hauteur des barreaux, et je sais que bientôt elle réussira à grimper par-dessus. J'évalue les lieux. Je ne sais pas comment on va pouvoir faire tenir un autre lit là-dedans, mais il va bien falloir, à un moment ou à un autre. Peut-être que je pourrais mettre le mien en biais et créer une sorte d'agencement audacieux en diagonale. J'écarte de son front ses cheveux bruns et je dépose un baiser sur chacun de ses sourcils.

Techniquement, c'est le weekend de Tyrone, mais lui et sa famille vont à un enterrement, et ça m'aurait embêtée qu'ils emmènent Babygirl, alors on a repoussé au weekend suivant. Je suis tellement contente qu'elle soit ici avec moi.

Dans le salon, 'Buela tapote le canapé près d'elle.

– Comment s'est passée ta journée, nena ?

– C'était longuet. Le bus était en retard, sinon j'aurais été à l'heure pour la mettre au lit. Merci de l'avoir fait. Ça allait, elle ?

– Ça allait bien.

Je hoche la tête et je ferme les yeux.

– Ton père a appelé.

Elle lève une main avant que je puisse dire quoi que ce soit.

– Il va bien. Rien à voir avec la tempête. Il m'a demandé de te dire de l'appeler. Je sais, il pourrait juste t'appeler sur ton portable. Je le lui ai dit, mais il a dit que c'était toi l'enfant, etc.

Je me marre et j'ouvre les yeux.

– Cet homme est hilarant. Il se prend pour qui ?

– Pour ton père. Et tu sais qu'il a la cervelle en pagaille avec cette histoire de tempête.

'Buela et moi, on a des idées différentes concernant mon père, mais je sais qu'elle a raison, pour le coup.

– Emoni, yo sé, tu lui en veux beaucoup. Il ne faut pas garder cette colère à l'intérieur de toi.

– Je l'appellerai tout à l'heure pour vérifier qu'il n'a besoin de rien.

Mais quand j'attrape mon téléphone, c'est pour appeler Angelica.

– Hey, Gelly, je vais faire des courses demain matin. C'est ta dernière chance de changer le menu.

Ça fait des semaines que je planifie le dîner, et demain c'est le grand jour. Gelly a laissé l'argent dont j'ai besoin pour les courses dans notre casier, et ce que je lui prépare, c'est au-delà de tout ce qu'elle pourrait imaginer.

– Je ne veux rien changer du tout. Il faut juste que ce soit classe. Un truc que tu apprends en cours.

Je ne le lui ai pas encore dit. Je n'ai dit ni à elle ni à 'Buela que j'avais arrêté d'aller au cours.

– Compris !

– Super. J'ai déjà commencé à préparer le costume d'Halloween de Babygirl, alors on sera quittes.

– Angelica, en ce qui me concerne, on sera toujours quittes. Pas de dettes entre nous.

Et j'ai pas besoin de la voir sourire pour savoir qu'elle sourit.

Sororité

Quand mon ventre a commencé à pointer, les autres au lycée ont commencé à raconter de la merde (je sais, je suis pas censée jurer, mais là, il y a vraiment pas d'autre manière de le dire). Il y avait eu des filles enceintes avant, mais on aurait dit que c'était du jamais-vu. Peut-être parce que j'étais jeune et toute menue, et qu'à la fin de l'année on aurait dit qu'un ballon de basket tentait de se libérer de mon bide. Peut-être parce que les gens pensaient que j'étais prétentieuse, vu que j'étais plutôt secrète. Peut-être parce que même si Tyrone n'était pas dans notre lycée, la plupart des filles à Schomburg Charter le connaissaient ou avaient entendu parler de lui et personne ne comprenait vraiment pourquoi c'était moi qu'il avait choisie.

Les petites remarques et les rumeurs couraient déjà avant qu'Angelica fasse son coming-out, alors que tous les mecs de l'équipe de foot essayaient de la chiner et que toutes les filles voulaient qu'elle se mette à côté d'elles à la cantine. Je m'attendais à ce qu'elle parle derrière mon dos, elle aussi, parce que c'est comme ça que ça se passe, même si on était amies depuis toujours. Mais en fait, ça nous a encore plus rapprochées. Le truc avec Angelica, c'est qu'elle faisait toujours taire les rumeurs. Chaque fois qu'elle entendait le moindre murmure à mon sujet, elle sortait les crocs. Si un mec faisait un commentaire comme quoi j'étais une pute, elle le douchait d'injures et ne lui adressait plus jamais la parole.

Quand elle m'a annoncé qu'elle était lesbienne, je lui ai demandé si elle avait eu des sentiments pour moi, si c'était pour ça qu'elle avait remué ciel et terre pour me défendre.

– Beurk, non, elle a répondu, le visage déformé comme si elle venait d'ouvrir une bouteille de lait périmé. Ce serait de l'inceste, limite. T'es amoureuse de tous les gens avec qui t'es amie ou que tu défends, toi ?

J'ai beaucoup appris sur ce que ça voulait dire, d'être une amie puissante, de protéger quelqu'un et de se mettre à sa place. Quand elle a fini par faire son coming-out, en avant-dernière année, j'ai été là pour elle comme elle l'avait été pour moi. J'ai fait en sorte d'arriver à notre casier chaque jour avant elle pour arracher les Post-it dégueus que des gens mettaient là.

Et quand certains avaient le culot de nous demander si on sortait ensemble, je lui prenais la main et je la serrais fort, comme elle quand j'étais enceinte et que j'avais peur, et on marchait ensemble dans les couloirs. Alors les autres ont appris rapidement que s'ils avaient un problème avec Angelica, c'était mon affaire aussi. S'ils avaient un problème avec moi, on était deux en face.

Mais c'est ça, d'être sœurs, non ? Tout tenir à bout de bras quand l'autre menace de s'effondrer.

Invitations

– Allô, Santi ?

Je hausse les sourcils et contemple mon téléphone. Normalement, je ne réponds pas aux numéros inconnus, mais j'étais tellement occupée à organiser mes achats pour le dîner d'Angelica que j'ai décroché sans réfléchir.

– Malachi ?

Le rire que j'entends n'est pas aussi doux que d'habitude, et je me demande s'il est nerveux. Pour une raison ou pour une autre, ça m'attendrit de penser à Malachi composant mon numéro avec un peu d'anxiété.

Je jette un œil à la cuisine – je sais que c'est là que j'aurai le plus d'intimité dans l'appartement, sauf si je veux aller me cacher dans la salle de bains. Je tire la petite chaise de la table à manger et je m'assieds.

– Tu m'appelles d'où ?

– Du fixe de chez ma tante. Mon portable déconne et je voulais te parler.

Ah bon. Je me demande si j'aurais répondu si j'avais vu son nom s'afficher. Je revois le regard qu'il a lancé à Pretty Leslie chez Burger Hit quand elle n'arrêtait pas ses vacheries.

– Quoi de neuf, Malachi ?

Long silence à l'autre bout de la ligne.

– Je voulais juste m'excuser pour hier. Pour Leslie. Elle s'est mal conduite. J'aurais jamais cherché à te mettre mal à l'aise.

– Pas de souci. Ça me met pas mal à l'aise de bosser, que ce soit pour une chaîne de fast-food ou pour n'importe quoi. On a essayé de me foutre la honte pour plein de trucs, et ce que j'ai appris, c'est que, la plupart du temps, c'est les autres qui ont un problème, pas moi.

On reste silencieux un moment. J'avais pas prévu de dire ça. Je sais pas pourquoi, mais j'en dis toujours plus que nécessaire quand c'est Malachi qui écoute.

Il s'éclaircit la gorge.

– J'aimerais bien te voir. Qu'on puisse discuter.

– Qu'est-ce qui se passe ? Pretty Leslie est pas dispo ?

À peine j'ai dit ces mots-là que je voudrais les ravaler. Ça me regarde pas, ce qu'il fabrique avec Pretty Leslie. J'aurais même pas dû la mentionner. Et voilà, ma langue qui démarre encore au quart de tour, comme si c'était elle qui commandait.

Malachi se tait. Et quand il s'exprime enfin, c'est comme s'il revenait à lui-même pour la première fois depuis le début de cette conversation.

– T'es jalouse ou quoi ? Je croyais qu'on était même pas amis.

– Nan, j'aurais jamais dû dire ça. Je veux juste pas que tu t'imagines que tu peux être là à passer d'une meuf à l'autre. Si t'essaies de sortir avec elle, j'espère que t'es pas aussi en train d'essayer de sortir avec moi.

– C'est pas comme ça que je le ressens. J'essaie pas quoi que ce soit. Je sais pas pourquoi Leslie se comporte comme ça quand t'es là, mais elle est pas pareille avec moi. C'est une amie. C'est tout.

Je secoue la tête. Les mecs, parfois, ils captent vraiment rien.

– C'est peut-être comme ça que tu la vois, mais je te jure, je connais Pretty Leslie depuis le collège. Elle est pas gentille juste pour le fun. Elle est à fond sur toi.

Malachi soupire.

– Et moi, je l'aime bien. Comme amie. Elle a pas eu une vie facile et on a des trucs en commun, mais je cherche pas à sortir avec elle ni rien. Alors j'ai le droit ? De traîner avec toi, je veux dire.

Il y a plein d'autres choses que je voudrais lui demander sur sa relation avec Pretty Leslie. Elle a pas eu une vie facile, sérieux ? Chaque fois que je la vois, elle minaude, elle fait voleter sa frange, et tout ce qui l'intéresse, on dirait, c'est la couleur de son prochain vernis à ongles. Mais voilà, même si c'est pas raisonnable, je réponds quand même :

– Je suis chez moi avec ma fille et ma grand-mère toute la journée. Je cuisine pour un dîner ce soir.

– Peut-être que je pourrais venir t'aider ? Tous les grands chefs ont besoin d'un second de temps en temps, pas vrai, chef Santi ?

Un second

– Et alors, este Malachi de ton lycée, qu'est-ce que tu sais de lui ? demande 'Buela.

Elle fait la vaisselle du déjeuner pendant que je finis de donner à manger à Babygirl. Quand je dis « donner à manger », je veux dire que je tente de l'empêcher de jouer avec les grains de riz dans son bol et de les mettre dans sa bouche à la place, en espérant que la plupart seront avalés plutôt que recrachés dans la mosaïque baveuse qui s'accumule sur son assiette.

– Je sais qu'il habite à Oxford Circle avec sa tante. Et il est du New Jersey à l'origine. Il est en dernière année, comme moi, et il a changé de lycée le mois dernier. Je sais qu'il a le sens de l'humour.

– Il est gentil ?

'Buela ferme le robinet et essuie ce qui reste de la vaisselle avant d'étendre le torchon au-dessus de l'évier. Babygirl esquive une nouvelle cuillère de riz.

– Hmm-mm, il est gentil. Très poli.

– Alors vous sortez ensemble ?

Je lâche presque ma cuillère.

– Mais non, 'Buela ! Oh là là, on est juste amis. Enfin, même pas. Juste on va en cours ensemble. Je suis sortie avec quelqu'un depuis Tyrone, peut-être ?

'Buela a le dos tourné, mais elle est complètement immobile.

– OK. C'est juste que je trouve Emma un peu jeune pour que tu recommences à ramener des garçons à la maison.

Malgré ce que j'ai dit à Malachi au sujet de la honte, les mots de 'Buela résonnent comme une claque. J'avale ma salive et je garde ma voix aussi basse et neutre que possible pour dire :

– Je ne « recommence » pas à « ramener des garçons à la maison ». Il va juste m'aider à préparer le dîner pour Angelica et Laura. Je sais même pas si je vais le présenter à Babygirl.

'Buela hoche la tête et me tend une serviette. J'essuie le riz sur le menton de Babygirl.

– Et t'as déjà fait ce plat-là ? me demande Malachi en retirant la casserole de macaronis de la gazinière.

J'ai failli l'appeler pour lui dire de ne pas venir. Après avoir parlé à 'Buela, je me suis rendu compte que ça pouvait causer trop de problèmes, que ça en valait pas la peine. Mais il devait déjà être en chemin à ce moment-là. Ou peut-être que je voulais quand même qu'il vienne.

Tout ce que je sais, c'est qu'il est là maintenant.

– Non, non. C'est la recette de mac and cheese de ma tante, mais je vais la personnaliser un peu.

– C'est ce que tu fais toujours. C'est probablement pour ça que Mr. Ayden s'énerve tellement.

– Eh bien, il n'a plus à s'énerver. Il a tous les petits soldats dont il a besoin.

Je lui fais un salut militaire. Malachi hausse les épaules et il ouvre le frigo pour ranger le beurre. J'ajoute les dernières épices au filet de bœuf et je me tourne pour prendre une grande poêle. 'Buela s'avance dans l'encadrement de la porte. Elle surveillait Babygirl dans sa chambre – j'ai décidé de ne pas présenter Malachi à la petite, en fin de compte.

– Et alors, Malachi, ça te plaît, le cours de cuisine que tu fais avec Emoni ? demande 'Buela.

On échange un regard, mais il se tourne vers 'Buela, toutes fossettes dehors. Je ne connais pas son niveau en télépathie, mais il faut qu'il la ferme au sujet de ce cours. Pas de blagues sur mes délices ou l'idée d'un plan à trois. Pas de « Jetez-moi ça ». Et surtout, pas la vérité : que je ne vais plus au cours.

– Oui, Mrs. Santiago, j'aime beaucoup ce cours. Je cuisine depuis tout petit parce que ma mère travaillait tard et j'étais l'aîné, alors c'était moi qui m'assurais que mon frère était bien nourri.

Je le regarde, surprise. Je ne savais pas qu'il cuisinait depuis son enfance, et je ne savais rien sur sa famille, d'ailleurs. 'Buela cligne lentement des yeux, comme elle fait quand on lui parle anglais rapidement et qu'elle se traduit ça en espagnol.

– Tu étais l'aîné mais plus maintenant ?

Malachi se redresse et secoue la tête; son sourire tombe de son visage. Il reste silencieux un long moment, comme pris par un débat intérieur. L'expression tendre de 'Buela doit finir par le décider.

– Mon petit frère a été tué en février dernier. Une bagarre dans le quartier et il s'est pris une balle. On ne sait pas si elle lui était destinée ou si c'était un accident.

Il ne me regarde pas en parlant. Il a les yeux rivés sur 'Buela. Mes phalanges se contractent sur le bord du plan de travail.

– Ma Moms a pas voulu que je me retrouve mêlé à ces histoires, alors elle m'a envoyé ici, vivre avec ma tante. C'est à deux heures à peine, mais Moms dit que là-bas, dans le quartier, je me ferais manger tout cru, qu'il en resterait que les os, et qu'elle supporterait pas de revivre ça. Maintenant, j'ai plus aucune raison de faire la cuisine, parce que Tante Brenda a des horaires de travail normaux et elle me met le dîner sous le nez.

Je sais pas si ça peut être triste, un haussement d'épaules, mais ce petit mouvement qu'il fait me serre la gorge.

La minuterie du four tinte. Je l'ignore. Sans que je puisse la contrôler, ma main s'élève vers le dos de Malachi, et puis je la force à redescendre. Je ne voudrais pas que quiconque se fasse des idées, dans cette pièce. Moi y compris. Mais 'Buela le fait à ma place. Elle s'approche de Malachi, qui mesure deux fois sa taille, et le serre fermement dans ses bras. Elle lui tapote le dos et ces petits coups résonnent exactement comme un battement de cœur.

– C'est pas facile de perdre un membre de sa famille. Merci d'avoir partagé ça avec moi. Je suis heureuse que vous soyez amis, Emoni et toi.

Elle s'écarte, le tient toujours par le bras. Le regarde droit dans les yeux.

– Mais attention à ce que ça ne devienne pas autre chose. Je ne veux pas que vous vous fassiez du mal.

'Buela a une de ces manières de te faire savoir qu'elle tient à toi – et aussi qu'elle va te botter le cul si tu ne marches pas droit.

Malachi hoche la tête et puis sourit. Pas son sourire-ampoule-électrique habituel, mais presque, et instantanément 'Buela lui sourit en retour, lui tapote la joue.

– T'es un bon garçon, j'ai l'impression. Je vais pas rentrer dans les détails sur l'autre qu'elle nous a ramené, puisqu'il a aidé à nous fabriquer la petite, mais chacho ! Il était pas facile à avaler, celui-là. Ne laisse pas reposer les pâtes trop longtemps, Emoni ; Angelica te tuerait.

Elle sort de la cuisine et va retrouver les cris qui l'appellent depuis la chambre.

– Merci, je murmure.

Je m'éclaircis la gorge.

– Merci de nous avoir dit ça. D'avoir répondu à ses questions. Elle est curieuse.

Je m'approche de la gazinière et je monte la température. Pour que les steaks grillent joliment, il va falloir que la poêle soit bien chaude et faire ça rapidement, avant de finir de les cuire au four avec le gratin de macaronis.

– Ta grand-mère regarde un match de foot ? demande Malachi depuis la porte.

Clairement, il n'a plus envie de parler de son frère.

– Ouaip. C'est une grande fan des Eagles, mais puisqu'ils ne jouent pas avant demain, elle prend une dose de trophée inter-universités.

La main de Malachi me chatouille la nuque et, avant que je m'en rende compte, il m'enlace par-derrière. Je reste postée là, les mains raides, mais comme il ne me lâche pas, je me laisse aller contre son avant-bras. Et je me demande s'il s'est mis du parfum sur l'intérieur du poignet, parce qu'il sent bon.

– Emoni, il murmure dans mes cheveux.

– Hmm ? je réponds.

Il va tout faire rater. Il va essayer de m'embrasser ou il va dire un truc vulgaire. Les mecs sont nuls comme ça. Toujours à ruiner les moments les plus précieux.

– Je crois que tu as tort. On est amis, en fait. Ta grand-mère l'a dit. Et c'est le genre de femme qui sait de quoi elle parle. Même si elle a un goût de chiotte question équipe de foot.

Je souris contre son bras et puis je le repousse. Il y a un steak fumant qui réclame mon attention. Et une rectification à opérer.

– Les Eagles vont gagner le Super Bowl cette saison, une fois de plus. Attends de voir.

Anniversaire

Angelica ouvre grand la porte, et Malachi et moi, on trimbale comme on peut dans le salon nos sacs pleins à craquer de Tupperware et d'objets de déco. La maison sent le Cif et l'encens. Angelica a fait le ménage alors que le balai est son ennemi juré. Je ne lui ai pas dit que Malachi serait avec moi – l'une des choses que j'adore dans notre amitié, c'est qu'elle n'a même pas cillé quand elle a ouvert la porte, mais au moment où Malachi commence à déballer les boîtes dans la cuisine, elle hausse un sourcil et le désigne d'un mouvement de tête. J'écarte les mains et je lui fais un petit sourire. On n'a pas prononcé un seul mot, mais on s'est dit tout ce qu'il y avait à dire.

Angelica s'éclaircit la voix.

– Malachi, j'ai essayé de mettre la table, mais je crois que j'ai fait n'importe quoi.

Je jette un coup d'œil dans le salon, où sa petite table attend. Les couverts sont à la mauvaise place, en effet, et elle a mis les verres à eau à gauche. Le chef nous a appris dès la deuxième semaine comment bien dresser une table.

– Tu crois que tu pourrais m'arranger ça pendant qu'Emoni me montre ce que je dois faire question dîner ? Laura arrive dans vingt minutes et je sais que je dois préchauffer le four ou un truc du genre.

– Compris.

Malachi s'approche de la petite table et commence à plier les serviettes et à arranger les couteaux. Angelica m'attrape la main, me tracte dans la cuisine et chuchote (mal) :

– Qu'est-ce qu'il fait là ? Je croyais qu'il sortait avec Pretty Leslie.

Clairement, il y a des choses qui ne se communiquent pas d'un coup de sourcil ou de sourire. Je règle le four, puis je retire les couvercles des sauces et des portions individuelles de mac and cheese. Tante Sarah met trois fromages, mais j'en ai ajouté un super-puant pour rendre tout ça encore plus crémeux. J'ai fait un croquis de la manière exacte dont Angelica doit dresser les assiettes, y compris l'emplacement des sauces, pour qu'elle puisse tout organiser pile au bon moment pour Laura.

– Je sais pas. Il m'a appelée aujourd'hui et il voulait chiller. Je me suis dit que ce serait pas un problème. C'est pas un date ni rien. J'avais bien besoin d'aide pour acheminer tout ça ici.

Angelica me balance son regard qui veut dire « Mais oui, *bien sûr* », et elle ouvre le placard au-dessus de l'évier pour sortir deux assiettes blanches cerclées de motifs de vigne vierge.

– Ça ira, celles-là ? elle demande. Elles étaient à ma grand-mère, et Maman et moi, on les utilise juste pour Thanksgiving.

Elle suit du doigt les vrilles de la vigne, et son doigt tremble. Je lui prends les assiettes et je les pose sur le plan de travail. Puis je lui attrape la main.

– Ça va ? Ça te stresse que ta mère découvre que tu as invité Laura ? Je peux venir t'aider à faire le ménage demain.

J'adore passionnément Mrs. Jackson, et elle et Angelica s'entendent super bien, mais pour elle, peu importe l'âge d'Angelica ou le sexe des personnes avec qui elle sort – les règles sont strictes sur qui a le droit d'entrer dans sa maison.

– C'est pas à cause de ma mère. Elle sait que Laura vient dîner.

Je lui presse la main.

– Mais alors c'est quoi, poulette ?

Elle remue la tête comme si elle n'allait rien dire, puis elle bafouille :

– On n'a encore jamais couché ensemble.

Je ne laisse pas transparaître ma réaction. Angelica est toujours tellement sûre d'elle, de ses mots, de son monde. Je ne la reconnais pas, cette fille qui grignote le vernis de sa récente manucure. J'attrape cette autre main aussi, du coup.

– OK, et vous avez décidé que ce serait pour aujourd'hui ?

Je ne fais que deviner. Angelica ne se ronge pas les ongles, normalement – et ne se mord pas la langue –, mais ce soir elle n'est pas dans son élément. Elle finit par me regarder et hoche la tête.

– Le truc, c'est qu'aujourd'hui c'est ma première fois. Toute première. Je veux dire, j'ai embrassé des filles déjà, tripoté, etc., mais rien de plus. Et si jamais je sais pas quoi faire ?

Je la débarrasse de ses lunettes graisseuses et je nettoie les verres sur mon T-shirt. Je vois bien qu'elle a besoin d'un moment sans que je la fixe du regard. Je les remets en place sur l'arête de son nez.

– Angelica, maintenant que t'y vois clair, regarde-moi. Laura t'aime pour ce que tu es. Elle a peut-être plus d'expérience dans ce domaine, mais je suis sûre que ça lui ira de prendre les choses lentement. Vous trouverez quoi faire ensemble.

Je lui souris. Elle n'a pas eu le même trac quand elle a couché avec un mec pour la première fois. Elle avait pris ça avec une curiosité toute scientifique, même si ça a simplement confirmé ce qu'elle pressentait déjà sur elle-même. Mais c'est moins une question d'exploration que d'expression. Je sais bien ce que ça représente pour elle.

Je lui presse les mains.

– T'as pas à faire quoi que ce soit qui te mette mal à l'aise. Je suis sûre que Laura comprendra.

Elle me presse la main en retour.

– Je sais, je sais. Mais j'ai envie.

Elle sourit.

– Je suis juste putain de stressée.

Je me marre.

– Tout va bien se passer. Je te jure. J'ai mis un peu de magie supplémentaire dans ma recette, je sais de quoi je parle.

Maintenant, viens regarder ce dessin pour voir comment dresser l'assiette quand Laura arrivera.

Angelica jette un coup d'œil à mon dessin et éclate de rire. Je regarde ses épaules se relâcher, son corps se secouer.

– Emoni ! C'est le pire dessin que j'aie vu de ma vie. Je comprends rien à la moitié de ces gribouillis.

Je mets ma main sur mon cœur et hoquète :

– Vas-y, puisque tu critiques mon talent artistique !

Angelica sort un crayon et refait le diagramme selon mes instructions. Quand elle a fini, elle m'adresse un petit sourire, et je vois bien qu'elle est toujours en stress, mais prête à faire face à ce que la nuit lui apportera.

– Merci, Emoni.

Je la serre encore dans mes bras une dernière fois, puis Malachi et moi, on s'éclipse.

Netflix, no chill

– Ce steak que t'as fait, c'était une tuerie, Santi !

Malachi envoie un baiser en l'air du bout des doigts, comme un cuisinier dans une vieille pub pour Barilla.

– Elles vont adorer, surtout quand elles testeront le mac and cheese.

Il y avait aussi du chou kale légèrement attendri, mais Malachi n'en a pas goûté.

– Et le plus dingue ? Je sais pas si c'est parce que j'ai parlé de mon frère à ta grand-mère, mais il y a un souvenir qui m'est revenu de nulle part. De quand j'ai appris à préparer du mac and cheese en boîte. Je me souviens qu'on s'était retrouvés tartinés des pieds à la tête de l'espèce de sauce orangée, là, et on avait fait tomber les pâtes par terre, et quand ma Moms est entrée dans la cuisine, on n'avait rien d'autre à lui proposer qu'une casserole d'eau bouillante et un énorme bazar.

Il se marre. Et je lui attrape la main pour la serrer.

Dans la rue, il me prend les sacs de boîtes vides. Je commence à protester, et puis je me tais. Il faut bien avouer que c'est cool de pouvoir me promener les mains dans les poches pendant que quelqu'un d'autre trimbale la vaisselle sale, pour une fois.

– J'espère que ça va leur plaire. Elles méritent un bon dîner. Elles sont trop chou comme couple.

Je lui fais face.

– Je sais pas ce que t'as de prévu. Faut que je rentre voir comment vont Babygirl et 'Buela.

Il hoche la tête et les Tupperware vides jouent des percussions dans le grand sac de courses que 'Buela a acheté au tout-à-un-dollar.

Je le regarde. Je me mords la lèvre. Je sors mon téléphone. Vingt heures. Encore tôt. Je remets le téléphone dans ma poche.

– Tu veux rentrer avec moi ? Regarder la télé ou un truc du genre ? Il y a des restes.

Je m'attends à ce qu'il ricane, ou hausse un sourcil, mais il ne fait que de nouveau hocher la tête lentement et il me suit jusque chez moi. J'ai toujours été contente que Gelly et moi, on habite si près l'une de l'autre, mais jamais autant qu'à cet instant.

– OK pour la télé, mais si tu me promets qu'on regarde pas un film d'horreur. Je déteste les films d'horreur.

Il fait semblant de trembler de peur, et je lâche un rire que j'ai pas entendu sortir de ma gorge depuis longtemps. Ça me ressemble pas du tout. J'ai dans le ventre ces petits chatouillis d'un amour naissant que je croyais ne plus jamais ressentir de ma vie – je sais que ça sonne bizarre pour une fille de dix-sept ans de dire ça, mais il y a des jours où j'ai pas du tout l'impression d'avoir dix-sept ans.

– Un grand gaillard comme toi, t'as la trouille des fantômes et des tueurs masqués ? je le taquine.

– Grave ! Et comme m'a dit quelqu'un récemment, la honte, généralement, c'est le problème des autres. J'ai pas du tout honte de détester les films d'horreur !

Quand on rentre dans l'appartement, Malachi s'installe à un bout du canapé et moi à l'autre, avec un coussin sur les genoux et plein d'espace entre nous. On regarde une comédie de Kevin Hart et pendant les pubs on bavarde, sur les cours, la musique… Je lui parle des maisons vides qui ont commencé à apparaître dans le quartier et qui se vendent en un clin d'œil. Quand le film se termine, à vingt-deux heures, Malachi se lève et met sa veste sans que j'aie à le lui demander.

– Merci d'avoir pris mon coup de fil aujourd'hui, Santi.

Il se penche et enroule ses longs bras autour de moi, et je sens la chaleur fuser du milieu de mon dos, là où il me serre, jusqu'à mon visage. Je le serre moi aussi, fort.

Des problèmes. Ce mec va me créer des problèmes.

Ramifications

Mon portable sonne le lendemain matin, juste au moment où 'Buela part pour l'église.

– 'Buela, tu pourrais décrocher ? J'ai les mains mouillées, je l'interpelle alors qu'elle descend l'escalier.

Je suis devant l'évier, à laver les casseroles que j'ai laissé tremper toute la nuit. Parfois, Babygirl et moi, on l'accompagne à l'église, mais elle ne me force jamais si je ne suis pas prête ou que je n'en ai pas envie. Aujourd'hui, c'est une de ces journées où j'ai hâte de m'amuser tranquille avec ma gamine.

La sonnerie s'arrête et j'entends 'Buela murmurer :

– Sí, une seconde, Tyrone.

'Buela me tend un torchon et mon portable. Je me sèche les mains et je prends le téléphone, consciente qu'elle n'est pas partie, qu'elle a décidé de s'appuyer à l'encadrement de la porte. Pas bon signe.

J'inspire un grand coup.

– Hey, Tyrone. Ça va ?

– Yo, Emoni, d'où j'ai des coups de fil d'un de mes potes comme quoi t'es rentrée chez toi hier avec un mec ? Je rate un weekend avec elle, et tu ramènes d'autres mecs chez ma fille ?

Je ferme les yeux. C'est pas possible, c'est pour ça qu'il m'appelle ? Depuis quand il a des gens qui m'espionnent dans mon quartier ? Et qu'est-ce que ça peut lui faire ? Surtout si Babygirl n'a même pas rencontré Malachi.

Je roule le torchon en boule mais, attrapant le regard de 'Buela, je le lisse à nouveau. Je ne veux pas qu'elle voie que ça ne va pas.

– J'ai ramené personne voir ta fille, je lui dis, et j'envoie un autre regard à 'Buela.

Elle hausse un sourcil et part dans le salon.

– Et ça me regarde, si j'ai un ami du lycée qui vient m'aider pour un projet à côté.

La voix de Tyrone est dure en retour.

– Un projet à côté, c'est marrant comme manière de dire que c'est toi, son projet à côté.

Ça me coupe le souffle. Tyrone, de temps en temps, il est juste impossible.

– Tyrone. Il a pas vu ta fille. Elle était au lit. Elle l'a pas rencontré. Et j'ai rien à t'expliquer.

– Ta grand-mère, elle était là ? demande Tyrone.

Je me force à reprendre une grande inspiration, et puis je souffle avant de répondre. J'essaie de me souvenir que ce qui est le mieux pour Babygirl n'est pas forcément ce qu'il y a de plus facile pour moi. Parce que là, pour le coup, le plus facile, ce serait de raccrocher au nez de Tyrone.

– Oui, 'Buela était à la maison.

– Passe-la-moi. Je veux le lui demander moi-même.

J'entre dans le salon, mais je m'arrête avant d'arriver au canapé. Non. Moi, je lui demande pas avec quelles filles il sort, et je le harcèle pas quand il m'affirme qu'il ne les présente pas à Babygirl. Et puis on n'est plus des enfants, c'est pas à nos parents de nous faire des mots d'excuse.

– Tyrone, je te passerai pas ma grand-mère. Je t'ai jamais menti.

Il soupire fort dans mon oreille, et puis silence sur la ligne. Il m'a raccroché au nez. Babygirl est assise sur les genoux de 'Buela, à sucer son pouce.

– Et si tu l'habillais ? demande 'Buela. À ce rythme, j'aurai raté la procession quand j'arriverai à l'église, et j'aime pas être en retard. On peut aller déjeuner quelque part, à la place. On fera la vaisselle plus tard.

Je sais que le sourire que je me suis fixé sur le visage tremblote aux extrémités, mais je le laisse bien agrafé et je garde mes larmes pour moi.

Café Sorrel

Quand 'Buela, Babygirl et moi, on part en excursion, la phase de préparation, c'est toujours toute une aventure. Avec, en plus, mes mains qui tremblent encore de ma conversation avec Tyrone, je fonctionne au ralenti rien que pour repasser une chemise. On arrive enfin à attacher Babygirl dans sa poussette et à quitter la maison, et c'est déjà midi.

On ne mange pas souvent dehors. Quand j'étais petite, on allait dans des restaurants du coin pour les fêtes et les anniversaires, ou en revenant du cimetière lorsqu'on rendait visite à mon grand-père ou à ma mère. Mais ça, c'était il y a longtemps, avant que 'Buela arrête de travailler. Depuis, le seul moment où on ne fait pas la cuisine, c'est quand je rapporte quelque chose de chez Burger Hit, ou quand Tyrone et moi, on sortait ensemble. Sinon c'est 'Buela ou moi qui se charge de la nourriture.

Aujourd'hui, je suis surprise de voir 'Buela se diriger vers le train. On va dans un endroit à Rittenhouse Square qui s'appelle le Café Sorrel. Il y a des serviettes en tissu et de vraies fleurs fraîchement coupées dans les vases. La serveuse me demande si on a besoin d'un rehausseur, et je me rends compte que Babygirl n'est jamais allée dans un restaurant haut de gamme. Quand le serveur arrive, je remarque tout ce qu'il fait, y compris la manière dont il aligne le couteau et la fourchette à salade, comme il plie nos serviettes en triangle et nous les tend précautionneusement pour qu'on les mette sur nos genoux, et avec quelle élégance il verse de l'eau dans nos verres.

– C'est super classe, 'Buela, je lui dis quand le serveur s'en va.

Je suis des doigts la délicate broderie le long de la nappe.

– Oui, j'aime bien cet endroit.

'Buela prend une gorgée d'eau. Ça n'a aucun sens. On dirait que le restaurant vient d'ouvrir, et quand est-ce que 'Buela aurait eu l'occasion de venir manger ici ? J'ouvre la bouche pour l'interroger, mais le serveur est de retour avec la carte.

– Parmi nos spécialités d'automne, nous vous proposons les plats suivants…

Il lit son carnet et je ferme les yeux quand il décrit la préparation de chaque plat. Je voudrais tout apprendre par cœur.

– C'est toi qui décides, nena. Toi seule.

'Buela se tourne vers le serveur.

– Ma petite-fille suit un cours d'arts culinaires. Elle est exceptionnelle en cuisine.

– Ah, dit le serveur, c'est merveilleux. Il faudra que vous nous disiez ce que vous pensez du repas.

Je parie que c'est un étudiant de Penn ou de Temple et qu'il n'en a rien à faire de ce que je pense ; il est juste sympa pour le pourboire. Donc, non, je ne compte pas lui donner mon opinion sur quoi que ce soit.

Je jette un œil à la carte et je garde mon sourire collé au visage, même si les prix me filent des coups de pied au bide. Je cherche les plats les moins chers, puis je souris au serveur.

– Je vais me laisser tenter par le tournedos de canard sur son lit de risotto. Ma grand-mère prendra le perdreau. Et est-ce qu'il serait possible de vous demander des frites pour la petite ?

Je désigne Babygirl, qui fait un large sourire et tape avec entrain sur la table.

Le serveur nous reprend nos menus et les serre contre lui.

– Très bien. Je vous apporte du pain.

'Buela déplie et replie sa serviette avec application.

– Ça me semble très bien, comme choix. Comment ça se passe, le cours ? Ça fait longtemps que je ne t'ai pas entendue mentionner les interros surprises, dit-elle en reprenant une gorgée d'eau.

Elle sait. Je le vois sur son visage, qu'elle sait.

– Qui te l'a dit ?

– Dit quoi, nena ? demande 'Buela.

Elle sourit au garçon, qui pose une panière sur la table. Il a le drapeau portoricain tatoué dans le cou, et 'Buela a beau détester les tatouages, elle adore son île. Je suis sûre qu'elle lui laissera un pourboire tout à l'heure.

– Oh, Seigneur, m'ijo. Tout ce pain ! Je ne me dépense pas autant qu'avant. Ça va aller directement sur mes hanches, elle lui dit en attrapant une petite miche.

Elle la rompt en deux et donne l'autre moitié à Babygirl, qui mord dedans avec délectation. Le garçon lui sourit.

– Et ça servirait à quoi, les hanches, si on ne peut pas se faire plaisir une fois de temps en temps avec du bon pain ? demande-t-il en espagnol.

C'est mignon, cette petite conversation, mais j'ai envie qu'il reparte. Dès que c'est fait, j'attaque à nouveau.

– Je sais que tu sais que je sèche les cours. C'est écrit en gros sur ton visage. Qui t'a dit quoi ?

'Buela prend une énorme bouchée de pain et me fait attendre qu'elle ait fini de mâcher avant de parler.

– Le plus important, c'est que toi, tu ne m'aies rien dit.

Angelica a dû l'apprendre d'une manière ou d'une autre. Ou peut-être que Ms. Fuentes a vu le cahier de présences de la semaine dernière et a appelé à la maison.

– Tu n'as jamais eu de problèmes d'absentéisme, même quand tu étais enceinte. J'ai l'impression que tu étais enthousiasmée par ce cours pendant un moment, et peut-être que quand c'est devenu difficile, ça t'a fait peur comme défi.

Je détache mon regard de 'Buela et j'essuie des miettes sur le menton de Babygirl avec ma serviette. 'Buela approche sa main pour immobiliser la mienne.

– Je ne te dis pas que je ne te comprends pas. Je te connais assez pour savoir que tu as déjà escaladé des montagnes plus imposantes que ça. Juste une chose : j'espère que tu n'es pas en train de te sous-estimer.

Je serre sa main.

– J'ai pas encore totalement abandonné l'option.

– Alors tu vas y retourner ?

Je hausse les épaules et je regarde mon assiette, où j'ai réduit un morceau de pain en petite pile de poussière. 'Buela saisit l'allusion.

– Parle-moi de tes autres cours.

Elle m'écoute lui raconter ce qui se passe en physique et en anglais, et lui parler de la dissertation que je suis en train de rédiger pour les candidatures à l'université. Quand les plats arrivent, les odeurs me remplissent les narines et je ferme les yeux pour respirer profondément.

– C'est quoi, ce truc avec ma cocotte ? demande 'Buela.

– De la polenta, je lui dis, et je prends une bouchée de mon risotto.

Je ferme les yeux à nouveau et je savoure. Basilic, crème… et une pointe de quelque chose. Je prends une autre bouchée, mais je n'arrive toujours pas à l'identifier. 'Buela parle et je mâche lentement, tentant de l'entendre malgré le rugissement dans mes oreilles.

– T'as dit quoi ? je demande quand je redescends sur terre.

– Je disais que c'est délicieux. Et ton plat à toi ?

– Trop bon. J'ai hâte de l'essayer à la maison.

Babygirl marmonne son assentiment, la bouche pleine de frites.

– Alors, mademoiselle, c'était comment ? demande le serveur en reprenant les assiettes.

– Délicieux.

Et même si je m'étais promis de ne rien dire, je n'arrive pas à garder la question pour moi.

– Il y avait quelque chose dans le risotto. Pas le basilic, ni la crème, ni les champignons, quelque chose d'autre.

Le serveur secoue la tête, l'air perplexe, sourcils froncés.

– Je ne sais pas. Aucun autre ingrédient n'est listé sur la carte.

J'espère que mon agacement ne se lit pas sur mon visage.

– Ah. D'accord.

'Buela sourit.

– On peut vous demander un café et l'addition ?

– Fort bien, dit le serveur.

– Miamiamiam, bourdonne Babygirl, et je lui donne de l'eau.

Elle en prend une gorgée et en recrache la moitié sur son menton, avec un grand sourire.

– Emma !

Je lève les yeux en entendant quelqu'un arriver derrière moi – dans l'espoir que ce soit le serveur, pour lui demander une autre serviette, mais mes yeux atterrissent sur un tablier blanc et, au-dessus, un visage souriant sous une toque.

– Tout se passe bien, mesdames ?

'Buela et moi, on hoche la tête.

– Très bien, j'ai beaucoup aimé la polenta ! dit 'Buela, et elle joint l'index et le pouce.

Je réprime une grimace en l'entendant exprimer tant d'enthousiasme.

– Il paraît que vous aviez une question concernant le risotto ?

La cheffe me regarde. Ma gorge s'assèche. Je ne connais pas cette dame, mais je suis éblouie par le tablier, par les Crocs, par le pantalon à carreaux. Par la nourriture fondante dans ma bouche, presque trop belle pour qu'on la mange. Les chefs quittent rarement leur cuisine, alors je sais que c'est pas rien, qu'elle ait décidé de venir me répondre en personne.

– Euh…

Allez, Emoni !

– J'ai détecté le basilic et la crème. Des champignons, peut-être des cremini ? Mais il y avait autre chose. Au fond de ma langue… j'ai pas réussi à l'identifier, je dis.

Je deviens toute rouge. Décidément, je suis aussi nouille que 'Buela.

– Ah, c'est probablement le zeste d'orange. Juste un soupçon. La plupart des gens ne le sentent même pas, mais ça ajoute de la luminosité.

Elle penche la tête sur le côté.

– Ah ! Du zeste d'orange.

Je ferme les yeux et je laisse ma langue courir le long de mes dents. J'essaie de me rappeler la saveur.

– Oui, ça doit être ça. Du zeste d'orange.

Mes yeux s'ouvrent à nouveau. Le serveur revient et présente l'addition à 'Buela, qui l'escamote direct sous la table pour que je ne puisse pas la voir.

– Cheffe, est-ce que la demoiselle vous a dit ? Elle suit un cours d'arts culinaires, dit le serveur.

Et il reprend l'addition à 'Buela avec son règlement.

– Ah oui ? À l'Institut ?

Je secoue la tête.

– Au lycée. Je viens de commencer cette année avec un nouveau professeur.

Son regard sur mon visage se fait plus pointu ; j'en aurais presque un mouvement de recul.

– Attendez… Un ami à moi vient de commencer à enseigner les arts culinaires dans un lycée. Ce ne serait pas celui près d'ici, par hasard ?

Avant que je puisse répondre, 'Buela intervient :

– Si ! Emoni est à Schomburg Charter, à quinze minutes de bus. Votre ami, c'est Mr. Ayden ?

La cheffe éclate de rire et tape dans ses mains.

– Le monde est petit ! Une de ses élèves, dans mon restaurant ! Vous avez un bon professeur : il est unique, le chef Ayden… Un dur à cuire, mais il vous apprendra beaucoup.

Ses yeux pétillent quand elle dit ça, et c'est clair qu'elle et Mr. Ayden se connaissent bien.

Alors, juste au cas où ils seraient amis, je n'ajoute rien à sa remarque que c'est un dur à cuire.

Elle me sourit à nouveau.

– Vous avez les papilles qu'il faut, et ça, combiné à la technique et à la capacité de travail que vous apprenez en cours, c'est la sainte trinité du succès dans cette carrière. Je dois retourner en cuisine, mais laissez tomber l'addition.

Elle fait signe au serveur de lui rapporter la note.

– Cadeau de la maison. Dites à votre professeur que c'était un plaisir de rencontrer l'une de ses élèves.

J'entends son rire doux alors elle s'éloigne.

De : E.Santiago@sch.edu

À : SarahFowlkes_15@exchange.com

Date : Dimanche 6 octobre, 22:31

Objet : Re : recette

Hey Tante Sarah,

Ravie d'apprendre que quand la tempête a fini par vous atteindre, c'était surtout de la pluie et rien de trop horrible. J'ai gardé un œil sur les nouvelles toute la semaine, j'espérais que ça allait bien se passer pour la famille. Mon père a dit qu'ils ont évité le pire, mais je sais qu'il y a eu des pannes d'électricité côté ouest de l'île. C'est gentil de ta part de demander si tu peux aider ; mon père dit qu'ils acceptent des dons de boîtes de conserve et de bouteilles d'eau. Je t'ai mis le lien en bas de ce mail.

Merci pour la recette de beignets de tomates vertes. Trop marrant, l'histoire de comment toi et Mamá vous mangiez les tomates vertes en les prenant directement sur pied. C'est fou comme c'était facile pour vous d'aller juste dans le jardin les cueillir, surtout que moi j'ai eu du mal à en trouver dans mon quartier ! Les vendeurs de fruits et légumes me regardaient comme si j'étais idiote. Heureusement j'ai fini par en trouver à un marché des quatre saisons de l'autre côté de la ville.

Mais ça valait la peine comme expédition, je te jure ! C'était grave bon ! Je les ai fait frire comme tu m'avais dit, sauf que j'ai mis un peu de chapelure Panko. Et puis j'ai servi ça avec du queso frito et du basilic, c'était comme une salade caprese maison. Je vais retenter la recette cette semaine et je t'enverrai ma version quand je l'aurai peaufinée. Merci encore de ton invitation pour Noël. Je ne pense pas que je puisse prendre le car avec Babygirl toute seule, et je voudrais pas la laisser ici, mais j'espère bien qu'un jour je descendrai vous voir.

Plein de bisous à la cannelle,
E.

Papilles

Mon dimanche, qui avait commencé bordélique, s'est métamorphosé en un super souvenir, mais voilà que lundi est là et j'ai une panne de réveil, Babygirl est en retard pour la crèche, 'Buela n'arrête pas de me prendre la tête pour des détails, et quand j'arrive enfin à l'arrêt de bus, j'ai raté Angelica et le cours de vie de classe. Mon humeur n'est pas améliorée par le fait que j'ai toujours rien décidé question arts culinaires. J'ai une heure après le déjeuner pour choisir d'y aller ou non, et je sais que si j'accumule encore des absences, je vais devoir lâcher l'option, tout simplement parce que sinon j'échoue et ça restera dans mon bulletin. Heureusement, le déjeuner arrive et j'ai Angelica pour me changer les idées.

Quand je la retrouve à table, elle est dans un état de surexcitation tangible.

– Tu comprendras jamais, Emoni. C'était *tellement* parfait.

Je hoche la tête avec un sourire.

– Raconte-moi tout. Pourquoi c'était si parfait ?

– Alors c'était parfait pas seulement grâce au film que Laura m'a passé, qui était marrant et romantique, et pas seulement grâce aux longues conversations, ou au vin que Laura avait rapporté de chez son père. J'étais tellement sur les nerfs que je gloussais et Laura s'est approchée et… enfin, ce moment-là, c'était parfait, aussi. Tout tout tout.

Quelque chose à l'intérieur de moi empêche mon rire de sortir. Son expression rêveuse. Ma meilleure amie est vraiment amoureuse, et ça me serre la gorge d'avoir pu participer à ce qui lui a offert une nuit aussi extraordinaire.

– Emoni, le dîner… Tu m'as fait à manger plein de fois, mais là il y a eu un instant où, Laura et moi, on a toutes les deux reposé notre fourchette et on s'est mises à sourire comme des gamines tellement on était heureuses. Et je crois que le dîner y était pour quelque chose, parce que j'ai mangé les restes hier soir, et encore une fois je me suis sentie toute tiède et câlinée et aimée. Si jamais je remange un jour de cette sauce chimi-chimi, je penserai à cette soirée-là.

Je me marre.

– Chimi*churri*, Angelica. Et tant mieux si ça t'a plu. Je t'ai dit que j'avais mis un peu de magie supplémentaire dedans, et j'ai l'impression que vous vous êtes chargées de rajouter du piment au reste de la nuit.

Je suis clouée sur place : depuis le temps que je la connais, je n'ai jamais vu Angelica rougir. Mais là, elle rougit. La peau brune de ses joues se réchauffe d'une pointe de rose et elle s'étouffe à moitié sur son sandwich.

Recommencer

Quand la cloche sonne à la fin de mon avant-dernier cours, juste avant celui d'arts culinaires, je sors de classe au pas de course. Il faut que j'arrive avant les autres élèves. Quand j'atteins la cuisine, je suis pantelante et en sueur, mais je fais quand même attention à ne pas claquer la porte.

Le chef sursaute en m'entendant souffler. Impossible de lire son expression. Indéchiffrable, dirait Ms. Fuentes.

– Emoni, ça faisait longtemps.

Mr. Ayden referme son ordinateur portable d'un petit clic. Il fourre ses mains dans les poches de son ample pantalon de travail à carreaux.

– Vous nous avez manqué, la semaine dernière.

– C'était juste… Je suis pas du genre à laisser tomber. Je comprenais pas pourquoi vous me demandiez de jeter de la nourriture ou de suivre une recette exactement alors que mon instinct me disait que ce serait meilleur si je faisais différemment. Je captais pas. Mais maintenant je crois que si. Et je voulais juste dire…

Qu'est-ce que je voulais juste dire ?

Le chef attend. Le moment s'étire jusqu'au point de non-retour. Malaise total. Il hausse le sourcil droit.

Je m'éclaircis la gorge et je sais que j'ai les joues en feu.

– Je voulais juste dire : je vous promets que je vais travailler dur. Faire de mon mieux pour suivre les instructions. Parce que je suis tout le temps en train de penser à créer des plats, et même s'il y a plein de choses que je connais… je peux encore apprendre. Je suis allée dans un restaurant ce weekend ; la cheffe a dit qu'elle vous connaissait. C'était le Café Sorrel. Quand je l'ai vue avec son tablier, quand j'ai goûté ses plats, je me suis rendu compte… pas seulement que je voulais améliorer ma technique dans ce cours, non, je me suis rendu compte que je pourrais être comme elle un jour : une vraie cheffe cuisinière.

Le chef ne dit rien. Il ne fait que me regarder, la tête penchée, clignant parfois des yeux. Ma poitrine se dégonfle. Je ne crois pas qu'il puisse me virer de son cours, pas au bout de seulement quatre absences. Mais je ne voudrais pas qu'il se mette à me détester. Je déglutis, et c'est comme si j'avais une corde à nœuds dans la gorge. Je regarde la longue table de métal sur laquelle on présente nos plats. Ça m'a manqué, de venir en cours, je ne m'en étais pas encore aperçue à quel point. Jusqu'à maintenant.

– Lisa est une excellente cheffe. Je suis heureux que vous ayez pu goûter sa cuisine. Quant à vos absences, nous étions en train de chercher quelqu'un qui s'occupe de la campagne de financement du voyage en Espagne. Un jour, il se pourrait que vous ayez un restaurant, ou que vous deveniez première de cuisine, et il serait utile que vous commenciez à développer vos compétences en direction de projet. Vous seriez partante pour diriger ce comité ?

J'entends tout ce qu'il me dit, mais c'est comme si chaque information était un petit morceau de verre coloré qu'il faut mettre à la lumière pour le voir briller. Le chef n'est pas furieux contre moi. Le chef pense que je pourrais être cheffe dans un restaurant un jour. Le chef voudrait que je dirige un comité de levée de fonds.

J'ai vu des chefs à la télé qui disent tout le temps qu'ils ont dû se retrousser les manches, et j'avais jamais trop compris ce que ça voulait dire. Mais maintenant je crois que je comprends. Ça veut dire faire le sale boulot, en coulisses, faire la vaisselle, plier les serviettes, faire l'inventaire, tout ça avant même de toucher une recette. Ça veut dire être le cerveau derrière la levée de fonds pour ramasser une tonne de blé pour pouvoir partir en voyage à l'étranger.

Je tends la main. Le chef la serre, très sérieusement.

Il me tapote l'épaule.

– Vous êtes à la hauteur, Emoni. Je n'ai aucun doute que, si vous continuez à vous concentrer et à aiguiser vos couteaux, vous gérerez une cuisine un jour. Je ne vous traiterai pas différemment des autres simplement parce que vous avez quelque chose en plus, mais mettons-nous d'accord : vous êtes à la hauteur.

Je mets en place mon tablier, mon foulard, et la bonne expression sur mon visage. Je suis à la hauteur.

Devinez qui ?

Quand les autres élèves entrent dans la classe, la plupart n'ont pas l'air étonnés de me voir – ils avaient juste dû croire que j'étais malade. Malachi hausse un sourcil et ses lèvres se redressent vivement. On n'a pas parlé depuis samedi. On s'est envoyé quelques textos dimanche, mais après le coup de fil de Tyrone, parler à Malachi a perdu un peu de son attrait. Je passe de lui à Pretty Leslie, qui me jette un coup d'œil avant de s'intéresser à ses ongles. Violet fruit de la passion, je dirais. Je me dirige vers ma table habituelle, mais le chef m'interrompt.

– Par ici, Emoni. Mets-toi avec Richard et Amanda, en trio. Tu travailleras mieux en équipe, je crois.

Il tape dans ses mains.

– OK, tout le monde, vos recettes sont sur vos ardoises.

Je m'approche de Richard et d'Amanda et leur adresse un petit sourire. Richard y répond, et Amanda resserre sa charlotte. Je caresse le devant de mon tablier ; ça fait du bien d'être à nouveau en uniforme. L'heure suivante file comme dans un rêve. Je passe la plupart du temps à écouter Amanda et Richard, qui me commandent d'émincer, de hacher et de faire sauter des légumes. Je fais plus attention aux petits détails qu'au plat dans son ensemble. Quand tout est servi, je suis surprise de voir le résultat concret. Le blanc de poulet est parfaitement cuit, et les fines rondelles de carottes juste dessous sont magnifiques, et même si je n'ai rien eu à voir avec l'assaisonnement ni avec le dressage des assiettes, je suis fière du résultat global.

Personnellement, j'aurais juste rajouté un peu de vinaigre balsamique dans la sauce.

On place l'assiette devant le chef. Il récupère une fourchette propre et il goûte.

– Très bon. Très, très bon. Beau travail d'*équipe*.

Je lève les yeux au ciel et il me décoche un clin d'œil tout en nous faisant signe de nous éloigner pour passer au groupe suivant. Pendant que la classe se disperse, je regarde le plan de travail de Malachi, mais il est déjà parti. J'ai parcouru la moitié du couloir quand un bras m'enlace l'épaule, et dans un zmoutch résonant, un baiser se pose sur ma tempe gauche.

– Ça fait plaisir de te retrouver, Santi, dit Malachi avec un grand sourire, que je lui renvoie.

– Ça fait plaisir de revenir.

Droit de visite

La semaine passe à toute vitesse, et voilà que c'est samedi matin.

– Babygirl, tiens-toi tranquille, je lui dis en tentant de lui enfiler ses mini-baskets Jordan.

Elle n'arrête pas de gigoter, dans l'espoir de grimper sur Tyrone.

– Tu peux m'aider, s'il te plaît ?

Ça fait au moins cinq minutes que j'essaie de la fringuer, et il reste planté là comme une chouette empaillée. D'accord, il est toujours furieux pour cette histoire avec Malachi, mais enfin, il y a plein de nanas qui viennent chez lui, alors je vois pas pourquoi ça devrait le déranger que j'aie des amis. Il n'a même pas dit bonjour à 'Buela, alors qu'elle n'a rien à voir là-dedans. La mère de Tyrone est peut-être à cheval sur les bonnes manières, mais putain, son fils a vraiment des leçons à rattraper.

Enfin, il pousse un profond soupir.

– Emma, laisse ta mère te mettre ce truc.

Mais Emma cabre son pied, la basket s'envole et me cogne le nez.

– Aïe ! Emma !

Babygirl lève les yeux, effarée d'entendre son prénom officiel sortir de mes lèvres, et commence à pleurer.

– Tiens, laisse-moi t'aider, dit 'Buela, et elle attrape Babygirl et la basket. Je vais la poser sur mon lit – ce sera peut-être plus simple de l'habiller là-bas.

Elle hausse un sourcil et m'envoie un regard lourd de sens. Elle n'aime pas ça quand Tyrone et moi, on se prend la tête. Elle dit que c'est mauvais pour Babygirl parce qu'elle est coincée au milieu.

J'arrête de me frotter le nez et je respire profondément.

– T'as toujours un problème ou bien ? Allez, autant qu'on en parle.

Tyrone rajuste sa casquette.

– J'ai rien à te dire.

Clairement faux. Tyrone est plein de jolis mots pour faire fondre les filles, mais quand il s'agit de parler de ses sentiments, il jure tout le temps qu'il n'a rien à dire.

– T'as eu dix-huit ans il y a deux mois, ce qui veut dire que t'es adulte. On peut discuter entre adultes. Alors pourquoi t'es pas content ? Tu sors tout le temps avec des filles. Et lui, je sors même pas avec. C'est juste un pote.

Il secoue la tête.

– Taaaain… un « pote », que je connais pas, rôde autour de ma fille.

– C'est ça qui te gave, sérieux ? Toi, tu crois que tu me parles de chaque fille qui vient te voir au parc quand t'es avec Babygirl ? Ou des virées au centre commercial avec des meufs qui sont soi-disant pas tes copines, mais comme par hasard il y a des photos qui se retrouvent sur les réseaux avec elles et ma fille endormie dans la poussette ? Alors déjà, il vient d'arriver à Philadelphie, donc tu risques pas de le connaître. Et deuxièmement, Tyrone, on a un enfant. On peut pas jouer à se faire la tête. Pour le restant de nos jours, du moins j'espère, on aura cette enfant. Alors je peux pas me permettre de me comporter moi-même comme une enfant, et toi non plus.

Et ça doit être vrai ce qu'on dit, qu'on devient tous comme nos parents, parce que ce sermon-là, il aurait pu sortir directement de la bouche de 'Buela.

Tyrone rabaisse sa casquette pour qu'elle lui couvre les yeux et je sais que c'est pas à cause de la lumière qui entre de biais par la fenêtre. On dirait un chiot qui s'est fait prendre en train de pisser sur le tapis.

– On a décidé qu'on resterait pas ensemble juste pour le bébé. OK, Emoni je comprends. Mais t'as dit que t'allais pas sortir avec d'autres gens.

Si c'était Angelica, je tiendrais sa main et je prendrais ma voix toute douce de quand je lui dis un truc qui la blesse. Si c'était 'Buela, je respirerais un grand coup et je prendrais ma voix de je-suis-grande-maintenant qui est lente et patiente. Mais Tyrone n'est ni l'une ni l'autre, et je ne sais toujours pas quelle voix utiliser quand il est à la fois blessé et illogique. Alors à la place, je choisis mes mots avec précaution.

– Je sors avec personne. Mais ça ne veut pas dire que je n'ai pas le droit, on est d'accord ? Que t'aies des potes dans mon quartier qui s'assurent que ta fille est en sécurité, très bien. Ça veut dire que t'es un bon père. Mais s'ils m'espionnent pour voir si oui ou non je ramène des mecs à la maison, c'est toi que ça va blesser plus que moi. Et Emma encore plus que nous deux.

Je sens un accroc dans ma gorge. Tyrone et moi, on a eu beaucoup de conversations, mais jamais une comme ça.

Il ne dit rien d'autre. Il se lève quand 'Buela entre dans la pièce.

– Merci, Mrs. Santiago. C'est gentil à vous d'avoir préparé Emma.

Il prend Babygirl des bras de 'Buela. Il attrape le sac à langer et la poussette tout en tenant Babygirl sur sa hanche. J'ouvre la porte pour le laisser passer et j'embrasse Babygirl sur la joue, et je ne peux pas m'empêcher d'inspirer une bouffée de l'odeur de Tyrone. Il sent le savon et la lotion après-rasage.

– Ne laisse pas ta mère lui donner trop de barres de céréales, s'il te plaît. Je sais bien qu'on dirait que c'est sain, comme ça, mais c'est plein de sucre.

– OK.

Il se penche pour laisser Babygirl me planter un bisou sur la joue. C'est son maximum, question excuses. Babygirl a l'air heureuse dans ses bras et ne s'agite pas quand elle s'aperçoit que 'Buela et moi on reste derrière.

– Je la ramène à l'heure demain, dit Tyrone par-dessus son épaule.

Je referme la porte et je m'y adosse. 'Buela commence à ramasser les jouets que Babygirl a laissé traîner par terre.

– C'est pas facile comme chemin, celui que tu as emprunté, Emoni. Mais tu t'en sors très bien. Allez, viens m'aider à ranger le bazar de ta fille.

Je secoue la tête pour chasser tous les sentiments dispersés en moi – parfois, j'ai l'impression d'être encore plus éparpillée que les jouets de Babygirl.

Idées

Les dix jours suivants, dans mon nouveau rôle de directrice du comité de levée de fonds, je prépare une liste d'idées à soumettre à Mr. Ayden pour nous aider à atteindre les huit mille dollars nécessaires au voyage. J'en parle avec Angelica, et son cerveau créatif bourdonne d'idées de grands galas et de ventes aux enchères de ses œuvres. Elle suggère même de contacter des rappeurs du coin pour leur demander de reverser une partie des profits de leurs ventes de disques pour le voyage. Quand je demande à Malachi ce qu'il en pense, il part dans une autre direction : comme tout bon médecin – le métier qu'il veut faire –, il parle d'optimiser les résultats et fait l'inventaire de tous les moyens de gagner le plus d'argent dans le moins de temps possible. 'Buela se tapote le menton quand je lui demande. Elle envisage un bingo au centre communautaire, au profit du voyage. J'appelle Julio plus souvent depuis la tempête, et il me présente illico ses idées pour une levée de fonds. Il m'envoie une lettre type pour une demande de financement à la mairie, et il conçoit un plan pour qu'on fasse du porte-à-porte dans le quartier, armés de nourriture. Comme ça, les gens feront directement des dons. Il dit que c'est le meilleur moyen, en mobilisant au niveau local ; quand tu soutiens la communauté, la communauté te soutient.

Je prends des notes détaillées des suggestions de tout le monde et je passe du temps toute seule, sur les ordinateurs du lycée, après le cours, à rechercher différents moyens de lever des fonds. Mon corps est comme électrisé : j'ai hâte de mettre ces idées en œuvre. Je sais que je peux le faire. Mais d'abord, il faut convaincre Mr. Ayden.

Angelica m'aide à préparer ma présentation avec diagrammes en barres et camemberts, et Malachi vérifie mes calculs pour s'assurer que tout concorde. 'Buela et Babygirl m'écoutent m'entraîner à présenter. Même si c'est moi qui dirige le comité, celui-là, c'est mon comité secret, et, comme dit le chef, parfois il faut être en équipe pour réussir.

Ça y est, je suis face à Mr. Ayden. J'ai imprimé un résumé de mes idées, de l'agenda, et des sommes qu'on espère lever.

– Comme vous pouvez le voir sur la liste, nous avons deux options. Je sais que la classe avait réfléchi à une vente de gâteaux et je pense qu'on devrait faire ça pour lever des fonds, mais pas pour le voyage. On devrait faire ça pour lever des fonds pour acheter des aliments en plus grande quantité, à cuisiner en classe pour une autre vente. Notre cuisine donne sur la cafétéria du lycée. Au lieu de l'utiliser pour s'entraîner, je pense qu'on devrait l'ouvrir et servir le déjeuner. On a tous ces plats qu'on prépare mais qu'on jette. Pourquoi on n'en ferait pas de plus grandes quantités qu'on vendrait pour plus cher que ça nous coûte ? Il suffirait d'acheter des ingrédients en gros, de stocker correctement la nourriture pendant la semaine et de s'assurer que nos recettes sont du genre à trouver preneur. Je suis sûre que les employés du lycée aimeraient bien avoir l'occasion de manger autre chose que ce qui se vend à la cantine.

Le chef hausse un sourcil. Ce que je lui demande, ça veut dire plus de travail pour lui, surtout pour récupérer et stocker de plus grandes quantités d'aliments chaque semaine.

– Je pense aussi qu'on devrait soumettre une offre au lycée pour leur proposer de nous occuper du dîner de Noël.

Je m'interromps et je regarde mes notes. Le chef reste silencieux un instant, avant de dire :

– C'est la cantine, en général, qui fait le dîner de Noël, non ?

– Oui, mais l'une des choses qu'on doit apprendre, c'est servir, et ce serait géant comme opportunité. On peut le proposer comme objectif d'apprentissage.

Le chef penche la tête.

– Vous avez beaucoup réfléchi à tout cela, Emoni. Je suis impressionné. Sauf que les seuls élèves assez avancés pour préparer des plats acceptables, ce serait votre groupe, et vous avez cours l'après-midi. Si on veut que ça fonctionne, cette histoire de déjeuner, il va falloir que les élèves arrivent tôt pour cuisiner. Vous pensez que vous pourriez prendre ça en main ?

Je n'avais pas calculé qu'on me donnerait encore plus de travail. Mais je gonfle ma poitrine. J'en suis capable.

Le bon côté des choses

– 'Buela ?

Je l'appelle depuis la cuisine, en plein essuyage de la vaisselle. J'entends ses tongs dans l'escalier.

– M'ija ? Qu'est-ce qu'il y a ? Bébé Emma dort.

J'essaie de masquer ma déception.

– Ah, je savais pas que tu l'avais couchée. J'ai pas pu lui dire bonne nuit.

Je jette un œil à l'horloge sur le micro-ondes. Vingt-deux heures ? Déjà ?

'Buela s'adosse au linteau de la porte.

– Elle s'est endormie. Tu sais comme elle est, tout énergique, à courir partout, et puis elle mange, et pof ! Gros dodo. Passe-moi un torchon, que je t'aide.

– Il m'en reste à peine, je termine. Je voulais te parler d'autre chose, en fait. Le voyage en Espagne. Je suis pas sûre d'être capable de lever assez d'argent pour couvrir ma place, mais même si j'y arrive, je sais pas ce que je ferai de Babygirl cette semaine-là. Je veux pas te laisser croire que je m'attends à ce que tu la gardes toute seule.

'Buela me prend le torchon et le plie en carré serré.

– Tu veux demander de l'aide à Tyrone et à sa famille ?

Je secoue la tête.

– Tyrone a cours, et ses parents ont des horaires compliqués à l'hôpital. Ils ne pourraient pas la récupérer et l'emmener à la crèche.

'Buela soupire.

– C'est pas rien, c'est vrai. J'ai toujours voulu voyager, tu sais ? Je connais juste mon île et Philadelphie. J'ai dit, quand j'ai pris ma retraite, que ton grand-père et moi, on irait voir le monde. Et puis il est mort, et puis…

Elle ouvre les bras comme pour implorer le ciel.

– Et voilà où on en est. Si ça se trouve, tu n'auras plus jamais de ta vie une opportunité pareille. Je peux appeler les parents de Tyrone, et on s'arrangera entre nous pour les horaires. On n'a qu'à dire que c'est un cadeau de fin de lycée, d'accord ? Emoni, en parlant de la fin du lycée – tu sais que je suis très fière de toi, hein ? Mais il va falloir que tu décides de ce qui va se passer ensuite. Tes candidatures à l'université, c'est fait ? Et le formulaire pour obtenir une bourse, là ?

Je m'approche et je serre 'Buela dans mes bras. Son odeur familière me remplit les poumons. Elle a raison de bout en bout. J'ai plein de décisions à prendre, mais ce soir je vais rêver de cuisine, et d'Espagne, et de diplôme de fin de lycée.

Jouer collectif

– Emoni, tu peux faire blanchir les asperges et les assaisonner ? demande Richard, qui émince des oignons.

Amanda est absente aujourd'hui et je suis moins en retrait, j'aide davantage. C'est difficile d'empêcher mes mains de prendre l'initiative, mais Richard s'assure qu'on est sur les rails, qu'on suit la recette à la cuillerée près.

Je mets de l'eau à bouillir et je tranche les asperges dans le sens de la longueur, comme l'exige la recette.

Par-dessus son épaule, Richard me dicte la prochaine instruction :

– Ah, et l'orzo, ça aussi, il faut s'en occuper.

Je hoche de nouveau la tête et je sors les ingrédients du placard. Richard est un type assez râblé qui porte une veste trop grande et qui a un grain de beauté trop mignon au-dessus de la lèvre. Je crois que sa famille est polonaise, mais Richard, lui, il est cent pour cent Philly, de la coupe de cheveux aux baskets. On bosse jusqu'à la dernière minute, lui qui dicte et moi qui m'efforce de ne rien faire que je ne sois pas censée faire. Aujourd'hui, on a évaluation, ce qui veut dire que ce qu'on posera devant le chef sera noté, et, en plus de ça, on doit être capables de répondre à des questions sur chacun de nos plats. Richard et Amanda s'en tirent toujours bien, et j'ai pas envie de leur ruiner leur bulletin. Je mesure le sel, je concasse les baies roses, je presse pile poil assez de citron. La garniture contient exactement la quantité de thym requise.

De l'autre côté de la pièce, Malachi a terminé de dresser l'assiette et nettoie son plan de travail, en murmurant des paroles de rap. Leslie oscille des hanches et fait semblant de chanter dans un micro. Je détourne mon regard, et Richard et moi, on s'approche du chef. Il fait tourner notre assiette plusieurs fois avant d'attaquer à la fourchette, les yeux fermés.

– Les asperges sont bonnes, l'orzo est bien. Le steak de hampe est bien.

Il ouvre les yeux.

– Il faudrait un peu plus de sel, mais à part ça, bravo. Je savais que vous vous en sortiriez.

Et, bien qu'il s'adresse à Richard et à moi, je crois que le dernier commentaire m'était destiné.

Le chef me regarde.

– Proportion eau/orzo ?

Je lui réponds. Il pose à Richard une question sur la température nécessaire pour la cuisson d'un steak saignant.

Un autre groupe derrière attend qu'on ait fini pour s'approcher du chef, et j'essaie de mordre ma langue pour que les mots qui bouillonnent dans ma bouche n'en sortent pas. Mais, comme d'une casserole trop pleine, ils débordent.

– Il faut que vous repensiez vos quantités.

Le chef lève les yeux de sa feuille de notes.

– Pardon ?

Je désigne la recette.

– Vos quantités de sel dans la recette. On a tout suivi à la lettre. Alors si c'est pas assez salé, c'est qu'il faut que vous repensiez vos quantités.

Il dresse un sourcil, et quand on retourne à notre plan de travail, Richard me file un coup de coude dans les côtes.

– Sérieux, Emoni ? Tu pouvais pas juste laisser passer ça ?

Je ne réponds pas. Je sais que, parfois, ma répartie ne manque pas de… sel.

Le clan

– Angelica, où est-ce que t'as trouvé tout ça ? je lui demande quand elle arrive à l'appartement, dans une explosion de sacs bourrés de tissus.

Elle s'est coupé les cheveux en carré plongeant, mais avec les pointes rose vif. Angelica, c'est vraiment une tempête tropicale, du genre dont on entend parler aux infos, et qui s'abat dans un chaos absolu.

– Tu sais que Laura bosse pour l'atelier théâtre dans son lycée. Elle a accès à toutes les chutes de tissu. C'est grâce à elle ! Et pas trop tôt, d'ailleurs, puisque c'est la semaine prochaine, Halloween.

Angelica pose les sacs et s'approche de Babygirl, assise sur le canapé en face de la télé, où elle s'enfonce des cuillerées de purée de pommes de terre dans la bouche. Je tripote un bout de lycra doré qui dépasse de l'un des sacs.

– Oh, mon Dieu. Babygirl a même pas trois ans. Elle n'est pas assez grande pour que son costume ait besoin de tout ce tissu-là. Qu'est-ce qu'on va en faire ?

– Lui faire un put… un *purée* de super meilleur costume du monde.

– Angelica, je t'ai dit que je ne pourrai pas l'emmener demander des bonbons.

Je me balance d'un pied sur l'autre.

– Et il faut qu'elle aille se coucher bientôt.

– Ta grand-mère et moi, on s'arrangera pour la sortir. C'est pas ma filleule pour rien, hein, Em ?

Angelica se penche et pose des bisous sur les pieds de Babygirl.

– Hola, Angelica, dit 'Buela.

Elle est en pyjama rose et bigoudis. Ce serait tard pour la visite de n'importe quel autre ami, mais Angelica, c'est Angelica.

– Bendición, Abuela Gloria ! chantonne Angelica.

Elle serre 'Buela si fort dans ses bras qu'elles perdent l'équilibre.

– Que Dios te bendiga, m'ija.

'Buela danse avec Angelica quelques instants avant de désigner les sacs d'un coup de menton.

– Qu'est-ce que c'est que tout ça ?

– On va faire un déguisement pour Babygirl. Hein, Babygirl ?

– Ah, bueno. Il commence à se faire tard et il faut qu'elle aille se coucher, non ? Si je vous aidais ? Je prendrai ses mesures plus vite que vous, même si vous vous y mettiez à deux.

Angelica dégaine un mètre de couturière et son carnet de croquis. Elle commence à le feuilleter, ses cheveux fuchsia voletant de-ci, de-là.

– Je me disais qu'on pourrait faire un costume de docteur ! Ou même d'astronaute ? Ou le personnage de la pub pour Chiquita Banana. Avec une couronne de fruits ! Ça dépend de ce que tu veux. Tu veux quoi ?

'Buela intervient :

– Une reine de beauté ? Ou une star de cinéma. Como la Audrey Hepburn.

Je regarde Babygirl, qui se bourre patiemment de purée comme si rien au monde ne lui importait. Et tout à coup je sais exactement en quoi il faut qu'elle se déguise pour Halloween.

– Je pense que ça serait mignon si elle était cheffe cuisinière. Avec un petit costume tablier-pantalon à carreaux-toque et une spatule. Peut-être même des petits sabots de cuisine. Elle pourrait faire semblant de « cuisiner » une boîte de popcorn.

Angelica fait claquer ses doigts.

– Mais oui ! Trop chou ! Tu pourrais mettre ton propre tablier et prendre une photo avec elle avant d'aller bosser.

– Cheffe cuisinière, murmure 'Buela, un sourire lumineux sur le visage. Parfait. Et peut-être des Cheerios au lieu du popcorn.

Voilà que toutes les trois on se met à déballer les tissus, et 'Buela chope le mètre de couturière. Angelica lance une playlist sur son téléphone. On sourit à Babygirl, qui exhibe ses dents comme si elle savait qu'elle a un clan de bonnes fées à sa disposition, pour lui rêver sa vie, et pour la lui offrir.

Rêves

Parfois je me demande quels auraient été les rêves de ma mère si elle n'était pas morte en me donnant la vie. Si elle aurait voulu que je devienne docteure, ou avocate, si elle m'aurait poussée davantage pour que je réussisse mieux à l'école. J'adore 'Buela, et j'ai une chance folle de l'avoir, mais même si elle m'a toujours soutenue, 'Buela, c'est pas le genre de parent à exiger un rendez-vous avec les profs ou à aller défoncer la tête du conseiller d'orientation parce qu'il a découragé le gamin d'envoyer sa candidature à telle ou telle université. 'Buela, c'est pas le genre à me faire tester pour savoir pourquoi j'ai aucun sens de l'orientation ou pourquoi j'ai mis tant de temps à dire mes premiers mots. 'Buela avance dans le monde les mains levées vers le ciel ; elle prend ce qui lui est donné, bien ou mal, et jamais elle ne se plaint, jamais elle ne pleure.

Moi, tous les jours je rêve à l'avenir de Babygirl. Je vois des gens en costard dans le bus, et j'imagine Babygirl grande, avec un porte-documents et un bon job de cadre dirigeante.

Je regarde une émission à la télé et j'imagine Babygirl en actrice célèbre, gagnant un Oscar. Il y a tellement de choses que je voudrais pour elle que parfois j'ai l'impression que les coutures de ma peau craquent sous la pression de tous ces espoirs. Et je lui murmure ces espoirs à l'oreille tout le temps. Quand je lui donne à manger. Quand elle dort dans mes bras. Quand on joue au parc. Je lui murmure toutes les choses que je sais qu'elle est capable d'accomplir et je lui murmure comment je vais me battre pour qu'elle les accomplisse. Je veux qu'elle sache, toute sa vie, que sa maman a peut-être pas eu un boulot au top du top ou gagné des millions, mais qu'elle a fait son maximum pour que Babygirl incarne, elle, les plus beaux rêves au monde.

De : E.Santiago@schs.edu

A : SarahFowlkes_15@exchange.com

Date : Vendredi 1er novembre, 20:18

Objet : Photos

Hey tante Sarah,

J'espère que tout va bien ! J'ai pas arrêté de bricoler la recette de mac and cheese que tu m'as donnée. Je t'envoie une photo du résultat sur l'assiette. J'ai ajouté du gruyère et c'était à s'en lécher les doigts.

Je te mets aussi une photo de Babygirl pour Halloween. Il est pas trop chou, son tablier ? J'ai pas pu aller faire le tour du quartier avec elle, mais 'Buela et Angelica s'y sont collées, et elles ont marché jusqu'au centre communautaire, où il y avait un concours du meilleur déguisement par catégorie d'âge. Malheureusement, c'est un bébé déguisé en T'Challa qui a gagné, mais l'année prochaine on s'y prendra à l'avance et on gagnera le concours, avec ou sans référence au Wakanda.

Merci de m'avoir envoyé des idées pour la levée de fonds. J'aurais encore besoin d'un truc… Tu crois que tu pourrais me trouver une recette de famille pour de la farce ? J'ai réfléchi à quelque chose qui pourrait nous aider à gagner de l'argent.

Mille bises à la poudre de cannelle,

E.

Le tourbillon de la vie

Ça fait deux semaines que j'ai rendu ma proposition, mais ce n'est qu'aujourd'hui que le chef Ayden et l'administration du lycée ont enfin approuvé mon projet de levée de fonds, et j'ai officiellement un nouvel agenda qui me mange toute ma vie. Je me lève une heure et demie plus tôt que d'habitude, avant même que le ciel n'entrouvre une paupière, et je me prépare pour le lycée. Les surveillants savent qu'on est deux à avoir une autorisation spéciale trois matinées par semaine pour entrer tôt dans la cuisine, où le chef attend de démarrer le plat du jour pour le déjeuner. Il ne nous en a jamais parlé, mais je sais qu'il a dû batailler contre le proviseur pour obtenir le droit de rouvrir la petite cafétéria du rez-de-chaussée près de la cuisine.

On a organisé un roulement entre tous les élèves pour qu'aucun n'ait besoin d'être présent plus d'une fois par semaine, mais si quelqu'un ne peut pas venir, c'est moi la remplaçante, puisque c'est moi qui dirige la collecte. L'après-midi, un autre élève se porte volontaire pour servir le déjeuner sur les trois services différents. Et chaque soir après le cours, pendant toute une semaine, il y a un élève qui s'occupe de la plonge et qui aide Mr. Ayden à faire le ménage dans le restaurant. Puisqu'on a du temps en plus le matin, au bout du compte, chaque élève devrait apprendre le même nombre de recettes.

Je m'attendais à ce que les profs apprécient d'avoir un autre endroit où déjeuner dans l'établissement, mais je ne m'attendais pas à ce que le petit restaurant soit plein à chaque service. La plupart des jours, on tombe en rade de tous les plats, et le chef doit refuser des clients. Avec un profit de sept dollars par menu, et entre dix et douze profs par service, trois services par jour, on lève presque sept cents dollars par semaine, et il nous reste cinq semaines avant la deadline de décembre. J'ai fait et refait le calcul, et ça tombe toujours sur à peu près trois mille cinq cents dollars avant le dîner de Noël. J'essaie de ne pas laisser voir ma nervosité sur la somme qu'il nous reste encore à accumuler, quand je lis les chiffres au reste de la classe chaque semaine, mais je sais que je dois faire tout ce qui est en mon pouvoir pour blinder la cafétéria le jour du dîner de Noël.

Et tous ces efforts au lycée, c'est pas facile. Je continue à travailler des heures chez Burger Hit, à prendre des cours de maths supplémentaires et à passer autant de temps que possible avec Babygirl.

Sans même que je m'en aperçoive, les deux premiers mois de l'année scolaire se sont évaporés, et on est mi-novembre.

Autant dire que le dîner de Noël est au coin de la rue. Et ce qu'on arrive à lever avant décembre, ça détermine pas seulement si la classe pourra partir en Espagne, mais aussi si mes idées, mon temps et ma sueur ont eu un effet.

Ça veut dire que j'ai pas le droit à l'échec.

Comme le lait sur le feu

Je suis en cuisine un matin, tôt, à enfourner des pains. Je règle le minuteur, je nettoie mon plan de travail et je regarde autour de moi. Pretty Leslie remue une énorme marmite de soupe de poulet aux nouilles, et Richard coupe des tomates, des oignons et de la laitue pour les sandwichs.

Le chef est assis à un petit bureau dans un coin, et je sais que c'est le moment.

– Chef, je me demandais si je pouvais vous dire un mot ?

Il prend une seconde avant de lever les yeux de son ordinateur et je vois qu'il a des cernes. Je ne me suis jamais demandé si le chef est marié, s'il a des enfants, s'il vit loin du lycée. Et, contrairement à nous, il se lève absolument tous les jours pour être ici tôt et gérer la cuisine, et il reste souvent après les cours pour préparer le lendemain.

– Qu'est-ce qu'il y a, Emoni ? Tout va bien côté pain ?

Je hoche la tête.

– J'ai deux-trois idées pour le dîner de Noël de cette année.

Des manières de sortir de l'ordinaire pour que les gens qui y vont chaque année y trouvent quelque chose de nouveau.

Il ferme son ordinateur et m'accorde toute son attention.

– Dites-moi donc.

– Ben, ils font toujours du jambon cuit et des haricots bien tradi, le genre de choses que les gens font chez eux pour les fêtes. Mais si on faisait quelque chose de plus restaurant ? Comme une bouchée de chorizo sur un lit de farce aux herbes. Ou des portions individuelles de mac and cheese ?

Les doigts du chef forment une petite pagode.

– Que proposez-vous pour donner au mac and cheese des lettres de noblesse ?

Je porte une main à mon cœur, blessée.

– Absolument rien. Le mac and cheese, ça a pas besoin d'être validé par des nobles ou des bourgeois ou des haters ou je ne sais qui. C'est parfait dans sa forme la plus pure. Bon, on pourrait ajouter du gouda.

Le chef fait un grand sourire.

– J'adore l'idée. Allez donc m'écrire tout ça, et on calculera les quantités et le nombre de portions.

Je retourne à mes petits pains, qui ont gonflé dans le four et rempli la cuisine d'une odeur voluptueuse. Je prépare un menu pour des centaines de personnes. J'ai l'impression qu'il y a quelque chose qui a gonflé en moi, aussi, et ça a un peu le goût de l'espoir.

Dernières miettes de temps

Thanksgiving dans une semaine, et deux semaines plus tard, le dîner de Noël. Il ne nous reste que très peu de temps pour finir de lever des fonds pour l'Espagne. Les déjeuners continuent à se vendre et on sera bientôt à deux mille cinq cents dollars. Mais les vacances de Noël approchent, et on doit verser notre apport quelques jours après le dîner de Noël.

Le chef fait semblant d'être super chill, mais je sais qu'il est nerveux qu'on ait encore presque six mille dollars à lever. L'école va nous payer mille dollars pour qu'on s'occupe du dîner de Noël, mais ça nous en laisse peut-être encore trop à lever pour le seul mois de décembre. Un truc qui est clair, c'est que je m'améliore nettement en maths depuis que je dois calculer nos bénéfices chaque semaine pendant la période de levée de fonds.

Quand j'entre dans la classe la troisième semaine de novembre, je vois qu'il n'y a aucune recette sur l'ardoise. Je boutonne mon tablier et je vais me poster à côté de Richard.

– Aujourd'hui, nous allons imaginer des solutions créatives à notre problème. Emoni a trouvé des tas d'idées pour collecter de l'argent, mais il me semble qu'il nous faut faire un effort de dernière minute plus collectif. On veut aller à Séville, oui ou non ?

Comme si nos têtes étaient attachées à des ficelles de marionnettiste, on les hoche tous en même temps.

Malachi lève la main.

– Pourquoi on capitaliserait pas sur les atouts qu'on a déjà ? Je sais pas comment ça se passe, le dîner de Noël, mais ça pourrait être un bon moment pour proposer plus que de la nourriture.

– Mon père est paysagiste, dit Richard. On pourrait mettre ses services aux enchères ! Les gens donnent de l'argent pour ce genre de trucs, non ?

Amanda hoche la tête.

– Et pourquoi pas ouvrir les inscriptions au grand public, au lieu de limiter ça à la famille et aux amis ? Ma sœur a trente mille followers sur Instagram, et je suis sûre que mes parents en feraient la promo auprès de leurs clients. Si on installait la salle dans le gymnase plutôt que dans la cantine, on ferait tenir plus de tables.

Moi, j'ai aucun contact utile, mais je prends des notes précises de toutes les suggestions. Le chef tape dans ses mains – fini le brainstorming. La perspective d'ajouter quoi que ce soit à notre dîner, ça doit lui filer un ulcère, mais les idées sont trop bonnes pour qu'on s'arrête en plein vol. Avant qu'il ne puisse en placer une, j'interviens :

– Je pense qu'on devrait faire plus de pub pour le dîner. Si on demandait à nos potes d'arts plastiques de nous faire un visuel ? On le mettrait sur les réseaux sociaux. Mon amie Angelica ferait ça pour nous.

Quelqu'un au fond de la classe s'écrie :

– Grave ! On pourrait taguer des gens célèbres. Meek Mill, parfois, il fait la promo de trucs comme ça à ses fans, et Joel Embiid nous soutiendrait peut-être un peu.

Mr. Ayden a l'air de vouloir interrompre la discussion, mais tout le monde balance des suggestions et mon stylo caracole sur mon carnet pour toutes les noter. Quand on tombe en panne d'idées, je lève la main et j'attends que le chef me fasse signe.

– En tant que directrice de la campagne de levée de fonds, je propose qu'on présente nos idées au proviseur. On n'a pas beaucoup de temps, mais au pire, il refuse, c'est tout. Autant demander, non ?

Le chef opine longuement.

– J'ai quelques amis du temps où j'étais étudiant en cuisine, et quelques collègues, qui pourraient être intéressés. Il n'y a pas de mal à demander.

Quand on quitte la classe, je crois qu'on a tous l'impression d'être sur un nuage. C'est pas seulement qu'on a une chance de lever les fonds dont on a besoin ; c'est aussi l'occasion d'exhiber nos côtelettes à tout le lycée, à nos familles, et peut-être même à la ville entière.

Jusqu'à la moelle

La semaine suivante s'enfuit à toute vitesse: je passe d'un truc à l'autre sans m'arrêter et je suis épuisée jusqu'à la moelle des os. Littéralement. Même mon squelette a besoin d'une sieste. Entre bosser le weekend à Burger Hit, clore les dossiers de candidature à l'université, concevoir un poster, booster la levée de fonds sur les réseaux sociaux, préparer le déjeuner le matin ou le servir l'après-midi, j'ai pas le temps de respirer. Même à la maison, je fais à manger ou je fais la vaisselle, et d'accord, j'adore cuisiner, mais je n'aurais rien contre une petite pause.

Sans compter que je suis déjà épuisée, d'habitude, juste par le fait d'avoir à courir dans tous les sens pour nourrir Babygirl, l'habiller, l'emmener au parc, lui faire la lecture, la mettre au lit, vérifier que ses rendez-vous médicaux sont à jour, et m'assurer qu'elle est prête quand son père la récupère.

Il y a des soirs où j'ai envie de pleurer jusqu'à tomber de sommeil, trop de fardeaux, mais même mes yeux sont trop fatigués pour produire des larmes correctes.

Thanksgiving chez nous cette année se passe modestement. Puisque j'ai Babygirl pour Noël, pour le Nouvel An et pour l'Épiphanie, Tyrone et moi, on a décidé que c'était logique qu'il la prenne pour Thanksgiving. Alors cette année, c'est juste moi et 'Buela, et un petit jambon avec riz et côtes de bette, devant un match à l'extérieur des Eagles.

Quand mon portable vibre, je sais que c'est Malachi avant même de regarder l'écran. Toute la famille de 'Buela l'a déjà appelée, tante Sarah m'a appelée moi et on a bavardé quelques minutes, puis elle a promis de m'envoyer un mail avec une recette de tourte que je lui ai demandée, et Gelly est chez la famille de Laura, alors elle ne va pas me contacter de sitôt.

– Hey, Santi. Je voulais juste te souhaiter un joyeux Thanksgiving. T'as fait quoi ?

J'hésite avant de répondre.

– Un gâteau au chocolat, Malachi. Tu devrais goûter, je lui dis, et mon visage se fend d'un sourire.

Le dîner de Noël

C'est l'après-midi du lundi 9 décembre, et Schomburg est plongé dans le calme après le départ des derniers élèves. Les seules personnes encore sur les lieux, ce sont les profs qui finissent de corriger des copies, et le personnel d'entretien qui installe les tables et les chaises dans le gymnase. Dans deux heures à peu près, l'école rouvrira pour une clientèle plus large, qui viendra se délecter du dîner de Noël. Mais dans notre coin de l'établissement, la partie se joue maintenant.

– Alors, tout le monde ! Ce soir, c'est le grand soir. Les gens ont payé pour venir ici, dans notre super gymnase, et on a vendu presque tous les billets. L'équipe de basket a même changé la date d'un match pour qu'on puisse disposer de l'espace, et Mr. Holderness a invité des officiels. Black Thought des Roots nous a retweetés, et plus de cent personnes de la communauté ont acheté un billet. On a fait tout ce qu'on a pu pour attirer du monde, mais maintenant c'est à nous de les épater.

C'est presque comme un mini-bal de fin d'année. On a apporté les grandes tables de la cafétéria et on les a recouvertes de nappes (les tissus d'Angelica ne sont pas partis à la poubelle, finalement !). On a mis des petites guirlandes lumineuses dans l'entrée pour donner un look un peu hivernal à la pièce. On a planqué les paniers de basket, et les grands écrans sont recouverts du menu, imprimé sur de gigantesques posters. Chacun d'entre nous porte un uniforme fraîchement lavé, toque parfaitement mise en place. C'est pas un restaurant avec vue panoramique, mais c'est pas pourri comme métamorphose d'un gymnase de lycée en moins de deux semaines.

Je me raccroche au discours du chef.

– Ils sont prêts à ce qu'on les fasse bien manger et bien boire. Enfin, pas de l'alcool, ce serait illégal. Mais faites ça bien, suivez les consignes. Chaque groupe sait de quoi il a la responsabilité ? Pour toute question sur le menu, vous vous adressez à Emoni ou à moi. Suivez les recettes précisément. Je les ai conçues au grain de sel près.

Le chef me décoche un regard.

Toute la classe hoche la tête en direction du chef. Je ne sais pas pour les autres, mais moi, j'ai l'impression que les papillons dans mon ventre ont des papillons dans leur ventre à eux. Près de moi, Malachi chantonne un air de Meek. Sans réfléchir, je lui attrape la main et la serre fort. Il répond à mon étreinte, et ça me calme un peu les nerfs. Même si maintenant j'ai la main qui me chatouille là où on s'est touchés. Toujours un problème, cette histoire…

Tout le monde se met en place en deux temps trois mouvements, et je retrouve Richard et Amanda à notre plan de travail. On est chargés de préparer des bouchées de patates douces, cuites en cocotte, à l'espagnole. C'était mon idée : un plat de Noël du sud des États-Unis, avec un soupçon d'Andalousie. La plupart des entrées ont été préparées à l'avance, donc il suffit de les mettre au four et de compléter avec les garnitures. Je commence à servir les patates douces dans de grandes cuillères en céramique, pendant que Richard les garnit de noix caramélisées et de saucisse espagnole. Il y a trois mois, la plupart d'entre nous n'avaient jamais goûté de cuisine espagnole, et voilà que ce soir on sert un banquet quasi espagnol.

On bosse comme des machines. Je remplis une cuillère, je la passe à ma gauche. Richard ajoute les noix et la saucisse, et passe à sa gauche. Amanda ajoute du persil et nettoie l'assiette. Avec un peu d'aïoli au piment, ça serait de la bombe. Une bouchée aigre-douce. Je fais presque un mouvement vers le placard à épices, et puis je me retiens.

C'est pas dans la recette.

On remplit des plateaux et des plateaux, en direction des élèves qui feront le service. J'aperçois les brochettes de légumes d'hiver et les portions individuelles de farce aux herbes avec son jamón ibérico – les bouchées les moins copieuses. Pendant que les hors-d'œuvre sont en cours de service, en cuisine on commence à nettoyer nos plans de travail. Nos mini-bouchées de patates douces et le mac and cheese seront les prochains à partir.

La soirée avance de manière aussi chaotique et véloce qu'Angelica quand elle débarque dans une pièce. Avant que j'aie le temps de m'en apercevoir, le dernier plat – des apple pies individuelles – est parti, et la seule chose qu'il reste à faire, c'est sortir de là et tirer sa révérence.

Ça fait bizarre de quitter la cuisine. Comme si j'étais toute nue. Il y a mon empreinte sur la recette de chaque plat qui est parti de cette cuisine et, que les gens aient aimé ça ou pas, ça me concerne directement.

Les bons comptes

Ceux qui étaient en cuisine vont dans le gymnase, et on retrouve les autres qui servaient. Le chef vient d'être annoncé, et il entre en scène. Il essuie sa gigantesque main sur son tablier avant de serrer celle du proviseur. Même si c'est nous qui avons cuisiné, son tablier est recouvert d'autant de traces de farine et de taches de sauces que les nôtres.

– Comme beaucoup d'entre vous le savent, ce repas n'est pas seulement notre dîner de Noël habituel ; il a également servi à collecter de l'argent pour la classe d'arts culinaires, qui va se rendre en Espagne pendant les vacances de printemps. Les élèves ont travaillé avec application tout le premier trimestre pour lever des fonds, et ce soir, c'était leur événement phare.

Mr. Holderness ouvre une enveloppe. Richard passe un bras autour des épaules d'Amanda. Je serre les poings et je retiens ma respiration.

– Et le compte final pour cette soirée est de… deux mille dollars !

J'additionne rapidement ce qu'on a gagné avec les déjeuners et la vente aux enchères et l'argent de ce soir. À quinze dollars le billet, il nous reste à peu près deux mille dollars après déduction du coût de la nourriture. Avec le nouveau total, chaque élève devra à peu près deux cent soixante-quinze dollars.

C'est plus d'argent que mes économies, surtout que la somme est due à la fin de la semaine. Je bats des paupières pour ravaler les larmes qui s'agglutinent dans mes yeux. *C'est un moment heureux, Emoni. Tu peux être fière. Ne les laisse pas te voir pleurer.*

– Je vous invite à applaudir les élèves qui vous ont régalés ce soir : la section 3, option arts culinaires !

Le proviseur nous désigne de la main depuis l'avant du gymnase, et immédiatement les spots s'allument pour que les hôtes nous voient. Je plisse les yeux dans la lumière et maintenant je distingue la salle, moi aussi. 'Buela est assise à l'une des tables à l'avant, et quand tout le monde se lève pour nous applaudir, elle sautille sur place comme si elle se retenait de faire de grands bonds. Je repère Ant et June, du salon de coiffure du coin, en T-shirt et en jean, qui applaudissent avec enthousiasme. Julio a dû leur passer le mot. Ms. Martinez, la voisine d'à côté, hoche la tête comme si elle avait toujours su qu'on serait capables de tout ça. Ailleurs dans la salle, j'aperçois des voisins, des gens du quartier, d'autres qui vont à l'église avec 'Buela, des employés du centre culturel, des commerçants, tous là pour soutenir notre rêve.

Malachi passe un bras autour de ma taille et Amanda m'attrape la main.

– On l'a fait, me dit-elle. On a nourri deux cent cinquante personnes, et on leur a montré qu'on méritait leur temps et leur attention et leur argent.

Je hoche la tête et la boule dans ma gorge s'agite. Je sais pas comment je vais trouver l'argent qui manque encore pour couvrir ma place, mais je suis heureuse que mes idées aient facilité les choses pour le reste du groupe. Et elle a raison : on a accompli quelque chose d'exceptionnel, ici, ce soir.

La soirée se termine vite après tout ça, et bien qu'on ait besoin de retourner à la cuisine pour tout ranger, la plupart des élèves font des checks aux copains et disent coucou à leur famille. Je me fraie un chemin vers 'Buela quand une femme se dresse devant moi.

– Vous permettez ?

Sa tête me dit quelque chose, mais je n'arrive pas à la resituer.

– Je peux vous aider ?

Elle tend une main et serre la mienne fermement. Sa paume est rugueuse.

– Le chef m'a dit de venir vous parler. C'est Emoni, c'est ça ?

J'opine et je lui lâche la main.

– Je ne sais pas si vous vous souvenez de moi.

Et au moment où elle dit ces mots, je m'en souviens, ça y est. C'est la cheffe du restaurant bourge où 'Buela m'avait emmenée. Le Café truc-bidule…

– Après votre passage chez moi, j'ai dit à Paul, enfin à Mr. Ayden, que je vous avais rencontrée, et il n'a pas arrêté de raconter que vous étiez une jeune apprentie talentueuse. J'ai accepté son invitation avec joie pour goûter vos plats. Il m'a dit que vous étiez en charge du menu ?

Je hoche la tête comme si c'était rien du tout, alors qu'à l'intérieur je ne suis qu'un tourbillon d'émotions. Un instant, j'oublie la question de l'argent qu'il me reste à trouver. Le chef m'a complimentée ? Je m'éclaircis la voix.

– Mr. Ayden m'a aidée pour le menu.

– C'était délicieux. J'ai particulièrement aimé la bouchée de patates douces.

Je lui souris.

– Si vous avez trouvé ça bon, vous devriez essayer une variante que j'ai en tête avec un peu d'aïoli au piment. L'épice ira bien se poser sur le sucré.

Je m'aperçois que je lui parle comme si on était potes et immédiatement je rougis. Je ne voudrais pas qu'elle croie que je me la pète.

Elle penche la tête vers moi.

– J'adorerais goûter ça un jour ou l'autre. Je voulais présenter mes compliments à la cheffe. Tenez, ma carte. Tout ce que vous faites ici, vous tous, je trouve ça remarquable. Profitez bien de l'Espagne.

Elle me tend le petit rectangle de bristol. *Lisa Williams – Propriétaire et Cheffe Cuisinière – Café Sorrel.*

Elle me fait un petit signe de tête et se dirige vers Mr. Ayden. Je contemple la carte de visite au creux de ma paume. Je la glisse dans la poche de mon tablier juste à temps avant que 'Buela ne m'emporte dans ses bras.

Elle me serre si fort qu'on se balance de droite à gauche.

– Je suis tellement fière de toi, nena ! C'est génial. La nourriture était bonne et tout le monde avait l'air content. Ils n'ont rien laissé dans leurs assiettes ! Dans les patates douces, il y avait un soupçon de toi… C'est toi qui les as faites, je me trompe ? On te sentait dedans. Même bébé Emma s'en est aperçue.

Je jette un œil à la poussette, où Babygirl se lèche la paume de la main.

'Buela et moi, on continue à osciller, mais tout à coup elle recule.

– Pardon, je suis très malpolie. J'ai quelqu'un à te présenter.

Derrière elle se tient un homme petit et maigre, sur la tête avec un chapeau à l'ancienne, un panama. Il porte des lunettes, une énorme moustache, et ses yeux sont d'une douceur à tomber.

– Emoni, voici Joseph Jagoda. Joseph travaille au cabinet du Dr. Burke. Je suis passée faire ta pub la semaine dernière. Le cabinet a fait un don !

Je souris à Mr. Jagoda.

– Merci infiniment de nous soutenir.

On dirait que l'esprit communautaire de Julio a inspiré 'Buela.

Puis c'est Angelica qui me serre dans ses bras, et les potes coiffeurs de Julio viennent me faire des checks et me tapoter le dos.

Babygirl sourit dans sa poussette et agite sa main toute collante dans ma direction. Je me détache du groupe et je la prends dans mes bras, et je jette mon ancre dans sa douce odeur de bébé. Je ne sais pas comment je vais trouver le reste de l'argent, mais je sais que j'ai fait davantage aujourd'hui que ce que j'aurais jamais cru possible, et ça, je peux en être fière.

Hameçonnés

Les autres élèves sont encore tout bourdonnants d'excitation le jour suivant quand on arrive au lycée. Je suis bien contente que pour la première fois depuis un mois et demi, on n'ait pas à se lever tôt le reste de la semaine.

Le chef a essayé d'annuler entièrement nos déjeuners. Il a annoncé lors d'une réunion du personnel qu'après le dîner de Noël, il arrêterait la restauration, mais les autres profs ont crisé, alors les déjeuners à la cafétéria recommenceront à la rentrée, les mardis et jeudis. Ceux qui viendront tôt pour cuisiner gagneront des points en plus, et quiconque sera sur place gardera les pourboires. Puisque j'ai besoin à la fois d'argent et de bonnes notes, je serai là aussi souvent que possible.

Quand on est rentrées à la maison après le dîner, j'ai demandé à 'Buela si elle pouvait me prêter le reste de l'argent pour l'apport, et je lui ai dit que je bosserais le double d'heures à Burger Hit pour la rembourser. Mais elle m'a répondu qu'elle avait déjà dépensé toute son allocation pour les factures et les cadeaux de Noël de la famille sur l'île. Sans parler du don qu'elle a fait le soir du dîner de Noël. Elle a proposé de rendre les cadeaux ou de demander à un ami de l'aider, mais il y avait tant de tristesse et de honte dans ses yeux que je lui ai tapoté le bras et je lui ai dit que je m'en sortirais. Je pensais demander à Julio, mais quand je lui ai parlé du dîner, il m'a interrompue pour me dire que je lui avais inspiré de sponsoriser une fête de voisinage pour collecter des fonds pour l'école du coin. Je savais qu'il dirait qu'éduquer ceux qui n'ont pas assez d'éducation, c'est plus important que de voyager en Europe, et je n'aurais rien à répondre à ça.

Je mets ces pensées de côté en rangeant mon plan de travail. Malachi s'approche et s'appuie sur ma gazinière.

– Hey, Santi. J'ai un plan pour avoir des billets pour Disney On Ice ce weekend. Tu viens ?

– Depuis quand t'as des plans à Philly ?

Il ricane.

– Ça veut dire oui ?

Il se tient tout près de moi et je me demande comment ça se fait qu'il sente si bon alors qu'on a passé une heure à transpirer dans des vapeurs de nourriture.

– Je sais pas, Malachi. Sortir avec des mecs, c'est pas un truc que je fais, et ça, ça ressemble vraiment à sortir avec un mec.

J'essuie ma table, évitant consciencieusement de toucher la gazinière ou Malachi – les deux me brûleraient, je crois.

– Mais tu sais, c'est pas comme sortir ensemble, il me dit, et il ouvre un sourire qui dévoile toutes ses dents. Je peux m'arranger pour avoir deux ou trois billets en plus. T'as qu'à inviter Angelica et sa copine, et emmener lady Emma. Même ta grand-mère, si ça peut t'aider à dire oui.

Zut, Malachi sait exactement par quel bout me prendre. Arroser toute ma famille de billets pour un truc qu'on a seulement vu dans des pubs à la télé mais jamais dans la vraie vie, ça me met un triple nœud dans la gorge. Je termine de nettoyer mon plan de travail et j'attrape mon sac. Je toussote.

– C'est hyper sympa de ta part, Malachi. Ça me touche beaucoup. J'ai bien besoin de m'amuser. C'est quand ?

– Fais pas ta tendre avec moi, Santi.

Mais il me regarde pas dans les yeux. Je crois qu'on a tous les deux tellement l'habitude de se vanner qu'on fait nos timides, pour une fois qu'il y a de la sincérité dans l'air.

– Les billets, c'est pour ce samedi.

– J'organise mon clan. Tu veux de l'aide pour nettoyer ton plan de travail ? Le chef va se fâcher s'il voit que t'as pas débranché tes plaques.

Mais Malachi me fait signe de partir.

– Nan, vas-y. T'as déjà éclairé ma journée.

Complications

J'ai toujours senti que Malachi était intéressé. Même s'il l'a jamais dit texto. Et honnêtement, même s'il l'avait dit texto, je l'aurais probablement pas cru. S'il y a un truc que j'ai appris avec Tyrone, c'est qu'un mec peut dire plein de choses sans que ça aille plus loin. Des paroles, c'est tout. Mais Malachi, ce sont ses actes qui me parlent, encore et encore, de ses sentiments pour moi.

Et je sais pas quoi faire de tout ça. Ça me prend tout le trajet de retour en bus pour trouver le courage d'en parler à Angelica, et même là, je me cache derrière l'invitation de Malachi.

Angelica envoie directement un texto à Laura.

– Cool, elle dit qu'elle est libre, alors on peut toutes les deux y aller.

Marche silencieuse jusque chez moi. Angelica entre. Elle va prendre des photos d'une nouvelle fresque de street art à Port Richmond cet après-midi, et il y a une friperie là-bas qui rachète des vêtements d'occasion. Elle m'a proposé d'aller y vendre un sac de vieilles chemises et de jeans pour moi.

On est en haut, dans ma chambre, et je bourre un grand sac plastique de vêtements. J'espère que ça me rapportera assez pour couvrir un peu de ce qui me reste à payer pour le voyage. Babygirl a une tonne de vêtements qui ne lui vont plus, et j'ajoute deux chemises de marque que j'ai eues pour Noël l'année dernière, dans l'espoir qu'elles aillent chercher un peu d'argent.

– Il est mignon, ce haut, pourquoi tu le donnes ? me demande Angelica, et elle attrape une chemise Vaiana en haut de la pile.

– Parce qu'il est trop petit pour Babygirl. Sauf si tu comptes avoir un bébé bientôt ?

– Mais carrément, c'est la priorité de Laura : me mettre enceinte.

Angelica tapote l'oreiller et s'allonge sur mon lit.

– Alors, c'est un double rencard, ce weekend ?

– Hein ? Non, pas du tout, il a même invité 'Buela et Babygirl.

– Waouh. C'est du sérieux. Il essaie de copiner avec la famille.

J'arrête de bourrer mon sac.

– Je crois qu'il veut vraiment sortir avec moi. Le truc, c'est que tu sais comme je suis avec les mecs.

Angelica me prend un haut des mains et le plie.

– T'as peur d'avoir mal, ma sœur. Et tu crois que tu peux pas prendre de temps pour toi.

– Mais c'est la vérité ! Et j'ai encore moins de temps pour les mecs.

On plie des fringues en silence, l'une à côté de l'autre. Quand le sac est plein, Angelica fait un nœud et je l'accompagne en bas de l'escalier. À la porte, elle s'arrête.

– Peut-être que c'est pas une question de temps, Emoni. Peut-être que la question, c'est de décider de tes conditions à toi. Être avec Malachi, ça veut rien dire d'autre que ce que vous en faites. Et s'il y a une personne au monde qui peut prendre des ingrédients qui vont pas ensemble et en faire quelque chose de délicieux, c'est bien toi. Embrasse ma filleule pour moi.

Fierté

C'est mercredi. Il reste deux jours avant le versement de l'apport. Je finis par ravaler ma fierté et je vais voir Mr. Ayden.

– Chef, je me demandais si je pouvais vous parler.

Le chef m'adresse un grand sourire. Depuis le dîner de Noël, il sourit de plus en plus, il fait des checks aux gens. Je sais qu'il est soulagé qu'on ait couvert la majeure partie des frais. Mais moi, je ne partage pas son soulagement.

Angelica a vendu mes fringues pour quarante-cinq dollars. 'Buela a laissé un gros billet de cinquante sur ma table de nuit ; je sais pas où elle l'a trouvé – elle ne touchera pas son allocation adulte handicapé avant le mois prochain. Mais ça veut quand même dire que j'ai seulement deux jours pour trouver cent quatre-vingts dollars.

– Emoni, notre impératrice de la collecte de fonds. Je peux vous aider ?

Je lui souris en retour, alors que j'ai mal au cœur. Impératrice de la collecte de fonds, alors que j'ai même pas atteint mon but…

– Je me demandais si je pouvais repousser un peu la date pour payer l'apport. Il me manque encore un peu.

Je lui passe cent dollars. Il regarde les billets, et puis moi.

– Oh, Emoni. Si seulement j'avais su que vous aviez besoin d'aide. Il y a des élèves qui ont demandé tôt, et on a mis en place des mesures pour échelonner leur paiement ; mais là, c'est malheureusement trop tard pour faire des ajustements en urgence… Je vais devoir en parler à Mr. Holderness.

Mais je vois bien qu'il n'est pas optimiste.

– Ça veut dire que si je trouve pas l'argent, je pourrai pas y aller ?

Il fait glisser les billets vers moi et il me tapote la main.

– Bien sûr que vous irez. Même si c'est moi qui dois couvrir vos frais.

Ses yeux me disent pourtant la même chose que ceux de 'Buela quand elle m'a avoué qu'elle n'aurait pas l'argent. Deux jours, c'est tout simplement pas assez de temps pour refaire le budget de ses vacances, histoire de caser une dépense non-essentielle. De nouveau, il me tapote la main.

– On va trouver une solution créative, c'est tout. Je vais parler au proviseur. Gardez votre argent pour l'instant.

Jeudi matin, je me réveille et tout mon corps voudrait rester au lit. J'ai envie de me cacher sous ma couverture et de faire semblant que le monde n'existe pas au-delà des murs de ma chambre. Mais Babygirl se réveille en hurlant et je la prends dans mes bras pour la rassurer. Il faut un bon quart d'heure avant qu'elle ne se calme suffisamment pour l'habiller et lui donner à manger, et je sais que je ne vais pas avoir le temps d'enfiler autre chose que les leggings et le T-shirt qui m'ont servi de pyjama. Quand 'Buela me fait une remarque sur la vaisselle, je me retiens de ne pas lui arracher la tête, tellement je suis de mauvaise humeur. Mais je me contrôle. Si je ne peux pas partir en voyage, c'est la faute à personne, et certainement pas à 'Buela.

Angelica doit sentir mon état d'esprit, parce qu'elle me saisit le bras, en chemin pour l'arrêt de bus, et essaie de me distraire avec des histoires sur telle ou telle star. Quand on est enfin dans le bus, je prends mon portable comme bouclier pour me cacher le visage. Je n'ai aucune envie qu'elle voie les larmes dans mes yeux. Je vérifie mes mails et j'en trouve un de Tante Sarah – son nom est dans l'objet du message –, mais c'est une adresse différente de l'habituelle, comme si ça venait d'un site internet, pas directement d'elle.

J'ouvre le mail, et la première chose que je vois, c'est une somme en dollars.

300$

Note : Hello ma nièce. Pardon pour le retard. Je sais que tu m'as dit dans ton dernier mail que la levée de fonds se terminerait en début de semaine. J'ai créé cette cagnotte avec toutes tes autres tantes et oncles et cousins – j'espère que tu peux encore l'utiliser. Les photos du dîner que tu m'as envoyées étaient adorables. Je ne suis jamais allée plus loin

que Raleigh, mais on a toujours besoin d'un peu d'argent de poche quand on part loin de la maison, il me semble ?
On est tous tellement fiers de toi. Nya aussi serait fière de toi.
On t'embrasse,
Tante Sarah et la famille

Je suis en état de choc, et ça doit se voir, parce qu'Angelica m'agrippe le bras.

– Emoni, ça va pas ? Tu trembles.

Tante Sarah, c'est ma tante par correspondance, le lien le plus puissant entre ma mère et moi, ma confidente de cuisine, mais elle ne m'a jamais envoyé d'argent auparavant, elle n'a jamais organisé quoi que ce soit avec ce côté-là de la famille pour m'offrir un cadeau. Je regarde par la fenêtre les nuages qui se dispersent, comme ma mauvaise humeur, et le soleil qui perce, là-bas et en moi, et je sais maintenant qu'il y a de la magie en ce monde, et même plein de magies différentes.

On Ice

Toute ma vie j'ai vu des pubs pour Disney On Ice, mais je n'ai jamais pensé que j'irais. Et voilà qu'on est là, à faire la queue devant le Wells Fargo Center, et je suis aussi électrisée que les gamins qui sautillent d'impatience autour de nous. Dans sa poussette, Babygirl n'arrête pas de montrer les gens du doigt. Laura et Angelica se tiennent la main, l'air dégagé, genre elles sont là seulement parce que je les ai invitées, mais je sais qu'elles sont à fond, elles aussi. Malachi, c'est le plus marrant de nous tous. Il fait des petits bonds pour voir si on s'approche de l'entrée, envoie des grimaces à Babygirl, et demande à chaque personnage Disney qui passent par là si on peut prendre une photo. 'Buela a décliné l'invitation – elle a dit qu'elle voyait quelqu'un ce soir.

– Vous, les jeunes, allez vous amuser avec votre Disney. Moi, je vais me prendre un cafecito et papoter.

Alors qu'on s'apprête à entrer, Malachi extirpe les billets de sa poche et avance. Angelica se baisse pour tripoter la couverture de la poussette.

– Je voulais te demander… Tyrone, il a pris ça comment ?

Je la regarde pas. Je hausse les épaules.

– Emoni, dis-moi que tu l'as mis au courant, elle me souffle.

Mais j'ai pas le temps de répondre – et c'est pas comme si j'avais un truc à répondre, sérieux – avant que Malachi nous entraîne toutes vers l'avant.

Angelica n'abandonne pas. Elle chuchote suffisamment bas pour que je sois la seule à l'entendre.

– Emoni, il a pas pété un câble la dernière fois parce que Babygirl était dans le même appartement que Malachi ?

Je la tire vers moi, et je vérifie que Malachi et Laura sont en train de bavarder avant de lui parler.

– Angelica, il a pété un câble la dernière fois parce qu'il n'aimait pas l'idée que je sorte avec un mec. Je sais qu'il voit d'autres filles quand Babygirl est dans les parages. Je sais qu'il sort avec des meufs. C'est pas son weekend, et si je veux emmener ma fille voir Disney On Ice, de quel droit il s'y opposerait ?

Angelica remue la tête et lève les mains au ciel. Laura doit sentir que sa copine fait une scène, car elle s'arrête en plein milieu d'une phrase pour nous regarder. Angelica et moi, on se bricole des sourires.

– Tout va bien ? demande Malachi quand on les rattrape.

Mon sourire s'élargit. Un peu trop. Il doit savoir qu'il y a quelque chose qui m'embête, mais je ne vais pas laisser les mots d'Angelica arroser la graine de culpabilité qu'elle m'a plantée dans l'estomac.

– Tout va bien. Merci pour tout ça. Je sais qu'Emma va adorer. Hein, Babygirl ?

En voyant nos deux visages qui la regardent, Emma fait sa timide et enfonce la tête dans le coin de sa poussette. Je me marre.

– Je te jure, elle est surexcitée. Elle fait ça quand elle est surexcitée.

Malachi rigole.

– Tant mieux. Je suis content qu'on ait pu organiser ça. Ma tante récupère des billets et elle y va chaque année.

– Ta tante ? je répète alors qu'on arrive enfin aux portes. Je croyais que t'étais pote avec quelqu'un qui t'avait mis sur un bon plan ?

– J'ai jamais dit « pote ». C'est ma tante qui travaille ici. C'est elle, mon bon plan. On va la voir, d'ailleurs. Souris, Santi.

Côte à côte

– Hey, tante Jordyn.

Malachi se penche pour embrasser une petite femme en chemise noire et pantalon. Elle porte un talkie-walkie, qu'elle tapote contre le dos de Malachi quand il se penche pour l'enlacer. Il nous désigne tour à tour.

– Je te présente Angelica et Laura. Et Emoni. Et la princesse dans la poussette, c'est Emma.

Tante Jordyn lui envoie un regard réprobateur.

– Qu'est-ce que je t'ai appris ? On ne montre pas les gens du doigt ! C'est pas parce que ta mère est pas là qu'il faut oublier les bonnes manières !

Mais à peine a-t-elle froncé les sourcils qu'elle les défronce ; elle sourit, et elle lâche Malachi.

– Et la petite puce, si elle est pas charmante ! Je suis bien contente que tu fasses bon usage de ces billets. Depuis que mes grands sont partis de la maison, mes billets gratuits ne servent plus à rien. Tant mieux si, cette année, ils vont à quelqu'un qui apprécie.

Elle tapote la joue de Malachi et je l'adore instantanément. Le sourire de Malachi vient du côté de sa mère, c'est clair et net, parce que cette femme a l'air aussi heureuse et tendre que lui quand elle sourit.

– Merci, madame. On a vraiment hâte, je lui dis.

Elle me décoche un regard que je n'arrive pas à décrypter.

– Malachi parle tout le temps de toi. Je suis contente de te rencontrer enfin.

Je hoche la tête, les yeux rivés sur lui.

– Allez, entrez, tout le monde. J'ai un peu de paperasse au bureau, je ne vais pas pouvoir vous rejoindre. Mais profitez bien !

On entre par l'une des portes du premier étage, et on cherche notre rangée, lettre par lettre, chiffre par chiffre. Je me rejoue la conversation dans la tête, et quelque chose dans mon estomac se tord. Malachi parle de moi à sa tante ?

Très vite, mes pensées sont absorbées par la musique, les lumières vives, les personnages dans leurs grands costumes qui patinent et tournoient et bondissent. Je n'ai rien d'autre à dire que ça : c'est magique. Et je plonge dedans autant que Babygirl. Elle tressaute sur mes genoux et ceux d'Angelica, applaudit, pointe du doigt. J'aimerais tellement faire ça pour elle plus souvent, lui offrir ce genre d'aventure.

Malachi se penche vers moi, son souffle chaud dans mon oreille.

– Souris, Santi. C'est un moment unique.

– Disney On Ice ? Non, ça revient chaque année.

– Je veux pas parler de Disney On Ice. Je veux dire ce qui est en train de se passer juste ici.

Il enroule l'une de mes mèches autour de son doigt. Puis il prend ma main dans la sienne, et je suis heureuse que Babygirl soit sur les genoux d'Angelica, à gigoter et à se cabrer. Je suis tellement heureuse que ma main soit libre, pour qu'elle puisse être dans celle de Malachi.

– T'es ridicule, je rétorque en rigolant. Ça veut dire quoi, ça, d'ailleurs ?

Malachi ne répond pas. Et moi, je ne retire pas ma main, de tout le reste du spectacle.

Chevaleresque

Tante Jordyn nous fait sortir par une porte de service, pour qu'on esquive la foule. On se fait directement boxer par l'air glacial, et je tire la couverture en plastique plus bas sur la poussette d'Emma. L'une des choses que je déteste le plus, en hiver, c'est qu'il est seulement seize heures trente mais il fait déjà nuit, et la température a chuté de vingt degrés pendant les deux heures qu'on a passées à l'intérieur : il fait à peine plus de zéro.

Je tente de souffler dans mes gants pour me réchauffer les mains. Malachi est toujours à l'intérieur, à parler à sa tante. Laura et Angelica se lovent l'une contre l'autre.

– Allez-y, vous deux ! Laura habite de l'autre côté, donc c'est pas comme si on allait prendre le même train.

Angelica fait semblant d'hésiter exactement trois secondes avant d'attraper la main de Laura et de s'enfuir, littéralement s'enfuir, avec Laura qui rigole derrière elle.

– Bye, Emoni ! Merci de nous avoir invitées, lance Laura par-dessus son épaule.

Je ne leur en veux pas de n'avoir aucune envie de rester. J'adore comme Laura rend la vie légère à Angelica, comme elles sont heureuses ensemble quand elles se tiennent la main et sont juste amoureuses.

Et puis Malachi est là près de moi, et il enfouit ma main dans la sienne, et il prend le contrôle de la poussette de l'autre, et je suis un sac de nœuds. Ces sentiments qui grandissent, qui pour moi s'entremêlent avec la culpabilité, le doute, est-ce que je devrais vraiment encourager tout ça ? Mais j'aimerais tellement me libérer du passé et profiter d'être la personne que je suis maintenant.

– Ma tante nous a commandé un taxi pour qu'on n'ait pas à marcher dans le froid en sortant du bus.

C'est pour ça qu'il était resté à l'intérieur, il lui donnait mon adresse.

– J'ai pas de siège bébé, je sais pas si ça va marcher, je lui dis.

Mais Malachi me prend au dépourvu.

– Je sais. On a demandé une voiture avec siège bébé.

J'aurais jamais imaginé qu'il pense à ce genre de choses. On attend en silence, et quand la voiture arrive, je détache Babygirl, et Malachi ouvre la portière de mon côté, avant de plier la poussette. On passe les vingt minutes du trajet sans rien dire, à écouter la radio qui passe du R&B. Tout est éteint dans l'appartement quand on entre. Je ferme la porte derrière moi et j'allume la lumière du salon. Je suis ravie que Disney ait épuisé Babygirl – elle s'est endormie dans la voiture avant même la fin de la première chanson. C'est beaucoup trop tôt pour qu'elle aille se coucher, mais je n'ai pas le cœur à la réveiller. Il faudra que je gère son pic d'énergie à minuit, tant pis. Je l'emmène en haut et je la pose dans son lit. Quand je redescends, Malachi est aux toilettes.

Je suis en train de rincer un verre dans l'évier quand je l'entends me rejoindre dans la cuisine. Je me retourne pour lui demander s'il veut de l'eau, mais son bras passé autour de ma taille, contre ma peau nue, me fait sursauter. Je me fige, et c'est seulement quand j'entends le verre éclater contre le carrelage que je m'aperçois qu'il m'est tombé des mains.

On se dégage brusquement et j'écoute le babyphone pour vérifier que le bruit n'a pas réveillé Babygirl. Mais non, silence. Je me baisse pour ramasser les morceaux de verre. Malachi fait de même, et on se retrouve nez à nez une seconde avant que je récupère les plus gros morceaux pour les jeter à la poubelle. Malachi attrape un balai dans le coin de la cuisine et s'occupe des petits fragments.

– T'as un bon contact avec les enfants, je lui dis quand on a fini de nettoyer.

– Oui, c'est ce que ma mère a toujours dit. J'étais patient avec mon petit frère même quand il nous prenait la tête. Emoni, tu saignes ?

Je regarde ma main. Je n'avais même pas remarqué la petite coupure sur ma paume.

– Laisse voir.

Il m'attire vers l'évier et met ma main sous un filet d'eau, puis il inspecte la coupure. Quelques instants plus tard, il prend ma main et m'embrasse les phalanges.

– Ça a pas l'air trop méchant. Un coup de désinfectant et un pansement, et ça passera.

Je secoue la tête.

– Dr. Malachi Johnson, toujours prêt à sauver le monde.

Il a envoyé sa candidature à Morehouse il y a plusieurs semaines. Il devrait avoir la réponse très bientôt.

– Pas encore. Mais c'est l'idée.

Malachi et moi, on a déjà parlé de son rêve d'installer un cabinet dans son quartier. Il dit qu'on a besoin de médecins vraiment locaux pour s'occuper des gens du coin, et moi, je vois la manière dont il a pris ma main dans la sienne, et examiné ma coupure, et comme il me fait sourire quand je vais pas bien. Je pense à son air confiant quand il entre dans une pièce et à sa participation en classe, et je sais que Malachi sera génial comme docteur un jour. Parfois, quand il parle de son retour à Newark, il me rappelle mon père : il a un amour si profond pour l'endroit d'où il vient que sa seule raison de parcourir le monde, c'est de rapporter le monde à la maison. Et les ressemblances me font sourire et me font mal à la fois. Malachi, son avenir est tout tracé. Il sait exactement ce qu'il veut et comment l'obtenir. Et moi ? J'ai à peine terminé ma dissertation pour le dossier de candidature – je suis loin de l'avoir envoyé.

Malachi traîne des pieds un peu gauchement. Je me dégage. Je veux récupérer le contrôle de mes mains avant de lui demander :

– Malachi, il se passe quoi ? On fait quoi ?

Il recule d'un pas.

– Je sais pas. Je crois pas que ce soit une question à laquelle je puisse répondre tout seul. Si ? Tu as l'air de vouloir prendre les choses pas à pas, alors c'est ce qu'on fait.

Ce qu'Angelica a dit la dernière fois qu'elle était là me revient à l'esprit. C'est à moi de créer la réalité que je veux. Et, en grande partie, ça signifie admettre que je ne sais pas toujours à quoi je veux qu'elle ressemble, cette réalité.

– Merci de pas me brusquer. Sincèrement, je suis pas trop sûre de ce que je veux. C'est pas juste toi, c'est aussi la fac, c'est tout. Babygirl, c'est la seule chose dans ma vie dont je suis sûre.

Ça me coûte de dire ça – j'ai l'impression que je lui donne une vue d'ensemble de toutes les questions qui m'assaillent, de tout mon désordre. Au lieu de se retirer, de dire que j'ai raison, Malachi prend ma main – l'intacte. Je croyais que je ne voulais pas qu'il me prenne la main il y a une seconde, mais en fait je suis heureuse qu'on se touche à nouveau. Il ne dit pas un mot. Et, pour une raison ou pour une autre, le silence m'autorise à parler encore.

– Je t'aime beaucoup. Je crois.

Chaque mot que je lui donne, c'est comme un petit morceau de moi.

– Et je voudrais qu'on continue à faire ça. À être amis. Des amis qui s'aiment beaucoup. Enfin, t'as pas dit que c'était le cas pour toi.

Malachi me presse les doigts et sourit. Pas son grand sourire à fossettes, mais un sourire qui semble dire que j'en suis la seule destinataire.

– T'as besoin que je te le dise ? Je t'aime beaucoup.

J'avale ma salive.

– Je veux pas te décevoir. Je sais pas…

Ce que je sais pas, c'est ce que je vais dire ensuite. Ma main est toujours dans la sienne et toute cette conversation est malaisante. J'ai pas l'habitude de demander quoi que ce soit.

– Je sais pas ce que j'attends de toi. Si j'attends quoi que ce soit de plus que ça. Je sais pas si je serai prête un jour pour plus que ça.

Voilà. C'est dit.

Mais peut-être que c'est pas dit, parce que Malachi a l'air perplexe.

– Emoni, tu me parles de sexe, ou quoi ?

Je tente de dégager ma main, mais il la tient fort.

– Je sais pas si je suis prête, c'est tout. Pour ça, ou pour être ta copine. Ou plus.

Je n'arrive pas à m'empêcher de répéter la même chose en boucle, mais c'est comme si j'étais à court de mots. Au fond de la boîte, il n'y a que les mêmes phrases, celles que je viens de dire.

Il hausse les épaules.

– OK.

– OK ?

– On s'en sortira, tu penses pas ? Et si l'un de nous deux a besoin d'autre chose, on se le dira. Non ?

Il se penche et un instant j'ai l'impression qu'il va m'embrasser, mais il ne fait que poser son front contre le mien. C'est pas possible que ce soit la vraie vie, ça.

– Je pense que je vais rentrer chez moi. Babygirl se réveille, on dirait.

Et il a raison. Babygirl babille dans son lit.

– Tu vas reprendre un taxi ? je demande.

– Nan, je vais aller prendre le train.

Il remonte la fermeture Éclair de son manteau et abaisse sa casquette sur ses oreilles.

– T'es sûr ? C'est vingt minutes de marche jusqu'à la gare. Dans le froid.

Grand retour des fossettes.

– Je sais. Ça me fera du bien, je crois.

Je le raccompagne à la porte. Et juste avant de partir, il se retourne encore une fois.

– T'as entendu la dernière chanson quand on était dans la voiture ?

Bien sûr. Je chantais en même temps, d'ailleurs. Les Roots, ce groupe de légende. Et cette chanson, un classique. Je hoche la tête.

– T'inquiète, Emoni. *You Got Me.*

Je suis à toi.

Une tempête

Plus que trois jours de cours avant les vacances d'hiver – et tout s'accélère. Angelica passe ses pauses déjeuner à travailler sur un projet pour son module de design graphique. Malachi profite de son temps libre pour faire des demandes de bourse. Et moi… je m'enterre dans le CDI, pour réviser les derniers examens avant la fin du trimestre.

C'est peut-être parce que je suis distraite que je brise la règle numéro un de Schomburg Charter : on me chope sur mon portable entre deux cours. J'étais en train d'essayer d'appeler 'Buela après le déjeuner pour lui rappeler que j'allais faire les courses aujourd'hui, et d'un coup, un surveillant me l'arrache des mains et me colle direct une sanction. Je tente de lui expliquer, mais il ne cède pas. C'est un nouveau, et je sais qu'il ne me connaît pas, qu'il ne connaît pas ma situation, parce que tout ce qu'il trouve à faire, c'est me répéter les règles, encore et encore.

– Si vous voulez récupérer votre téléphone, vous aurez besoin d'une autorisation d'un parent ou d'un responsable légal.

Je me retiens de lui rire au nez quand j'entends ça. Je peux signer des autorisations pour ma propre fille, mais pas pour moi-même.

– Monsieur, je vous jure, vous devriez parler à ma prof principale. J'ai une gamine. J'ai besoin de mon téléphone.

Mais soit il ne me croit pas, soit il s'en fiche. Il hausse les épaules et s'en va avec mon téléphone dans la main. Je pourrais aller à l'accueil et essayer de trouver quelqu'un qui soit de mon côté, mais je sais d'expérience que les administrateurs soutiennent toujours les surveillants. Il va falloir que j'attende demain matin pour récupérer mon portable.

J'ai vraiment hâte de rentrer quand la fin de la journée s'annonce.

J'ouvre la porte de la maison d'un grand coup de hanche et je rajuste les deux sacs de courses.

– 'Buela ? Babygirl ? j'appelle du bas de l'escalier.

Je vais dans la cuisine et je plante les sacs sur la table. J'espère que 'Buela n'avait pas encore un rendez-vous chez le médecin aujourd'hui, mais de toute façon elle aurait ramené Babygirl à la maison d'abord. J'ai prévu de lui parler ce soir en tête-à-tête pour lui demander ce qui se passe. Je l'observe avec attention ces derniers temps, j'ai même changé ce que je cuisine pour qu'il y ait plus de légumes et moins de beurre, mais je sais que tous ces rendez-vous de médecin, ça doit vouloir dire qu'il y a quelque chose qui cloche. Je vais devoir y faire face tôt ou tard, même si elle préfèrerait me protéger.

Peut-être qu'elles sont à l'étage en train de faire la sieste.

J'essaie de me distraire au lieu de penser à la maladie et je range les courses. Je crois que j'ai un peu exagéré aujourd'hui au rayon épices. Sérieux, je pourrais passer toute la journée au supermarché. J'adore celui de notre quartier, en particulier, parce qu'il importe ses produits directement de l'île. Je parcours les allées et je prends des herbes et des piments du monde entier, et je réfléchis à toutes les manières de réinventer mes recettes préférées.

– 'Buela ?

Mais personne ne répond. Il est presque seize heures trente et c'est bizarre que la maison soit aussi silencieuse à cette heure-ci. Je traverse le salon, je ramasse des jouets, des bavoirs. J'appelle à nouveau, et c'est seulement quand j'arrive au milieu de l'escalier que je me rends compte qu'il n'y a personne à la maison. À l'étage, tout est éteint et silencieux. 'Buela a dû emmener Babygirl au parc – sauf qu'il fait trop froid pour ça. Peut-être qu'elle est en retard parce qu'elle s'est arrêtée pour parler à une voisine. J'espère qu'elle n'a pas oublié qu'elle m'avait demandé de faire les courses – la dernière chose dont j'aie besoin, c'est qu'elle débarque avec des litres de lait supplémentaires ou encore plus de boîtes de céréales. J'empile les magazines dans la salle de séjour, j'essuie la table basse, et je range les jouets et les livres de Babygirl qui se débrouillent toujours pour tomber entre les coussins du canapé, histoire de bien se planter dans mes fesses quand je m'assieds. Je regarde la pendule au mur : presque dix-sept heures. Le ciel dehors a déjà perdu le soleil. 'Buela n'a pas non plus tant d'amis que ça dans le quartier. Elle est surtout amie avec les dames qui vont à l'église du coin, et les familles d'un côté et de l'autre de chez nous, mais pas assez pour passer les voir chez eux.

Il y a quelque chose qui cloche. Et comme s'il avait deviné mes pensées, le téléphone de la maison sonne. Je me rue dessus.

– Allô ?

Je me mords la langue pour ne pas laisser transparaître mon coup de panique. La personne à l'autre bout du fil s'éclaircit la voix.

– Emoni ? C'est Mrs. Palmer, la mère de Tyrone.

Ça va faire trois ans, et elle pense toujours que j'arrive pas à la replacer dans l'arbre généalogique.

– Bonsoir, Mrs. Palmer. Tout va bien ?

J'entends du bruit sur la ligne, puis elle parle à nouveau.

– Eh bien, non, tout ne va pas bien. Emma a de la fièvre. La crèche a essayé de te joindre toute la journée, mais personne n'a répondu. Ils ont essayé le portable de ta grand-mère, mais il est éteint, semble-t-il, et le fixe de chez toi sonnait dans le vide.

Merde, merde, merde.

– Comment elle va, Emma ? Elle est où ? Mon portable est… au lycée. Elle est avec vous ?

– Mm-hmm, marmonne Mrs. Palmer, comme si elle croyait que j'avais fait exprès de ne pas répondre au téléphone. En tout cas, c'est une bonne chose qu'ils aient les numéros des *deux* parents. Ils ont fini par appeler Tyrone, qui m'a appelée. Je suis partie plus tôt du travail pour aller récupérer la petite. Ce n'est pas ta grand-mère qui fait ça, d'habitude ? Où est-ce qu'elle est ? Je voudrais bien lui parler.

Mrs. Palmer fait tout le temps ça. Elle se comporte comme si j'étais trop jeune et trop bête pour parler de ma propre fille. Mais le truc, c'est que je ne sais pas où est 'Buela, et je ne veux pas qu'elle croie qu'on est toutes les deux irresponsables.

– 'Buela avait un rendez-vous médical et elle n'est pas encore rentrée. Elle a dû prendre du retard. Elle la récupère toujours, d'habitude. Vous êtes chez vous ? Je vais passer prendre Babygirl.

J'ai horriblement hâte de serrer mon bébé dans mes bras, mais j'arrive à cracher quelques mots polis.

– Je suis désolée qu'ils vous aient dérangée, Mrs. Palmer.

– Bon, bon. Maintenant que je sais que tu es chez toi, je vais passer te la déposer moi-même. Histoire de rentabiliser le siège bébé qu'on a installé dans notre voiture, après tout.

Je raccroche. J'ai mal à la lèvre inférieure, et je m'aperçois que j'ai passé la conversation à la grignoter. Je m'enroule une écharpe autour du cou et je sors attendre Mrs. Palmer.

Une nouvelle tempête

Le manteau de daim brun de Mrs. Palmer ondule autour de sa lourde silhouette pendant qu'elle déclipse toutes les attaches qui retiennent Babygirl au siège bébé. Je me contrôle pour ne pas regarder par-dessus son épaule, voire la pousser pour détacher Babygirl moi-même. Je resserre l'écharpe autour de mon cou pour que Mrs. Palmer ne voie pas mes mains trembler.

Elle cueille Babygirl dans son siège et recule. Elle serait jolie, comme femme, si elle n'avait pas l'air d'être en train de renifler un fruit pourri en permanence. Depuis le début, elle ne m'aime pas – depuis ma grossesse –, mais Tyrone dit qu'elle est comme ça avec tout le monde. Elle me tend Babygirl avec précaution, et j'ai presque un élan d'affection envers elle quand je vois la tendresse dans son geste.

Je frotte ma tête contre les doux cheveux de Babygirl. Elle gémit faiblement. Même à travers ses cheveux, je la sens toute brûlante. Je lui murmure quelques mots avant de la lover contre moi. Je suis petite, mais jamais trop petite pour tenir ma fille dans mes bras comme si c'était la chose la plus précieuse au monde. Mrs. Palmer retire la poussette de Babygirl et son sac à langer du coffre de la voiture.

– Merci, Mrs. Palmer, j'apprécie vraiment. Encore une fois, je suis désolée de ce qui s'est passé.

Elle s'éclaircit la gorge et hoche la tête.

– Oui, eh bien, je ne vais certainement pas tout laisser en plan au travail à chaque fois que ta grand-mère et toi, vous êtes trop négligentes pour vous occuper d'Emma. Je sais que tu t'es arrangée informellement avec Tyrone, et il serait malhonnête de ma part de dire que ça n'a pas l'air de fonctionner pour l'instant, mais, tu peux me croire, s'il essaie un jour de formaliser cet accord devant un tribunal, l'incident d'aujourd'hui fera partie du dossier.

Le sourire poli glisse de mon visage. Je rêve, ou elle vient d'insinuer que Tyrone cherche à obtenir la garde de Babygirl ? Et qu'elle le soutiendrait, alors qu'elle n'a jamais voulu de Babygirl ? Je pose ma main tremblante sur la joue chaude de mon enfant, en partie pour m'empêcher de la coller sur la tronche de Mrs. Palmer.

– Hey, Babygirl…

– Ce serait vraiment souhaitable que tu commences à l'appeler par son nom. Babygirl par-ci, Babygirl par-là, elle ne va plus rien comprendre, au bout d'un moment.

Je fais tous les efforts du monde pour ignorer Mrs. Palmer, parce que si je lui réponds quoi que ce soit, ça risque de faire un putain de vacarme dans son oreille de grande bourge. Et il faut que je me souvienne que c'est la grand-mère de ma fille.

– Babygirl, Maman est là, maintenant. On va prendre un petit médicament et ça ira mieux, je lui dis fermement en lui embrassant le haut de la tête.

À part les gémissements, elle est effroyablement silencieuse.

– Au revoir, Mrs. Palmer.

Je cale le sac à langer sur mon épaule et je traîne la poussette vers l'escalier.

– Minute. J'ai pris ça au passage, je me suis dit que tu n'en avais pas. Et quand bien même, ce n'est pas du luxe d'en avoir un stock.

Elle me tend un sac en papier. Je regarde à l'intérieur. Du paracétamol dosage enfant. Je l'attrape de la main qui tient déjà Babygirl.

– Pour la fièvre. Et vraiment, il faut que tu sois plus responsable question téléphone. Tu as un enfant, Emoni. Les gens doivent pouvoir te contacter à son sujet.

Elle hésite un instant, puis elle caresse du bout des doigts la joue de Babygirl. Elle agite sa main en l'air pour dire au revoir, puis elle retourne à sa voiture. Elle est partie avant que j'aie pu lui répondre. Ou la remercier. Ou lui dire que j'ai déjà plein de paracétamol pour enfants. Ou lui demander pourquoi ce n'est pas Tyrone qui a récupéré Babygirl, ou pourquoi c'est moi qu'elle accuse d'être irresponsable, alors qu'elle lui trouve, à lui, toutes les excuses du monde pour ne pas jouer son rôle de père autant que je joue, moi, mon rôle de mère.

Le feu au sang

Quelle ordure. Elle croit qu'elle peut me traiter comme une idiote juste parce qu'elle est conseillère en assurances dans je ne sais quel hôpital.

Mrs. Palmer m'échauffe le sang, c'est pareil à chaque fois. Comme un mammouth laineux super doué pour s'asseoir sur ce qui me reste de patience. Même après tout ce temps, j'ai toujours l'impression, quand je lui parle, que je n'en fais jamais assez.

Elle est où, 'Buela ? Elle sait toujours sourire à Mrs. Palmer, hocher la tête, et – encore plus important – obtenir ce qu'elle veut. Pendant quelques instants, je suis furieuse contre 'Buela. Si elle avait récupéré Babygirl comme elle était censée le faire, ça ne se serait pas passé comme ça.

Et puis je me rappelle que 'Buela n'est pas la mère de Babygirl.

J'installe Babygirl dans sa chaise haute et je lui mets du jus de fruits dans sa tasse à bec pour faire passer le goût du médicament. Elle a dû choper quelque chose au spectacle le weekend dernier. Tous ces gens entassés dans un même endroit, à éternuer et tout ce qui va avec. Et il faisait froid quand on est repartis. Son manteau est épais et je l'avais bien empaquetée, mais peut-être qu'elle est juste restée dehors trop longtemps. Il va falloir que je roule des serviettes contre les rebords des fenêtres, ou que j'appelle le proprio pour qu'il monte un peu le chauffage.

La porte s'ouvre et 'Buela débarque, les joues rosies par le froid et la bouche toute rouge comme si elle l'avait frottée. Elle s'arrête à la porte de la cuisine. Elle a des sacs de courses dans les deux mains. Elle a dû se mettre des bigoudis hier, parce que ses cheveux retombent en vaguelettes délicates. Elle a l'air toute pimpante, les yeux pétillants.

Dès que je la vois, je me mets à pleurer.

Même pas des larmes silencieuses, des larmes de colère, non : le genre de vrais sanglots à soulever la poitrine, à déformer la face, à faire couler de la morve directement du nez à la bouche. Je pose la timbale de Babygirl sur la table de la cuisine et je m'essuie le visage.

Ses sacs tombent par terre, mais je ne les vois pas atterrir, parce que j'ai les mains sur les yeux pour empêcher les larmes de sortir.

– Emoni ! Qué te pasa ?

'Buela m'attire à elle.

– Qu'est-ce qui ne va pas ?

Elle me tient par les poignets et scrute mon visage jusqu'à ce que je baisse les bras. Ils pendent mollement le long de mon corps. Entre deux sanglots, j'arrive enfin à articuler :

– Tu… étais… où ?

– J'avais un rendez-vous médical, m'ija, et ils ont pris un peu de retard.

Elle me lâche et se dirige vers le frigo.

– Je t'ai laissé un mot.

Elle montre un bout de papier qu'elle avait plaqué sur le frigo avec un aimant en forme de lettre de l'alphabet.

– 'Buela, tu m'avais demandé d'aller faire les courses.

Elle me jette un regard vide. Son sourire tombe de son visage.

– Je suis pas rentrée avant seize heures trente. Babygirl a de la fièvre et la crèche nous a appelées. Ils ont dit que ton portable était éteint. Pourquoi t'as laissé un mot sur le frigo, pourquoi tu m'as pas envoyé de message ?

Elle me lance un regard furieux.

– Mais je t'ai envoyé un message.

'Buela me contourne et se dépêche de monter à l'étage. Elle revient avec deux petites chaussettes roses, qu'elle fait glisser sur les pieds de Babygirl. Et puis elle la prend dans ses bras et la serre tout contre elle, contre son cou.

– Il faut faire baisser la fièvre. Tu lui as donné un médicament ?

– Oui, Mrs. Palmer avait acheté du paracétamol pour enfants. Et elle a été odieuse avec moi comme d'habitude et elle a dit que j'étais irresponsable et elle a parlé de questions de garde et je savais pas où tu étais.

La bouche de 'Buela n'est plus qu'une fine ligne blanche.

– Tu as appelé Mrs. Palmer ? Et elle a dit quoi sur la garde ?

Je ravale mes larmes.

– Non, c'est la crèche qui a appelé Tyrone. Tyrone a appelé sa mère. Ils ne savaient pas qui contacter d'autre. Et je crois qu'elle a juste dit ça par méchanceté, pas sérieusement, mais elle a fait allusion à l'idée que j'étais pas apte à m'occuper de Babygirl.

On reste plantées là, sans bouger. Sans ciller. Babygirl brise le silence d'un reniflement, son petit visage contracté d'un pleur rouge et silencieux. 'Buela s'apprête à réagir, mais je prends les devants et lui retire Babygirl des mains.

– Tout va bien, mon bébé. Je suis là. Maman est là.

Je l'emporte hors de la pièce, mais je me retourne avant de passer la porte.

– 'Buela, pourquoi tu n'arrêtes pas d'aller chez le médecin ?

Je me dresse de toute ma taille. Je suis prête à affronter ce qu'elle va me dire.

'Buela tripote son alliance. Elle me regarde.

– Je ne suis pas malade, Emoni. Je t'ai menti. Je n'ai pas eu tous ces rendez-vous avec le médecin. J'ai juste eu besoin d'un après-midi pour moi, hors de la maison. D'être Gloria à nouveau, et pas juste 'Buela. Je ne sais pas comment t'expliquer. Et je ne veux pas en parler.

J'enfonce mon visage dans le cou de Babygirl pour qu'aucune d'elles ne voie les larmes dans mes yeux, et combien je suis soulagée, et combien je suis blessée.

Fête

'Buela a toujours fêté Noël comme elle le ferait sur l'île : autant dire que Noël, ici, c'est un grand événement. Un dîner de ouf le 24, pernil et coquito, et, petite, j'avais le droit de veiller tard et d'ouvrir mes cadeaux. Et puis le 25 décembre j'allais chez Angelica pour le déjeuner de Noël avec sa famille, et on regardait des programmes de Noël à la télé. Je passais d'un bonheur à l'autre. Avec Babygirl, j'essaie de maintenir les deux traditions : on fait un grand repas les deux jours, on ouvre des cadeaux les deux jours. Heureusement, son rhume est passé, elle peut profiter de la fête. Et même maintenant que je suis trop vieille pour demander des cadeaux ou m'attendre à en recevoir, je ne sais jamais comment réagir quand les gens m'en offrent un.

Angelica me fait ouvrir un paquet savamment emballé, et dedans il y a une robe cache-cœur trop jolie qu'elle a trouvée à la friperie et qui lui a fait penser à moi, dit-elle. Un beau rouge sombre, et la jupe oscille au niveau des genoux. J'ai l'impression d'être plus âgée. Comme la femme que je pense être. Moi, je lui ai préparé une douzaine de macarons de toutes les couleurs. Ça m'a pris une éternité pour trouver le bon dosage, mais quand Angelica ouvre le carton et voit les petits disques orange, bleus et roses, je suis bien contente d'avoir fait tous ces essais. Elle en sort un de la boîte comme si c'était un bijou précieux. Et puis elle l'enfourne d'un coup dans sa bouche et fait un immense sourire, les dents recouvertes de sucre glace.

Le 25 décembre au matin, mon portable vibre et je me réveille au son de la voix profonde de Malachi attaquant les notes les plus hautes d'un chant de Noël, et c'est idiot comme tout mais aussi trop beau. Je reste là, le téléphone contre mon oreille, et je pense à tous ces cadeaux différents qu'on arrive à s'offrir les uns aux autres.

'Buela et moi, on se rôde autour, incertaines depuis le jour où Babygirl a été malade, mais la fête ouvre grand les rideaux et laisse la lumière noyer, ou du moins cacher, les souvenirs de notre conversation maladroite.

Le soir du Nouvel An, j'envoie à Tante Sarah une photo du plat de haricots noirs selon sa recette. Je les ai fait mijoter dans une compote de raisins noirs – ça, c'est pas dans la recette de Tante Sarah, mais 'Buela affirme que manger des raisins à minuit, ça apporte de la chance toute l'année, et dans ses notes, Tante Sarah écrit la même chose sur les haricots noirs. Alors je me suis dit que combiner les deux, ça doublerait mes chances de bonne fortune l'année prochaine.

Le reste des vacances se déroule bien. J'en passe une bonne partie à travailler les après-midi chez Burger Hit, à terminer des dissertations à rendre à la rentrée, à prendre des photos de Babygirl et à lui faire des câlins sur le canapé. J'ai fini mon dossier de candidature juste à temps pour la deadline du 1er janvier. J'ai demandé toutes les facs dont on avait parlé avec Mrs. Fuentes, mais mon cœur n'y est pas, même pas pour Drexel avec son programme d'arts culinaires au top. Plus on s'approche de la fin du lycée, plus je sens que je veux passer à autre chose : me mettre vraiment à *faire*, pas à *faire semblant de faire*.

Nouvelle année, nouvelles recettes

C'est le jour de la rentrée, et en cours d'arts culinaires, le chef nous donne notre premier itinéraire pour le voyage.

Une fois arrivée au boulot, je vais frapper doucement à la porte de mon manager. Steve n'aime pas être « interrompu bruyamment ».

– Steve ? C'est Emoni. Je peux vous parler, s'il vous plaît ?

– Entre.

Dans sa bouche, ça sonne comme s'il était roi dans *Game of Thrones* ou un truc du genre. Il a déjà l'air énervé. Je pousse la porte et je pointe le bout de mon nez. J'essaie de ne pas lever les yeux au ciel. Il a beau se dépêcher de fermer la page sur son écran, il reste des onglets de réseaux sociaux. Clairement, il travaille dur.

– Qu'est-ce que je peux faire pour toi, Emoni ? J'espère que tu ne vas pas encore me demander un changement d'emploi du temps.

Il y a une chaise vide en face du bureau de Steve, mais je reste quand même plantée là, à toussoter maladroitement, le regard en balade le long des murs dont la peinture s'écaille. Dans les coins de la pièce, des cartons s'entassent. Quoi que je fasse, ne pas croiser le regard de Steve.

– Plus ou moins. J'espérais que…

Il file une claque à son bureau.

– Tu comptes encore me demander une faveur ? Je fais déjà beaucoup trop de concessions pour toi. Il faut que tu te couches tôt quand t'as cours le lendemain. Tu peux seulement travailler l'après-midi le samedi parce que tu dois préparer ta fille pour… je ne sais quel machin. Tu peux pas bosser le dimanche parce que ta grand-mère a besoin d'aide. Des excuses, toujours des excuses ! J'essaie de manager une entreprise, moi, Emoni. Pas un programme d'apprentissage pour mamans en détresse.

J'avale péniblement ma salive. Lui sauter à la gorge n'apporterait aucune solution. Inspirer, expirer.

– Bien sûr, Steve. Je comprends bien. J'apprécie que vous fassiez des exceptions pour moi. Je sais que vous faites tout pour que les étudiants que vous employez réussissent à jongler entre les cours et le travail.

Steve adore qu'on lui lèche le cul, alors si c'est ce que je dois faire, ainsi soit-il. Je vois que ça marche, parce qu'il se relâche un peu et décroise les bras. Il les pose sur son bureau en poussant un grand soupir théâtral.

– Bon. C'est quoi, cette fois-ci ?

Je m'approche et je tente de calibrer ma voix, à la fois calme et ferme, même si tout ce que je ressens, c'est de l'exaspération d'avoir à m'aplatir devant lui.

– J'ai une opportunité par mon lycée de faire un voyage scolaire en Espagne. Pendant les vacances de printemps, fin mars. Ça va durer une semaine et je sais que d'habitude vous me donnez trois jours par semaine, mais peut-être que je pourrais travailler six jours la semaine suivant mon retour ? C'est pas avant deux bons mois, mais je voulais demander en avance, histoire de pouvoir ajouter les heures dont je pourrais avoir besoin pour ajuster ça correctement. Et j'ai beaucoup travaillé pendant les fêtes.

Steve se retasse sur sa chaise.

– Ça m'a tout l'air de vacances, ce voyage. T'as déjà utilisé des jours de congé avant Noël. Pour quoi faire, déjà ? Emmener ta fille à la patinoire ou je ne sais quoi ? Ces jours de travail, c'était déjà en compensation d'heures que tu n'avais pas faites.

Ce n'était pas ce sur quoi on s'était mis d'accord à l'époque, mais je ne vais pas corriger Steve maintenant, ça ne m'avancerait à rien. Il recommence à parler avant que je puisse répondre à ses questions.

– Emoni, je voudrais bien t'aider, vraiment, mais tu es en dernière année, non ? Tu seras pas là l'année prochaine, de toute façon. Peut-être qu'il serait temps d'explorer d'autres possibilités.

Mon cœur s'arrête de battre. Il veut me virer, ou quoi ?

– Vous me renvoyez parce que je demande un congé ? Plusieurs mois à l'avance ? Alors que je suis prête à reporter les jours sur la semaine suivante ?

– Mais non, mais non, bien sûr que non.

Steve se redresse et tend les mains, comme un extraterrestre qui tente un signe de paix.

– Ce que je suggère, tout simplement, c'est que, puisqu'on dirait que tu n'arrives pas à faire les heures requises pour ce travail, on pourrait… commencer à explorer d'autres possibilités.

Je comprends ce qu'il insinue. Je l'ai vu faire avec d'autres employés : il leur supprime leurs heures jusqu'à ce que ça leur coûte plus cher de venir au travail que ce que ça leur rapporte une fois qu'ils y sont. Je hoche la tête.

– On ne va pas se mentir, Steve. Vous me supprimez mes heures ?

Il croise les mains.

– Je vais juste chercher d'autres employés pour équilibrer les heures où tu ne peux pas venir travailler.

Il ne me regarde pas dans les yeux quand il dit ça, mais je me penche par-dessus le bureau et je le force à me regarder en face quand je réponds.

– Vous êtes un mec bien, Steve. Tellement gentil. Je vais dire à ma grand-mère de prier pour vous.

Et j'espère qu'il voit sur mon visage que je viens d'éclabousser sa vie du juju vengeur d'une grand-mère portoricaine.

Parler d'argent

Abuelo est mort avant que je naisse. Et son travail lui apportait peu de bénéfices, certainement pas d'assurance-vie, rien de tout ça. Mais heureusement, à la mort de mon grand-père, mon père était déjà adulte, et la seule bouche à nourrir, pour 'Buela, c'était la sienne à elle. Enfin, jusqu'à ce qu'elle m'adopte, et jusqu'à ce qu'elle s'aperçoive que son fils ne l'aiderait pas beaucoup à m'élever.

Quand elle s'est blessée et qu'elle a commencé à toucher une allocation, c'est devenu beaucoup plus serré chez nous, question argent. L'alloc est vite dépensée, et même si 'Buela continue à faire un peu de couture pour l'église ou pour les voisins, ça lui prend trois fois plus de temps qu'avant, parce qu'elle a vite mal à la main. Ses points, malgré sa lenteur, sont toujours aussi précis. Et même si c'est sa main droite qui s'est retrouvée happée par la machine, elle dit qu'elle remercie le ciel que ce ne soit pas l'autre, celle avec l'alliance, qui soit couverte de cicatrices.

Mais quand je suis tombée enceinte de Babygirl, c'est devenu très clair que l'allocation de 'Buela et ses jobs à côté suffiraient à peine à couvrir le loyer et à nous nourrir. Je sais depuis que je suis toute petite que l'argent, ça se traite comme un élastique : que ça s'étire jusqu'au point de craquer, ou presque. Et dès que j'ai obtenu le droit de travailler, je l'ai fait. J'ai fait des jobs d'été, j'ai bossé après les cours, j'ai toujours travaillé pour aider 'Buela à tenir la maison.

Perdre mes heures chez Burger Hit, ça veut dire que je dois trouver un nouveau moyen de l'aider, et pas seulement jusqu'à la fin de l'année.

Flash

Janvier et février passent à toute vitesse – on prépare nos examens, on bosse sur nos projets de fin d'année, et on donne un dernier coup d'accélérateur pour que nos notes décollent avant que ce soit trop tard. Sans même que je m'en aperçoive, mars arrive.

Je devrais être heureuse. Dans trois semaines et demie, je vais en Espagne. Pour de vrai. Mais durant la première semaine de mars, je suis anxieuse. Steve a réduit mes heures à deux ou trois par semaine, et l'argent que je gagne ne couvre qu'une proportion infime de nos dépenses. Je finis par démissionner quand je calcule que l'aller-retour me coûte autant que ce que je gagne.

Avec Malachi, on continue à se tourner autour, comme des amis qui se tiennent la main et qui flirtent, mais rien de plus. On ne parle pas de l'avenir et on ne va pas plus loin. Il a appris en décembre qu'il était admis à Morehouse, et quoi que je fasse, il y aura cette distance entre nous. Angelica est occupée avec

Laura et d'autres candidatures de dernière minute. Et, cerise sur le gâteau, c'est le tour de Tyrone de garder Babygirl ce weekend – je peux même pas me réjouir de passer du temps avec elle.

Quand je lui tends Babygirl samedi matin, c'est comme si on m'empoignait le cœur et qu'on le serrait très fort, et je dois me contrôler pour ne pas lui demander si on pourrait sauter ce weekend. Tyrone met son manteau à Babygirl, et elle me fait au revoir de la main tout en babillant des choses à l'oreille de son père. 'Buela me prend dans ses bras et me tapote les cheveux. Je lui propose :

– Ça te dit que je fasse à déjeuner et qu'ensuite on regarde *Le plus beau des combats*, ou *The Blind Spot* ?

'Buela adore qu'on la cocoone, et je sais que c'est le genre de proposition qu'elle ne pourra pas refuser. Mais 'Buela, sans me regarder, ouvre la penderie et sort son grand manteau. Il fait encore froid, il va peut-être même neiger. Elle s'enroule une écharpe du Super Bowl autour du cou.

– Je ne peux pas, m'ija.

Elle en reste là. Je ne lui demande pas où elle va quand elle dit qu'elle a un rendez-vous médical, mais on a toutes les deux compris que ça signifiait « après-midi Gloria ». Elle a été très claire : ce ne sont pas mes affaires.

Elle m'embrasse sur la joue, et la porte se referme dans une bouffée de son parfum à la vanille.

J'envisage d'appeler Malachi, ou de voir si je peux soudoyer Angelica avec de la nourriture, même si c'est pour tenir la chandelle tout l'après-midi avec Laura. Mais à la place, je vais à la cuisine et je sors des ingrédients du frigo. Je fais la recette de sofrito de 'Buela, pour aller avec la viande hachée. Je fais blanchir les oignons et l'ail, j'ajoute du concentré de tomate. C'est la base de la plupart des plats traditionnels, qui donne un goût si riche à tout ce qu'on y jette, haricots ou bons morceaux. Puis je fais brunir la viande et je concocte une sauce maison avec des tomates fraîches. Je râpe finement un peu de mozzarella et je fais bouillir des feuilles de lasagne. Pendant que le four préchauffe, je monte lentement les couches, et j'y dépose ma culpabilité, mes espoirs et un millier de rêves. Je ne sais pas si ça signifie quoi que ce soit, mais 'Buela a toujours dit que mes mains étaient magiques, et je convoque cette magie maintenant, pour mettre toutes mes émotions dans la poêle. Je compose une salade, en faisant attention à ne pas trop l'assaisonner, et puis je m'assieds. J'attends que le temps s'écoule sur le cadran du four.

Quand le four tinte, je sors les lasagnes et je fais la vaisselle pendant que le plat repose quelques minutes. Les doigts me démangent d'attraper mon téléphone, d'appeler quelqu'un, de me distraire sur les réseaux sociaux, mais au lieu de ça je prends une assiette et je pose dessus une grosse part de lasagnes, que je décore de basilic. Je me sers de la salade, et je dresse la petite table de la cuisine. Du frigo, je sors le vin de fête de 'Buela, et je m'en verse un verre. Je sais qu'elle haussera un sourcil en voyant que je lui en ai pris, mais elle ne me grondera pas – elle, elle a eu le droit de boire à partir de quatorze ans, et elle considère que les règles sur le continent sont excessives. Et même si elle y trouvait à redire, je ne crois pas que ça me gênerait.

Parce qu'aujourd'hui je suis toute seule, dans ma cuisine, avec un repas que je me suis cuisiné moi-même. Je m'assieds à table et je me coupe une part de lasagnes. Je ne sais pas qui je vais être, qui je ne serai pas ; mes désirs s'étalent en couches épaisses, comme ce plat, mais je sais qu'un jour je serai une femme, adulte, pour de vrai. Alors je m'autorise à profiter du repas, de l'instant, et de ma propre compagnie.

L'Espagne

– Tu as tout, tu es sûre ?

– Sí, 'Buela, je réponds pour la quinzième fois.

C'est aujourd'hui, enfin : je pars pour l'Espagne. Ma valise est faite, le planning pour Babygirl a été finalisé par 'Buela et Mrs. Palmer, et on s'est mises d'accord plusieurs fois que je leur parlerai sur FaceTime tous les soirs.

– Tu as pris une jupe pour aller à l'église ?

Je hoche la tête. Même si ma grand-mère sait aussi bien que moi que je ne risque pas d'entrer dans une église, à part pour y faire du tourisme.

'Buela met le nez dans ma valise.

– Et tu as bien mis tous tes produits de beauté dans des ziplocs ? Le pire, ça serait qu'ils se répandent partout sur tes vêtements.

J'arrive à imaginer pire, mais je hoche sagement la tête.

– Sí, 'Buela.

Elle tape dans ses mains.

– Oh ! Un parapluie, si jamais il pleut ?

Je lui attrape le bras avant qu'elle n'aille me chercher encore un truc à entasser dans ma valise. Et je la serre fort contre moi.

– Sept jours, c'est tout. Ça va bien se passer. Je t'aime.

'Buela me tapote le dos et court appeler son ami qui travaille au cabinet médical, Mr. Jagoda, pour s'assurer qu'il sait à quelle heure passer me chercher à l'aéroport de Philadelphie quand je rentrerai. Je me demande bien de quoi on va se parler, mais quand on me propose un trajet gratuit en voiture, impossible de résister. C'est la tante de Malachi qui l'emmène. Il y a d'autres élèves qui ont coordonné leurs trajets, mais la seule qui vive près de chez moi c'est Pretty Leslie. Elle ne m'a pas demandé de l'emmener, et c'est clair que je ne risque pas de le faire non plus. Je sors Babygirl de son lit à barreaux – il faut vraiment que je lui achète un plus grand lit – et elle se niche contre moi.

Demain, à cette heure-ci, je serai en Espagne. Et j'ai pas été aussi terrifiée et surexcitée depuis que j'ai donné naissance à ma fille. Pendant une semaine, c'est à une autre version de moi-même que je vais donner naissance.

J'ai tellement hâte.

Atterrissage

Au moment où les roues touchent la piste, je laisse échapper tout l'air que mes poumons avaient stocké sans que je m'en aperçoive. C'est l'après-midi ici, six heures de plus qu'à Philly, et à travers les hublots de l'avion j'ai vu Madrid: de grands immeubles et des maisons aux toits rouges.

Près de moi, Amanda presse ma main. Richard, de son côté, presse celle d'Amanda. Durant tout le vol, la classe n'a pas arrêté de se lever, de bavarder, de se balader en chaussettes dans les allées, et probablement d'être beaucoup trop en mode Philadelphie pour un vol à destination de l'Europe, mais on s'en fiche. J'ai pu m'asseoir à côté de Malachi et faire la sieste sur son épaule, et puis l'hôtesse de l'air est venue dire à tout le monde de regagner leurs sièges pour l'atterrissage.

On est excités comme des gamins sur un nouveau terrain de jeux. Pour certains, comme moi, c'était la première fois de notre vie qu'on prenait l'avion. La nourriture n'était pas aussi mauvaise que les gens le disent. Et les hôtesses étaient super adorables.

Elles ont même pouffé quand Malachi a demandé, pour rigoler, un verre de vin blanc avec son dîner – ensuite, Mr. Ayden a tonné « Jeune homme ! » trois rangées derrière, et leur sourire a vite disparu de leur visage, mais leurs yeux pétillaient toujours.

Récupérer nos valises, c'est une grosse galère, parce que certaines personnes (Pretty Leslie) se sont dit que c'était une bonne idée d'emporter deux valises et un sac de voyage, alors qu'on est là pour une semaine seulement. On doit attendre les bagages et ensuite on passe la douane. Le chef compte et recompte les têtes comme si certains avaient décidé que c'était nul comme plan et étaient remontés dans l'avion. Malachi, appuyé contre le mur à côté de moi pendant qu'on attend tout le monde, me donne des petits coups de pied dans la cheville.

– On est arrivés, il dit.

Et puis il sourit.

– On est *presque* arrivés, je corrige.

Je sais que mon sourire est assorti au sien. On a encore un bus à prendre pour Séville. Mais c'est vrai : on est en Espagne. Je sais pas comment, mais on a réussi. Je nous regarde : un groupe d'Américains de toutes les couleurs. Pas juste notre peau, même s'il y a pas mal de couleurs là aussi, mais en général. Les casquettes, les Jordan et les Foam, les shorts en jean, le rouge à lèvres pétant et les nouveaux sweats donnent l'impression qu'on sort d'un clip, pas d'un vol de huit heures. On est sexy, on est street et on est surexcités de voir le monde, et on va pas empêcher le monde de nous voir, nous. Tous, on brille, malgré les efforts qu'on a faits pour arriver ici.

Colocataires

Le car qui nous récupère pour le trajet de cinq heures jusqu'à Séville est tout petit et on s'assoit hanche contre hanche. Le chef installe son large corps sur le siège avant, et il commence à parler au chauffeur dans un espagnol rapide – je ne savais même pas qu'il parlait espagnol.

– Il raconte quoi ? me murmure Malachi à l'oreille.

Son souffle me chatouille le cou et c'est tellement agréable que je me retiens de lâcher un petit soupir. *Te laisse pas emballer, Emoni. C'est pas pour ça que t'es là.* Je me décale, en faisant en sorte de ne pas montrer que je me décale.

– Qu'ils nous prennent en otages pour nous vendre sur le marché noir, je réponds très sérieusement. Et un truc comme quoi Liam Neeson viendra nous sauver.

Il m'entoure les épaules de son bras.

– T'es une geek, Santi.

Le car s'ébranle et je presse mon visage contre la vitre. J'attrape du regard les grandes églises, les hauts bâtiments qui ressemblent à d'élégants gâteaux de mariage, le centre-ville et ses monuments. Quand on laisse derrière nous la ville, je regarde défiler le paysage tandis que Malachi s'endort, la tête sur mon épaule. Tellement de champs et de petits arbres aux fleurs violettes. Je les trouve tous beaux, et puis je m'endors aussi.

Une acclamation à l'avant du car me réveille. On est enfin à Séville, à en croire le panneau de bienvenue sur la route en face de nous. Les rues sont pavées, et tous les petits magasins ont de grands stores qui protègent du soleil. On fait le tour d'une plaza où des hommes et des femmes, juchés sur des bancs, mangent des glaces. Ça n'a pas l'air très différent des États-Unis, sauf qu'il y a plein de gens blancs, bien bronzés, et l'architecture est plus colorée. Les briques des maisons, rose vif et jaune ; des arbres aux fruits vifs qui brillent même dans la nuit. On passe près d'une famille assise dans un coin, une pancarte à la main. Leur peau et leurs cheveux sont sombres ; ils portent des vêtements aux couleurs vives.

– Oh, regarde, dit Leslie en les pointant du doigt. Des gitans. J'ai lu qu'il y en avait plein, ici.

Le plus petit est un enfant de l'âge d'Emma, à peu près ; il porte un débardeur rouge et un pantacourt. Il tapote contre les pavés le gobelet avec lequel il fait la manche. Le car s'ébranle à nouveau et on aperçoit des foules massées à l'extérieur de bars, et puis on traverse un pont vers ce qui semble être un quartier plus résidentiel.

– Moi, j'ai lu qu'ils n'aimaient pas trop qu'on les appelle des gitans, me dit Malachi.

Il l'a dit assez fort pour que tout le monde entende, y compris Pretty Leslie.

Le car s'arrête sur le parking d'une boulangerie, où un groupe de personnes nous attend. Ce sont surtout des femmes, assez âgées, robustes.

Le chef se retourne sur son siège pour pouvoir tous nous regarder. Nous, ses dix sous-chefs ados, à moitié endormis.

– OK, tout le monde. Ces gens, ce sont les familles d'accueil qui vous hébergeront cette semaine. Le matin, on se retrouvera ici pour faire du tourisme ; vous retournerez dans vos familles pour le déjeuner et la siesta, et l'après-midi, vous serez chacun réquisitionné comme apprenti dans l'un des restaurants du quartier. Des questions ?

Je regarde autour de moi, puis je lève la main.

– On est seuls dans nos familles ?

– Pourquoi ? Tu veux que Malachi vienne avec toi ? dit Pretty Leslie.

Quelques-unes des filles se marrent. Je suis bien contente qu'il fasse nuit, pour que personne ne puisse me voir rougir.

– Très bonne question, Emoni. Vous serez deux. De fait, Leslie, vous partagerez votre chambre avec Emoni.

La première nuit

Señorita Mariana est plus jeune que 'Buela, mais pas de beaucoup, je pense, et elle est plus mince et musclée que les autres mères de famille. Elle attrape immédiatement mon sac de classe et s'avance vers l'une des valises à roulettes de Pretty Leslie, mais celle-ci s'écarte.

– Non, ça va, je la prends.

Elle tire toutes ses valises à elle comme pour les défendre. J'envoie un sourire à Señorita Mariana.

– Vous n'avez pas besoin de me porter mon sac, je lui dis en anglais.

J'espère qu'elle comprend, parce que j'ai pas hâte de dépoussiérer mon espagnol ! Je le parle seulement avec 'Buela. Señorita Mariana penche la tête de côté.

– Está bien. Je peux aider. Vous sortez d'un car.

Elle saisit mon sac et commence à marcher. Je regarde Pretty Leslie, qui hausse les épaules. On la suit toutes les deux, le long d'une pente qui descend, et je m'efforce d'empêcher ma valise à roulettes de m'échapper des mains. Mariana s'arrête à la devanture d'un magasin et ouvre la porte – c'est une boutique ancienne d'instruments de musique. Elle allume la lumière et nous fait signe.

– L'appartement est au-dessus. Mes enfants, mariés et partis. Suivez-moi.

Elle se dépêche de grimper l'escalier, dans sa longue jupe violette, mon sac toujours à la main. Pretty Leslie, rouge et essoufflée, trimbale ses valises du mieux qu'elle peut.

– Meuf, arrête de faire comme si t'avais quelque chose à prouver, je lui dis, et j'attrape un de ses sacs.

Elle doit vraiment être à bout de souffle, parce qu'elle n'objecte même pas. En haut, c'est joli et aéré, avec une petite cuisine et un salon. Mariana désigne le fond de la pièce.

– Salle de bains ici. Chambre là.

Elle traverse une petite entrée et allume une pièce sur la gauche. Dedans, il y a des lits jumeaux, une commode, et un grand crucifix de bois au-dessus d'un miroir.

– Je vous laisse vous installer. Si vous avez besoin quelque chose, je suis dans la cuisine réchauffant le dîner. Vous venez demander.

Elle sourit et dégage ses cheveux de son visage, l'air d'attendre qu'on lui pose des questions. Je lui souris en retour et je hausse les épaules. Pretty Leslie remue la tête. Quand Mariana part, elle se précipite sur le lit le plus éloigné de la porte.

– Si cette dame est folle et tente de nous tuer en plein milieu de la nuit, c'est pas moi qui mourrai la première.

– On est dans un nouveau pays et tu te comportes comme une sale peste, je lui dis.

Et puis je sors mes vêtements, que je plie en carrés serrés pour qu'ils tiennent dans les tiroirs de la commode.

– Je me comporte normal. Arrête d'être toujours à vouloir te faire aimer à coups de grands sourires.

Elle sort un pantalon de jogging de sa petite valise, pousse les deux valises dans un coin et son troisième sac sous son lit, et quitte la chambre.

Mariana, Pretty Leslie et moi, on dîne de riz huileux et de steaks dans un silence complet, jusqu'à ce que la lumière du jour, mourante, nous donne enfin une excuse pour aller nous coucher tôt.

Je remarque que l'air, dans notre chambre, est chargé d'une nouvelle odeur. Comme d'oranges. J'allume la petite veilleuse, j'enfile rapidement un jogging et un T-shirt, et je retire mon soutien-gorge par ma manche. Je me glisse dans le lit.

Je ne laisserais jamais Babygirl aller se coucher sans se brosser les dents, mais ce soir j'ai trop envie de dormir pour m'inquiéter de mon hygiène bucco-dentaire. Je pourrai me les brosser demain matin. Quand Pretty Leslie entre dans la pièce, j'éteins la lumière et je contemple le plafond. Je me demande ce que 'Buela et Emma sont en train de faire. C'est encore l'après-midi à Philadelphie. Mes yeux s'habituent à l'obscurité, et je regarde la silhouette sombre de Pretty Leslie, nichée dans son lit.

– Tu penses que ça va te manquer de pas être chez toi ? je demande.

– Meuf, me parle pas comme si on était potes, elle maugrée, puis elle roule sur son lit pour me tourner le dos.

– Je sais bien que c'est juste pour une semaine, mais j'ai jamais été aussi loin de la maison aussi longtemps. C'est tellement différent de Philly, ici.

Je l'imagine facilement lever les yeux au ciel.

– Comme tu l'as dit tout à l'heure, c'est juste sept jours. Ça va aller. En plus, t'as pas un de tes parents qui est un peu espagnol ou quoi ? T'es pas allée en République Dominicaine ou un truc du genre ?

– Je suis à moitié portoricaine. Et non, j'ai jamais quitté Philly.

La seule réponse de Pretty Leslie est un ronflement bruyant.

La cheffe Amadí

– Buenos días, clase, mi nombre es Elena Amadí, et je fais de la cuisine espagnole avec un soupçon d'influence nord-africaine.

La femme qui se présente à nous est jeune, à peine dix ans de plus que nous. Elle a de longs cheveux noirs, et même avec son tablier de cheffe ça se voit qu'elle est sportive. Angelica dirait qu'elle est hot, et je dois bien reconnaître que c'est le cas. On est dans une grande cuisine, et la cheffe Amadí est la dernière à nous saluer, après six autres. Le ventilateur qui ronronne au-dessus de nos têtes ne nous empêche pas vraiment de transpirer, et après une matinée pleine d'énergie à faire la visite de l'ancienne tour de garde militaire, la plupart d'entre nous ont l'air sur le point de tomber de sommeil. Au moins, je sais que je vais pouvoir parler à 'Buela et à Babygirl sur FaceTime après le déjeuner. J'ai tellement hâte de voir leurs visages.

– Je vais pas survivre, Santi, me murmure Malachi. Rattrape-moi si je m'évanouis.

Je lève les yeux au ciel.

– T'es bon pour tomber par terre, alors, mon gros.

Mr. Ayden s'éclaircit la voix de sa toux tonitruante.

– OK. Maintenant que tous les chefs se sont présentés, je vais vous dire avec qui vous serez en apprentissage cette semaine. J'ai pris en compte vos atouts et vos penchants et je vous ai attribué quelqu'un que vous puissiez non seulement aider, mais auprès de qui vous apprendrez le mieux. Amanda, vous irez à la boulangerie du coin avec le chef Juan. Richard, vous ferez des tapas juste en face avec la cheffe Joselina. Malachi, en boucherie avec Enrique, pour apprendre à faire des charcuteries.

Il arrive tout en bas de la liste avant de lever les yeux.

– Emoni, vous travaillerez avec la cheffe Amadí. De la cuisine contemporaine, un soupçon décalée – exactement votre rayon.

Cot cot

– Ravie de travailler avec toi cette semaine, Emoni. D'abord, montre-moi ce que tu sais déjà. Ces ingrédients, tu peux me les nommer ?

La cheffe Amadí me désigne un tas d'herbes et d'épices.

– Je vois bien que tu sais, me dit-elle.

Et c'est vrai, je sais. Je pioche une grande feuille et je la renifle. Elle est plus petite que la variété que j'utilise normalement, mais avec une telle odeur, impossible de se tromper.

– C'est une feuille de laurier, je réponds. Et cette graine, c'est de la cardamome.

Elle hoche la tête et m'envoie un clin d'œil. Elle se déplace vers un autre plan de travail et ouvre une glacière où plusieurs grands poulpes chillent sur des lits de glaçons. Je n'ai jamais travaillé le poulpe, et je suis fascinée par la teinte rouge vif de la peau, la texture glissante sous mes mains. Elle me montre comment inciser les tentacules avec un couteau, avant de les faire mariner pour des grillades. Je résiste à l'envie d'aller chercher les épices. Je voudrais gronder mes mains, comme si c'était Babygirl, toujours à vouloir tout tripoter sans en avoir l'autorisation.

– Cheffe, je l'interpelle (je suis assez à l'aise, maintenant, pour lui demander quelque chose). Il y a un mec dans mon lycée qui a le même nom de famille que vous, mais avec un *h* : Ahmadi. Je savais pas que c'était espagnol.

– Ma famille est marocaine, à l'origine, dit la cheffe.

Quand elle parle, on dirait toujours un peu qu'elle chante. Sa peau est à peine teintée de brun, et je n'aurais jamais cru qu'elle puisse être autre chose qu'espagnole. Je joue du couteau plus lentement, la guettant entre mes cils.

– Oh, ça ne se voit sans doute pas. Je tiens de mon père, qui est principalement espagnol. Mais l'Espagne et toute la péninsule Ibérique ont été énormément influencées par les Maures.

J'ignorais tout ça. Je ne sais pas trop comment réagir, alors j'attrape un autre tentacule et je l'arrose d'huile.

– Mr. Ayden dit que tu as quelque chose en plus. Une « affinité pour tout ce qui est humble », selon lui. Il dit que tu es la maîtresse des épices. Et venant d'Ayden, ça veut dire beaucoup. En général, il croit peu au talent naturel. Seulement au travail, dur, qui donne l'impression plus tard que tout est venu sans efforts. C'est vrai, ce qu'il raconte ?

J'ai la sensation que mes sourcils vont sauter en parachute depuis le haut de mon front.

– Vous voulez dire le fait que j'aie reconnu la feuille de laurier ?

– Arrête avec l'huile, il y en a assez.

Elle me prend des mains le plat de poulpe mariné, le recouvre d'un tissu rouge et le met au frigo.

– C'est exactement ce que je veux dire, oui, « ce truc ». Tu viens d'arriver en Espagne. D'après ce que m'a dit ton professeur, vous n'êtes pas beaucoup à avoir déjà été exposés à la gastronomie d'autres pays. Et pourtant tu reconnais toute une variété d'herbes qui ne ressemblent pas à celles que l'on trouve hors de cette région et ne sentent pas exactement pareil. Je suis sûre que tu l'as remarqué dans d'autres contextes. Tu as déjà fait des mélanges d'épices dont personne ne t'aurait dit qu'elles iraient bien ensemble. Ou coupé un légume d'une certaine manière parce que tu as imaginé que la saveur en serait exhaussée. Tu sais des choses que personne ne t'a enseignées, sí ?

Je fais « non » de la tête. 'Buela a toujours affirmé que j'avais de la magie dans les doigts, mais je ne l'ai jamais dit à propos de moi-même. Et je sais pas si je crois vraiment que ce soit de la magie. Je pense que je suis juste une très bonne cuisinière. Pourtant elle a raison : la plupart du temps, j'expérimente avec les épices.

– Ma Tante Sarah m'envoie des recettes et je m'entraîne. Et je regarde tout le temps Food Network. Vous avez cette chaîne, ici ? C'est trop bien. Y a une émission qui s'appelle *Chopped*…

La cheffe repose le torchon avec lequel elle essuyait la surface de travail et prend mes mains entre les siennes. Elle étudie mes paumes.

– Selon Ayden, tu as un don. Si tu ne veux pas appeler ça de la magie, d'accord. Mais tu as un don et il change probablement déjà la vie des gens autour de toi. Quand tu fais la cuisine, tu transmets ce don aux gens. Souviens-toi de ça.

Je retire mes mains.

– Il se passe quoi ensuite ? je demande.

La cheffe pince les lèvres. Puis elle inspire et sourit.

– Tu vas préparer de la poularde pour mes clients. Le restaurant ouvre pour le service du déjeuner dans une heure et demie. On va dire que c'est le plat du jour.

Ses mots galopent le long de mon cœur comme un rat de barrio et j'ai envie de glapir : « Moi ? » Mais je me compose un visage calme et je hoche la tête, comme si je faisais tous les jours une recette que je n'avais jamais essayée avant, pour des dizaines et des dizaines de personnes.

– Très bien. Prends toutes les épices que tu veux et décide de la découpe. On la servira à ta manière. Gallina à la Americana.

Elle lève un sourcil et je comprends que c'est un défi. Elle veut voir si je vais tenir. J'ajuste ma toque et je m'approche du placard. Je n'ai pas à me retourner pour savoir que la cheffe a un sourire sur le visage.

– Gallina à l'Afro-Portoricaine, ça sonne mieux.

Ça joue

Le restaurant de la cheffe Amadí n'est pas très grand. Seulement cinq ou six tables, et elle dit qu'elle a généralement entre vingt et trente clients au déjeuner. Elle a embauché deux étudiantes comme serveuses et pour faire le ménage. Les deux filles me sourient et me font un petit signe de la main, mais elles semblent aussi timides à l'idée d'utiliser leur anglais que je le suis à l'idée de sortir mon espagnol.

De toute façon, je ne me préoccupe pas longtemps de leur parler, parce que j'ai de la poularde à préparer. Je repense à ce que nous a appris Mr. Ayden sur les proportions, et même si ça me prend un peu de temps, j'arrive à calculer qu'on aura besoin de quatre à cinq kilos de viande. Je n'ai jamais eu à préparer autant de poulet d'un coup. Je concocte rapidement un mélange d'épices et je m'assure de rester aussi près de la recette que possible, pour que le résultat soit homogène.

Quand la cloche de la porte d'entrée tinte, je m'essuie le front du revers de mon poignet. L'heure et demie est passée en un clin d'œil. La cheffe me sourit et sort accueillir les clients. Ça y est, le jeu est lancé. Les quatre heures suivantes s'écoulent à la vitesse de l'éclair, et quand je lève enfin les yeux pour regarder l'horloge, je suis ruisselante de sueur et on est à court de plat du jour. On est passées du premier au deuxième service il y a une heure à peine, mais mes horaires de travail ici sont de midi à dix-sept heures. La cheffe m'a expliqué qu'elle ferme une heure pour tout remettre en place, et puis elle rouvre pour le dîner. Je déboutonne mon tablier et j'enlève ma toque avant de passer en salle.

– Cheffe, la poularde était délicieuse ! Et cette note épicée : des baies roses ? Ou du piment ? demande un client.

C'est un large bonhomme avec une grosse bedaine et plusieurs mentons ; ses yeux étincellent et ses joues sont rouges, probablement grâce au vin de table. Je me prends d'affection pour lui dès qu'il commence à complimenter le plat du jour.

– Merci, Don Alberto. C'est la recette de ma sous-cheffe, répond Elena Amadí, et elle me désigne de la main.

– Señorita, delicioso. Comment te dire ? Je m'en suis léché les doigts ! dit-il en espagnol.

Je souris, mais rien d'autre ne sort de ma bouche qu'un balbutiement : « Gracias, señor. » J'espère qu'il ne s'est pas *vraiment* léché les doigts, parce qu'il est en train de me serrer la main assez fort, et ce monsieur a beau me plaire beaucoup, je n'ai pas envie d'être recouverte de sa salive. Don Alberto fronce les sourcils, ma main toujours emprisonnée dans la sienne. Il poursuit, d'une voix douce :

– Tu sais le plus étrange avec ta poularde ? Je passais une mauvaise journée, tout allait mal, et puis ma gazinière est tombée en panne, c'est pour ça que je suis sorti manger dehors – un lundi, en plus ! Mais dès la première bouchée… ça m'a rappelé ma tante préférée. J'étais assis à ses pieds et elle me lisait des histoires et écossait des petits pois.

Sa voix s'encombre, et je lui presse doucement la main. La cheffe lui sourit.

– Je vous apporte une autre bouteille de vin. Je suis heureuse que le plat du jour vous ait plu.

Je regarde alentour. Il y a plusieurs tables qui ont commandé la poularde. Je vois les os, et je souris. Ils ont tous saucé leur assiette avec application.

– Tu t'en es bien sortie, Emoni.

La cheffe jette un coup d'œil à sa montre.

– Mais dis donc ! Il faut que tu y ailles. Tu vas rater ton dîner à toi, avec ton groupe. On fera le ménage, ne t'inquiète pas.

Victoire

Au restaurant de paella, sur un rooftop, où on se retrouve avec notre groupe, je vois bien que tout le monde est dans le même état que moi : c'est comme si on avait allumé une ampoule sous notre peau.

On est tous beaucoup trop énergisés pour rester silencieux. On tripote nos couverts, on raconte notre journée. Ce que nos chefs nous ont demandé de faire, ce qu'on a coupé, ce qu'on a mesuré. Pretty Leslie est en apprentissage auprès d'un cuisinier à la chaîne. Richard fait des tapas dans un marché aux poissons et Amanda dans une boulangerie. Malachi me demande quel rôle on m'a donné en cuisine, et je hausse les épaules.

– T'as vu comme c'est petit, là-bas. Il n'y a pas dix mille rôles. La cheffe m'a demandé de préparer le plat du jour.

Pretty Leslie a beau être assise trois places plus loin, ses tympans doivent s'étirer fort, parce qu'elle se penche au-dessus de la table pour répéter :

– Tout le plat du jour ? Dès ta première journée ?

Je hausse à nouveau les épaules, sans répondre. Sur le coup, je n'avais même pas percuté à quel point c'était un défi. Je me suis juste attelée à la tâche et j'ai bossé. Mais c'est vrai qu'on n'a pas tous eu le même niveau de challenge.

Mr. Ayden semble plus calme et plus heureux que dans notre classe.

– Je suis très content que vous appreniez tant de choses différentes.

Je contemple ma soupe froide, un gazpacho, et j'essaie de ne pas sourire. Puis je m'enfuis aux toilettes pour utiliser le wifi du restaurant – c'est l'heure de parler avec 'Buela sur FaceTime. Babygirl est à la crèche, mais au moins j'entendrai la voix de 'Buela et je serai mise au courant de ce qui se passe à la maison.

Les racines

– Bravo, dit Elena Amadí en regardant par-dessus mon épaule.

Je coupe les feuilles de persil.

– Maintenant, sens-les : qu'est-ce qu'on fait ensuite ?

Je regarde les autres herbes folles dans le potager. La cheffe n'a mis aucune étiquette ; elle dit qu'elle s'en fiche, des noms – tout ce qui compte, c'est qu'elles poussent là où elles veulent pousser.

– Tu les écoutes ?

Je hoche la tête, alors que non, je ne les écoute pas – je sais même pas ce que ça veut dire, écouter des herbes. Le basilic et le persil ne sont pas en train de me parler, que je sache. C'est plutôt qu'il y a quelque chose dans mes mains qui me titille, qui me dit où aller ensuite. Je fais un tour du jardinet et je joue des ciseaux par-ci, par-là. Quand j'ai terminé ma ronde, la cheffe regarde le petit bouquet.

– Muy bien. Aujourd'hui, au menu, c'est lapin et champignons. On fait ça avec quoi ? elle demande.

Elle est déjà rentrée dans le restaurant et a ouvert le grand réfrigérateur. Elle m'observe.

– Du lapin à la harissa, je réponds, les yeux fermés. Du riz aux champignons, bien safrané.

Plus tard, dans notre chambre, je raconte ma journée à Pretty Leslie. Moins parce que je pense que ça l'intéresse que parce que Babygirl me manque terriblement, surtout depuis mon FaceTime avec 'Buela. Quand j'ai vu ma fille, toute la joie de la journée est passée à l'arrière-plan. Ça ne fait que trois jours, d'accord, mais ça me manque déjà d'entendre ses petits pieds parcourir l'appartement, sa voix suraiguë chanter en chœur avec Vaiana.

J'ai besoin de quelqu'un à qui parler de mon étrange après-midi. Au dîner, je n'ai pas eu le temps de le raconter à Malachi.

– Elle t'a fait faire *quoi* ?

Leslie est en train de séparer ses mèches pour se faire des nœuds bantous. Je contemple les lignes entre les nœuds. Il y en a qui ne sont pas droites. Je ne laisserais pas sortir Babygirl avec une coiffure aussi mal fichue.

– Elle m'a l'air chtarbée. Je l'ai vu dès le début, à te faire sniffer des herbes et des trucs à la con du genre.

J'allais lui proposer de l'aider à refaire ses nœuds, mais ma proposition s'évanouit dans ma bouche.

– Tu trouves pas que t'y vas un peu fort ? Tu la connais même pas.

Pretty Leslie lève les yeux au ciel et fait des *tss* chaque fois qu'elle me parle, mais maintenant j'ai moins l'impression que c'est à cause de mon amitié pour Malachi – elle est comme ça avec tout le monde, en fait.

– OK, mais elle a l'air bien folle. Elle est pas censée t'apprendre les bases, plutôt ? À couper, à hacher et à trancher. À déveiner des crevettes. C'est ça qu'on fait, nous tous, on est pas là à sniffer de l'herbe.

Elle hausse les épaules.

– Et certainement pas non plus à bavarder avec la bouffe.

Je me fais un massage des pieds. Le chef nous avait recommandé d'acheter une bonne paire de chaussures à semelle épaisse parce qu'on serait debout toute la journée, et maintenant je me dis que j'aurais mieux fait de l'écouter. Mes Air Max ne soutiennent pas du tout mes heures passées à piétiner.

– Tu veux devenir cheffe cuisinière, Leslie ? je demande sans lever les yeux.

J'imagine bien son visage tout froncé. Je m'attends à une réponse sarcastique, mais elle n'arrive pas. Quand je finis par la regarder, elle est en train de rouler une mèche de cheveux avant d'en faire un petit nœud bien net.

– Leslie ?

– Je sais pas, meuf. Tout le monde veut savoir ce que je voudrais faire plus tard. Je suis la première de ma famille à terminer le lycée. La première à avoir un passeport. J'ai déjà de la chance d'être arrivée aussi loin sans avoir laissé tomber les études ou eu un gosse. Prends pas ça pour toi. La vie chez moi… c'est pas facile. Je veux juste voir jusqu'où je peux aller. Mais je sais pas si je suis faite pour être cheffe. Je sais pas parler aux plantes ou des conneries du genre.

Elle ricane.

– Je sais juste que, quoi que je fasse, je veux que ça soit énorme. Je veux qu'on se souvienne de moi pour quelque chose de génial. Je veux laisser une marque sur le monde grande comme un gratte-ciel, je veux que les gens se disent : « Putain, Leslie Peterson était parmi nous. »

Je regarde Pretty Leslie et je me rappelle ce que m'a dit Malachi une fois : qu'il y a davantage en elle que ce qu'on pourrait croire. Peut-être qu'il a raison ; en tout cas, je vois exactement ce qu'elle veut dire.

De : E.Santiago@schs.edu

À : SarahFowlkes_15@exchange.com

Date : Mardi 31 mars, 23:48

Objet : Coucou !

Hey Tante Sarah,

Je veux juste te dire que ta recette de cobbler a conquis l'Andalousie ! C'est le nom de la région du sud de l'Espagne où se trouve Séville. Alors ton cobbler est parti du sud des États-Unis pour arriver dans le sud de la péninsule Ibérique !

J'ai laissé les pêches mariner dans le jus d'oranges amères et j'ai ajouté des abricots, et les clients du restaurant pour lequel je travaille ont tout avalé avant la fin du premier service !

Merci de me demander des nouvelles de Babygirl. 'Buela dit qu'elle fait sa difficile et plein de caprices, ça doit être lié au fait que je ne suis pas là. Ça va bien quand je lui parle au téléphone, mais c'est facile ni pour elle ni pour moi. Elle sera avec la famille de son père dès demain. J'espère que ça va l'aider à reprendre ses habitudes chez lui.

Il y a tellement de plats ici que j'ai goûtés et que je voudrais pouvoir mettre dans une enveloppe et t'envoyer. La glace est incroyable, et le café aussi. Du fromage merveilleux et du calamar frit et de la saucisse de cochon de lait (je sais que tu manges pas de porc, mais crois-moi, c'était à se filer des claques sur le bide). Je vais probablement pas essayer de recréer tout ça à court terme, mais j'ai mangé des petits biscuits au sucre glace, et quand je reviendrai à la maison, je t'enverrai ma version de la recette.

Je t'envoie une photo qu'a prise la cheffe dont je suis l'apprentie. J'ai l'air pro et concentrée, ou bien ? On passe la salade au traitement spécial Emoni.

Je pense bien à toi.

Plein de bisous et une nuée de poudre de cannelle,

E

Résultats

C'est notre quatrième jour en Espagne, et la moitié de la classe est électrisée. On est le 1er avril, et les listes des admissions à l'université vont tomber dans la matinée – heure des États-Unis, bien sûr. Il y en a déjà qui vident leur forfait 4G à force de vérifier si les résultats sont là.

Moi, j'ai décidé que je ne regarderai pas avant de rentrer à la maison. Amanda a déjà trouvé un apprentissage, alors, même si l'empressement général la fait sourire, elle n'est pas aussi stressée que tout le monde. Pretty Leslie, sans surprise, a l'air de s'ennuyer profondément, comme si son seul souci au monde, c'était que son vernis à ongles s'écaille.

Au lieu de commencer la journée avec un peu de tourisme, on a droit à une annonce de Mr. Ayden.

– OK, tout le monde. Vos formateurs m'ont fait savoir qu'à l'exception d'un ou deux d'entre vous…

Il désigne Malachi du doigt.

– … vous vous en sortez très bien.

On se marre tous et je file un coup de coude à Malachi. Il ricane et approche sa bouche super près de mon oreille.

– C'est juste qu'il veut pas vous ruiner le moral. Je suis le meilleur, ici. Tu goûtes un jamón ibérico tranché par mes soins, et tu te mets à croire en Dieu.

Je réprime un rire en entendant son accent espagnol trop forcé.

– Ahem.

Le chef toussote et hausse un sourcil dans ma direction.

– Au lieu de vous faire faire une visite organisée ce matin, je me suis dit que j'allais vous laisser du temps libre pour explorer la ville. N'allez pas plus loin que les remparts de la vieille ville. Et n'oubliez pas que votre service reprend à midi.

Il nous fait tous sortir.

– Emoni, je peux vous parler une minute ?

J'attends que tout le monde s'éloigne, mais j'aperçois Malachi en bas de la rue, qui m'attend.

– Je voulais juste m'assurer que tout se passe bien avec Elena Amadí. On était ensemble à l'école de cuisine, à Paris, et je sais qu'elle peut être un peu intense.

Waouh. Je ne savais pas que c'était comme ça qu'ils s'étaient rencontrés.

– Au Cordon Bleu ?

Je n'y connais pas grand-chose en écoles de cuisine, mais même moi, je sais que c'est l'une des plus célèbres au monde et l'une des meilleures.

Il hoche la tête et je m'aperçois que j'en sais très peu sur Mr. Ayden, et je ne sais pas comment ça se fait qu'il est devenu notre prof, mais je suis heureuse qu'il le soit. Et qu'il m'ait placée chez Elena Amadí.

– Elle est trop bien. Il n'y a personne d'autre avec qui j'imaginerais travailler.

– Tant mieux. Ravi que ça fonctionne. Allez-y – je ne veux pas trop entamer votre matinée de liberté.

Et comme je m'éloigne, je l'entends s'écrier :

– Et ne passez pas trop de temps avec Malachi. C'est un bad boy, ce garçon !

Mais il y a du rire dans sa voix et je sais qu'il a fait exprès de le dire assez fort pour que Malachi entende.

Malachi rigole quand je le rejoins. Il prend ma main et on marche en silence derrière le reste du groupe, et il me semble bien, un court instant, que le soleil qui pointe au-dessus de la colline s'infiltre aussi à l'intérieur de moi.

Dorures

Quand j'étais petite, les gamins du quartier et moi, on se retrouvait et on jouait à un jeu qui s'appelle le mancala. C'est un jeu de plateau, très rapide, avec des pions comme des billes de verre, rondes d'un côté, plates de l'autre. Les couleurs des pions sont belles : il y en a des rouges, des bleus, des turquoise, des transparents, et à l'intérieur de chacun se déploient des volutes dorées. Je prenais ces billes plates au creux de ma paume, plus intéressée par l'attrait de les voir à la lumière du jour que de jouer. Même à l'époque, je savais que ce n'étaient pas des pierres précieuses pour de vrai, mais quand je les tenais, je me sentais riche comme une reine, comme quelqu'un qui possédait un objet de valeur.

C'est comme ça que je vois la cathédrale de Séville. J'ai envie de la prendre tout entière dans la paume de ma main, de la tenir à la lumière, de la voir scintiller, étinceler. Il y a tous les portraits des papes et des chefs d'État, et du sol au plafond tout est argent et or. J'arrête de tourbillonner sur moi-même et mes yeux atterrissent dans un coin de la cathédrale. Au centre, un immense cercueil, tenu par quatre statues – chacune couronnée, vêtue de métal sombre et d'une armure en or ; les deux de devant portent un sceptre et les deux de derrière ont une main sur la hanche.

Je me rapproche d'un groupe pour écouter ce que leur guide leur raconte.

– Et voici la tombe de Christophe Colomb.

Je m'approche encore plus pendant que la guide décrit ce qu'il reste dans la tombe et mentionne le fait que plusieurs pays du monde réclament différents membres du corps de Colomb, pour avoir l'honneur de pouvoir dire que c'est chez eux qu'il repose pour l'éternité.

Malachi s'avance vers moi.

– Ça va, Santi ?

Je hoche la tête. Mais je ne sais pas si ça va. Je m'éloigne du groupe pour aller de l'autre côté de l'énorme tombeau, et Malachi me suit.

– Tu sais ce que ça veut dire, « Boricua » ?

Malachi secoue la tête.

– Je sais juste que c'est comme ça que la plupart de mes potes portoricains se font appeler.

– Je t'ai dit : mon père est un gros geek en termes d'histoire de Puerto Rico, et il a pas besoin qu'on le supplie pour nous rappeler qu'avant Colomb, Puerto Rico, ça s'appelait « Borinken ». C'était le nom donné par le peuple Taíno, qui vivait là. Un jour, il m'a expliqué que ça voulait dire « la terre des braves et nobles seigneurs ». S'il était là, il serait tellement furieux. Dans le monde entier, il y a des monuments qui commémorent Colomb, des musées qui réclament des morceaux de son corps, comme si c'était un saint. Et regarde-moi ça, tout cet or avec lequel ils l'honorent – de l'or qu'ils ont pris à notre île –, et presque personne ne se souvient des gens réduits en esclavage, qui ont creusé le fond des rivières pour extraire cet or, des gens qui étaient là avant qu'il n'arrive. Des gens dont les descendants sont encore là.

La cathédrale ne me paraît plus si belle, malgré ses lumières et ses dorures.

Histoires

On sort de la cathédrale et je reste silencieuse. Julio n'arrête pas de me sermonner sur qui on est, mais normalement je n'écoute que d'une oreille. Ça ne m'excite pas autant que lui, clairement. Enfin, jusqu'à aujourd'hui. Voir cette statue de Colomb, ça m'a vraiment chamboulée. Parfois, être portoricaine, c'est comme un fait de mon existence, tellement normal que j'oublie que tout le monde ne lave pas ses culottes à la main, que tout le monde ne mange pas du pernil pour Thanksgiving, que tout le monde n'a pas des traditions africaines et taínos et des noms spéciaux pour ces choses-là: mofongo, cassava. Les gens ne se rendent pas compte que l'Espagne, c'est un endroit pas facile pour quelqu'un comme moi. Je peux pas me débarrasser de l'impression que ce pays, l'Espagne, et cette ville, Séville, sont liés à la personne que je suis – même si je suis loin d'être sûre de vouloir être attachée à eux.

– Tu veux voir le château, Santi ?

Malachi me caresse le bras. J'ignore comment il sait que c'est le bordel à l'intérieur de moi, mais il le sait. Je hoche la tête. On entre dans l'Alcázar, et je suis surprise : je ne m'attendais pas à ce que ça ressemble à ça, le château. C'est aussi beau que le reste du vieux Séville, mais on dirait que ça appartient à une catégorie différente : de hautes arches, des étoiles à six longues branches gravées dans les allées de pierre, des orangers en fleurs le long de la promenade.

– Qu'est-ce qui vous interpelle dans cette partie du palais ? demande un guide touristique à son groupe, en anglais.

On les rejoint quand on aperçoit Pretty Leslie et Amanda dans le groupe.

– Quelqu'un sait ?

On secoue tous la tête, et je suis étonnée de voir Malachi lever la main.

– Ça rend hommage à l'islam.

Il désigne le plafond.

– L'étoile et la lune. Et la cloche là-bas, ça ressemble à un appel à la prière.

– Parfaitement correct ! Nous sommes dans l'un des rares endroits qui témoignent de la conquête de l'Espagne par les musulmans en l'an 711.

Je regarde autour de moi. Un endroit où deux mondes sont entrés en collision. Beau, grâce à la lutte qui a été menée pour que ces lieux se créent. Saint, par la foi des gens qui se sont battus. Un lieu de vie, une œuvre d'art, le mélange de différentes cultures.

– Comment tu savais ça ? je demande à Malachi.

Il y a quelque chose dans ce lieu qui m'incite à parler tout bas. Il hausse les épaules.

– Je suis de Newark, et toi de Philly, alors tu dois savoir qu'un mec noir sur deux est probablement musulman. Et puis mon héros, c'est Malcolm X. Quand j'étais petit et que j'ai lu son autobiographie, j'ai commencé à étudier l'islam. Je suis pas encore arrivé au bout de ma réflexion, mais j'ai beaucoup appris quand je suis allé visiter des mosquées. Et même si je suis un boss en sciences, l'histoire, c'est mon cours préféré.

Comment ça se fait que je savais pas qu'il avait étudié l'islam ? Comment ça se fait que je savais pas qu'il adorait l'histoire ?

– Il y a tellement de choses que je sais pas encore sur toi.

Et soudain j'ai envie de tout savoir. J'ai envie de tout lui demander. J'ai envie d'embrasser la fossette profonde de sa joue. Peut-être parce qu'on est loin de chez nous, je me sens libre. Libre de dire ce que je veux, de ressentir ce que je ressens, sans avoir à réfléchir à chacun de mes actes, à chacune de mes réactions.

– Si on allait prendre une glace tout à l'heure ? je demande. Après dîner ?

Son sourire s'élargit et il lève un sourcil.

– C'est un date, Santi ? Tu sais que me proposer une glace, c'est s'engager sur l'autoroute de mon cœur.

Je me mords la lèvre. Je ne sais pas si je veux son cœur pour l'instant, mais je ne sais pas non plus si ça m'embêterait. On vient de traverser une roseraie. Devant nous, un labyrinthe :

les larges orangers ombragent les allées en spirale. Une plaque près de l'entrée annonce qu'un empereur musulman l'a fait construire pour sa femme.

– Oui, Malachi, je crois bien que c'est un date.

– Chut ! fait Pretty Leslie depuis le groupe. Il y a des gens ici qui essaient d'écouter ! Vous êtes juste trop mal élevés.

Et je me demande combien d'autres ados noirs portoricains de Philly ont déjà rigolé dans ce jardin d'orangers, construit pour une reine.

Se chercher

Après le dîner ce soir-là, quand on arrive à l'endroit où on se sépare tous pour la nuit, le chef nous fait un petit signe.

– Rentrez bien dans vos familles. Je vous rappelle que vous êtes leurs invités, alors retournez-y aussi vite que possible.

Pretty Leslie et moi, on doit être les seules à rentrer à l'heure, si j'ai bien compris. Tous les matins, j'entends les autres nous raconter qu'ils sont sortis en boîte ou dans des bars. Ils n'arrêtent pas de parler d'absinthe, qui est beaucoup plus forte ici qu'aux États-Unis, alors les gens sont tous à fond pour essayer.

– Emoni, tu rentres ? hurle Pretty Leslie depuis la moitié de la colline.

Je secoue la tête. Et son regard saute de moi à Malachi, les yeux rétrécis.

– Pretty Leslie a pas trop bien pris la fin de votre petite relation, je me trompe ? je demande à Malachi.

On tourne au coin de la rue – direction non pas la maison, mais une autre rue. À Séville, il y a des glaciers éparpillés partout, comme les magasins Papi et les Starbucks chez nous. Je passe devant un glacier tous les matins et je sais que c'est exactement le genre d'endroit que Malachi adorerait. Je l'y emmène tranquillement.

Il hausse les épaules.

– On s'est parlé franchement, elle et moi. Je t'ai dit depuis le début que je la trouvais cool, et c'est toujours ce que je pense… même si ça lui arrive de dire des trucs à la con quand elle fait semblant de se foutre de ce que pensent les gens.

Je voudrais demander plus de détails, mais je me dis que c'est pas mes affaires. Même si Malachi m'assure que c'est juste une amie, je me demande si elle aurait voulu être un peu plus que ça.

Malachi me prend la main. Ses longs doigts se referment sur les miens et il m'attire à lui quand on passe près d'un couple dans la rue. Je le regarde. Ses joues brun sombre, son front haut. Les petits poils de barbe sur son menton et la coupe effilée, très Philly, le long de ses tempes. Il ne sourit pas, et moi, je voudrais tant qu'il sourie. Quand il sourit, il devient quelqu'un d'autre, un Malachi ami, à qui je pourrais parler de ce Malachi-ci, qui est près de moi, qui m'est impénétrable.

La lumière des lampadaires arrose froidement les rues de pierre. Ma main est toujours dans celle de Malachi et il la presse légèrement avant de la fourrer avec la sienne dans la poche de sa veste noire. Devant un restaurant, un homme joue de la guitare et chante une chanson lente et triste qui semble surgir du fond de ses entrailles.

Ce moment-là, je voudrais qu'il ne finisse jamais. Et mon souffle se bloque dans ma poitrine. Voilà pourquoi je ne sors pas avec des mecs. Angelica me dirait que je suis bête, que je ne sors pas non plus avec des filles. Et elle aurait raison. Voilà pourquoi je ne me rapproche de personne. Parce que c'est trop facile ensuite de les blesser. Ou qu'ils vous blessent, eux.

J'arrête de marcher et Malachi freine aussi. Je me dresse sur la pointe des pieds, je presse très fort la main qui tient la mienne, et ma bouche s'apprête à rencontrer la sienne, quand tout à coup je sens quelque chose tirer mon épaule en arrière – je lâche prise, et je vois un petit gamin qui détale, emportant avec lui mon sac à main.

Les enfants

J'ai à peine repris mon souffle que Malachi est déjà en train de lui courir après. Le jeune garçon est rapide, il esquive les gens dans la rue et bifurque imprévisiblement d'allée en allée. Je le suis d'aussi près que possible, gardant Malachi à l'œil. Il ne se laisse pas semer. Un instant, alors que je suis là à haleter, je me rends compte de ce que ça a pu vouloir dire de grandir à Newark, vu comme son regard est précis, ses réflexes rapides, vu comme il arrive à filer un gamin dans une ville qu'il ne connaît pas. Je me dis aussi qu'il va falloir que je commence à faire du sport avec Angelica, parce que je suis loin derrière, alors qu'on n'a même pas parcouru deux pâtés de maisons. Et puis tout à coup ça y est, Malachi a saisi le gamin par la veste, et j'accélère pour l'empêcher de lui faire mal.

– Hey, c'est bon, ça va, je lui dis en reprenant mon sac.

Le garçon a de longs cils qui encadrent des yeux vert vif. Des larmes coulent le long de ses joues sales. Il tremble entre les mains de Malachi. Je touche l'épaule de Malachi.

– C'est juste un gosse.

Sa main se contracte davantage autour du manteau.

– Demande-lui pourquoi.

Je lui touche la main.

– Mal', arrête. Il voulait de l'argent. Laisse-le partir.

– Demande-lui pourquoi, Emoni.

Jamais il ne m'appelle par mon prénom. Je presse mon sac contre moi et je me tourne vers l'enfant.

– ¿Porqué robaste la cartera ? je demande.

Les mots me viennent lentement, l'un après l'autre, et j'essaie de m'assurer que je les dis correctement. Depuis toujours, je comprends l'espagnol mieux que je ne le parle, mais le gamin a dû saisir ma question, car ses yeux s'élargissent encore plus.

Son espagnol à lui sonne tout bizarre, parce qu'il a des larmes dans la voix.

– J'aurais pas fait ça si j'avais su que vous étiez noirs. J'avais pas vu, de dos.

Je me marre.

– Ça aurait fait une différence, qu'on soit pas noirs ?

Il essuie son nez morveux du revers de la main, évite de toucher Malachi.

– Tout le monde sait que vous courez vite, vous.

Il regarde le sol.

– Ma sœur, elle est petite, elle a faim. Mes parents aiment pas ça, mais on fait la manche. Parce qu'on est plus mignons.

Il fait un battement de cils innocent et un sourire triste. Et il a raison. Je lui aurais donné de l'argent. Il est grave mignon.

Je regarde Malachi. Il n'a toujours pas lâché le garçon, mais son regard semble porter loin devant. Il recentre son attention sur moi quand je lui parle.

– Il avait faim. Il dit qu'il a une sœur qui a faim aussi.

– Dis au gamin de nous la montrer. Je veux voir où ils habitent.

– Malachi, laisse-le tranquille. Tu lui fais peur, et on ne peut pas le forcer à nous montrer sa famille s'il ne veut pas. J'ai mon sac. C'est pas si grave.

Mais le gamin doit comprendre un peu l'anglais, parce qu'il désigne une allée pas loin de là où on est. Un petit visage dépasse du coin du mur. Malachi laisse glisser sa main de l'épaule du garçon. Il ne dit rien. J'ouvre mon sac et j'en extirpe cinq euros, que je fourre dans la paume du petit. Il court vers la fillette, qu'il prend dans ses bras. Il s'en va dans l'allée et disparaît.

– J'arrive pas à croire comme ils sont petits, je dis à Malachi.

Elle devait avoir à peine deux ou trois ans de plus que Babygirl. Je me tourne vers Malachi, mais il est toujours en train de scruter l'obscurité, là où les deux enfants ont disparu.

Je lui tapote le bras.

– Ça va ? T'as repris ta respiration ? C'était un sacré sprint.

Je cherche à le secouer de son silence en blaguant, mais il ne fait que cligner des yeux, dans la direction des enfants. Puis il secoue la tête.

– Ma mère m'a toujours dit que l'une des choses les plus difficiles dans un monde de famine, c'est d'être un parent.

Mais parfois je me dis que c'est d'être un grand frère. De savoir exactement ce dont ton frère ou ta sœur a besoin, et de ne pas avoir l'âge ou la force d'aller chercher ça pour eux.

Il ricane, mais son sourire est vide.

Je mets ma main dans la sienne et je la presse gentiment.

– On va prendre une glace.

– Non, j'ai plus envie de glace, Santi.

Il tiraille l'une de mes boucles, et je ne sais pas si c'est la tristesse dans son sourire ou son regard lointain, mais sans même m'en apercevoir, je me dresse et je tiens son visage entre mes mains. Je pose mon pouce là où serait sa fossette s'il souriait. Ses mains glissent jusqu'à ma taille et je sens leur chaleur à travers ma veste. Il ne me serre pas plus fort, il ne me repousse pas non plus, mais je comprends qu'il a besoin d'être près de moi, et j'ai besoin de ça, moi aussi.

S'embrasser

Ses lèvres sont douces. J'avais oublié la douceur des lèvres. Ça fait longtemps que je n'ai pas embrassé quelqu'un. Ses mains se resserrent sur ma veste, mais à part ça, il est immobile. Je m'approche, je penche la tête, je pose mes mains sur sa nuque, et j'attire son visage. Il ouvre la bouche, et je mordille sa lèvre inférieure, et puis je ne réfléchis pas, je ne planifie pas ce qui va se passer ensuite. Sa main descend vers mes fesses et les caresse.

J'entends un sifflement quelque part à travers les battements de mon cœur et mon souffle fou.

– ¡Pero mira eso!

C'est un couple bourré qui nous fait des hurlements de loup.

– Viens.

Malachi me prend la main et on retourne dans la rue d'où on venait. Il s'arrête et m'attire à lui. Et puis il m'embrasse à nouveau. Et tout est brouillé dans mon esprit parce que ses mains voyagent sous mon manteau et jusqu'à l'arrière de mon jean, et il sent tellement bon. Je n'ai pas de souvenir de Tyrone me touchant comme ça, comme si mon corps était un rêve dont il avait peur de se réveiller.

– Santi, tu rougis ? Je te rends timide, ou quoi ? il dit, et il me serre dans ses bras. Oh, Santi, qu'est-ce que tu vas me faire faire ?

Je me blottis contre son pull.

– Rien du tout. On va juste en profiter. On est en Europe, de l'autre côté du monde, sérieux – personne n'a besoin de nous. On devrait juste… juste exister.

– Et quand on rentrera ?

Je pense à Babygirl. À comme je me réveille tous les jours en m'attendant à la voir dans son berceau, et comme ça me contracte la gorge de larmes de ne pas être auprès d'elle. Comme 'Buela me manque, avec ses pantoufles qui traînent par terre, s'égosillant devant les Eagles. Je pense à la nécessité de trouver un nouveau boulot et de décider ce que je vais prendre comme sujet de licence si je suis admise à l'université quelque part.

Ma vie quand je reviendrai, elle sera pleine de gens que j'aime et de responsabilités. Et je les adore, et ils me manquent, mais je voudrais aussi garder bien serré dans mon poing ce sentiment de liberté, parce qu'il a des ailes, et je sais que dès que je relâcherai mon étreinte, il s'envolera.

– Quand on rentrera, on verra.

Il m'envoie un long regard.

– OK, Santi. Je te suis. Et maintenant, on va où ?

On dirait qu'il parle de notre balade, mais je sais qu'il veut dire *nous.* C'est mercredi, mais il y a quand même deux bars et une boîte de nuit qui balancent leur musique de l'autre côté de la rue. Je les montre du doigt.

Malachi hausse un sourcil et presse fort ma main.

Cosy

Le bar est petit et enfumé. Près de l'entrée, le barman est en train de mettre le feu à une boisson verte.

Un groupe d'Américains attrapent des shots en poussant de grands cris de joie. Deux d'entre eux se retournent, je reconnais Richard et Amanda. Ils nous font signe, mais on ne se dirige pas vers eux. Malachi contourne quelques grappes de buveurs pour m'emmener vers une petite table au fond.

On s'assied l'un à côté de l'autre. Je pose ma tête sur son épaule.

– J'aime bien ton pull.

– Je t'aime encore mieux.

– Ah ouais ? Qu'est-ce que t'aimes bien chez moi ?

La main de Malachi se pose sur mon genou et il me caresse la jambe du bout des doigts.

– Tout. Comment tu t'habilles, comment tu te coiffes, comment tu me disais qu'on n'était pas amis. J'aime tout.

Je me marre, et je pose ma main sur la sienne, pour qu'il arrête de me caresser.

– Je voulais pas être méchante. Bon, OK, peut-être que si, mais c'est juste que j'ai du mal à faire confiance aux gens.

Je relève la tête. Je m'apprête à m'échapper, mais il enroule un bras autour de moi et me retient.

– Qu'est-ce que tu disais ? Parle-moi, Santi, dit Malachi.

Et il m'embrasse l'oreille. C'est comme si on pouvait plus se détacher l'un de l'autre, maintenant qu'on a commencé à se toucher, à s'embrasser. Mais je recule juste assez pour pouvoir le regarder.

– Quand je me suis séparée de Tyrone, quand j'étais enceinte de Babygirl, même après ma grossesse, les mecs pensaient que ça leur donnait une raison de venir me chiner et de me dire ce qu'ils voulaient, de me tripoter, de m'inviter chez eux. Ils m'ont tous traitée comme une pute.

Je passe un doigt sur la table. Le bois est tout collant de verres renversés. Je remets ma main sur mes genoux.

– Et je suis pas ça. Je suis pas une pute. Non pas que ce serait un problème si je l'étais, mais quand même, je vais pas coucher avec toi.

Je sais ce que ça fait, de dire un truc pareil. Soit les mecs perdent tout intérêt, soit ils pensent que tu fais juste la meuf difficile. Mais c'est pas ça. Je veux juste être sincère.

– Regarde-moi, Santi.

Je garde mes yeux fermement rivés à la table de bois. Malachi se penche jusqu'à ce que son visage rencontre le mien.

– Je suis sérieux. Regarde-moi.

Je regarde son oreille.

Il grogne :

– Regarde-moi, Santi. Pas *derrière* moi.

– Je te regarde. Je regarde ton oreille, je murmure.

Et enfin je rencontre son regard. J'ouvre les yeux bien grand, pour lui prouver que je le vois.

– T'es une petite maline.

Il rigole, et le poing qui serrait ma poitrine relâche ses doigts un à un. Je respire.

– Écoute, j'en sais rien, de ce que pensaient les autres mecs, moi. Et si tu me montres qui c'était, quand on reviendra, je ferai en sorte qu'ils pensent plus jamais ça.

Sa voix est cent pour cent sérieuse et je le crois. Malachi se battrait pour moi. Je le sais déjà.

– Moi, je suis pas ces mecs-là. Je voulais qu'on se parle avant de savoir que t'avais une gamine. Je voulais toujours qu'on se parle après toutes tes manières, on n'est pas amis, non non, tout ça…

– J'ai jamais pris ce ton-là !

– Les yeux au ciel, la démarche méprisante, les portes de casier qui claquent. Tout ça, c'était comme une danse, un putain de délice, et j'étais totalement pris dedans. Tu veux pas qu'on couche ensemble, OK, cool. Tu m'as dit de prendre les choses petit à petit et je suis d'accord. Mais depuis le début j'ai envie qu'on se parle.

– Qu'on se parle, c'est tout ?

Je hausse un sourcil, et je prends un air méprisant, en agitant le doigt. Malachi se marre et fait semblant de m'esquiver.

– Je veux dire, tu sais bien que t'es canon ! D'abord, j'aurais pas été triste que tu veuilles faire un peu plus que parler. Mais maintenant, je sais juste que mes journées sont mieux quand t'es dedans, et je veux que tu y restes. J'espère que moi aussi, je rends tes journées plus belles.

Ugly Leslie

Avant que je puisse répondre, Richard et Amanda s'approchent de nous, Pretty Leslie derrière eux comme un petit caneton. Elle était en train de rentrer quand Malachi et moi on est partis acheter des glaces, mais elle a dû s'ennuyer toute seule. Elle tient un verre dans la main droite, peu assurée.

– Malachi, dit Richard, la voix un peu traînante. Pourquoi t'as pas offert un verre à Emoni ? On peut boire à seize ans, ici, tu sais ? On est tous en train de fêter les résultats des candidatures. Je suis admis à Penn !

– Ou les refus, dit Pretty Leslie, et elle avale une grande gorgée de son verre.

Aïe. Peut-être que Pretty Leslie était plus attachée aux résultats des admissions qu'elle le laissait croire. J'essaie d'accrocher son regard, pour voir comment elle va, mais elle refuse de me regarder.

– Oh, Richard ! C'est ouf ! Je suis trop fière de toi !

Je file un petit pincement au bras de Richard, qui fait son timide, et il rote bruyamment.

– Tu t'es vite fait à la permission de boire de l'alcool, toi, dit Malachi en se levant.

Il s'étire et son pull se soulève, révélant un peu de peau et de muscles.

– Félicitations. Ça se fête, t'as raison.

– Ouais, Malachi, offre un verre à ta copine, quand même.

Pretty Leslie s'assied en face de moi, et Richard et Amanda se posent sur les deux chaises de l'autre côté de la table.

– Juste un jus de fruits, je dis à Malachi.

Le dernier truc dont j'aie besoin, c'est d'avoir des problèmes en voyage scolaire à l'étranger. Je me souviens très bien de la décharge qu'on a dû signer, et même si ça ne me dérange pas de prendre une ou deux gorgées du rhum de 'Buela ou de son vin de fête, il est hors de question que je me bourre la gueule dans un pays étranger sans connaître ni les lieux ni les gens.

Pretty Leslie secoue la tête.

– Un truc *alcoolisé*, Emoni. On est en Espagne, putain. C'est légal, ici.

Elle prend une autre gorgée de son verre.

Je secoue la tête en direction de Malachi avant qu'il s'éloigne. Je me fous que ce soit légal. On a signé des décharges et je vais pas m'attirer des soucis deux mois avant la fin du lycée.

Je me tourne vers Pretty Leslie.

– Ça va, toi ?

– Trop putain de bien, Emoni. Et toi ? T'as l'air de t'amuser.

Pretty Leslie dit toujours beaucoup de gros mots, mais normalement pas d'un ton aussi mordant. L'impression de chaleur qui m'habitait depuis que j'ai embrassé et câliné Malachi commence à s'effacer. Je me tourne vers Amanda. Elle me tend son verre et me murmure à l'oreille :

– C'est juste de l'eau. À la boulangerie, c'est pas comme vous : moi, je dois me réveiller genre à quatre heures du mat'. Prends ça.

Je vérifie à l'odeur que c'est vrai et je bois. C'est frais et bon. Je souris à Amanda pour la remercier.

Malachi revient avec deux verres. L'un d'eux contient un liquide sombre ; l'autre, une tranche de citron vert et une cerise. Il me tend celui-là. Il prend une gorgée de l'autre. Je rends son eau à Amanda et je porte à mes lèvres le verre que m'a apporté Malachi : de la limonade au gingembre, un sirop, un soupçon de Coca. Pas d'alcool, et je sais que la cerise et le citron vert sont juste là pour faire joli.

– Alors, qu'est-ce que vous faites là, tous les deux ? demande Amanda, son sourire passant de moi à Malachi.

Elle devrait savoir que c'est malaisant, comme situation, parce que c'est clair que Pretty Leslie est à fond sur lui, mais Amanda a tellement tendance à ne pas voir la réalité en face que je ne suis même pas en colère contre elle.

– On traînait, c'est tout. On a marché un peu après le dîner et puis on a décidé de prendre un verre ici, je réponds.

Pretty Leslie continue à siroter sa boisson, puis elle la descend cul sec. Avant que je puisse l'en empêcher, elle attrape mon verre et en avale une grande gorgée.

– Putain, toujours à faire ta sainte, toi.

Elle se tourne vers Richard.

– Y a même pas d'alcool, là-dedans. Tiens, goûte.

Elle lui passe le verre et il en prend une rasade.

– Non. Zéro alcool. Enfin je crois. Je sens plus ma langue.

Il pose la tête sur la table humide et ferme les yeux. Amanda lui caresse le dos.

– C'est quoi, le problème, *Santi* ? persifle Pretty Leslie, en insistant sur mon surnom d'une voix mélodieuse – et venant de ses lèvres, il sort tout déformé. Tu veux pas avoir des soucis avec le chef ? T'inquiète. On lui dira pas. On lui dira pas que tu baises avec Malachi non plus.

Je plaque les mains sur la table pour me lever, mais Malachi m'attrape le bras.

– Non. On était là les premiers. Leslie, on n'a rien à t'expliquer. T'as aucune raison de nous prendre la tête. Va pas nous sortir des merdes sur les gens, t'en as déjà assez à gérer toi-même.

– Va te faire foutre, Malachi.

Pretty Leslie se lève et essaie de partir, mais mouvements brusques et boisson ne vont pas bien ensemble, apparemment, parce qu'elle agrippe la table pour se stabiliser. Je me lève aussi – j'ai l'impression qu'elle va tomber. C'est alors qu'elle baisse la tête, se penche et vomit partout sur ses chaussures. Tout le monde dans le bar fait silence en entendant le bruit, et le barman nous montre du doigt.

– Dehors ! Les Américains, tous, dehors !

Il accourt et nous insulte en espagnol. Son accent est tellement différent de celui dont j'ai l'habitude que je ne comprends pas tous les mots, mais Amanda fait se lever Richard, qui jette un œil à la flaque de vomi, un autre au barman furibard, et relève d'un coup sa grande carcasse.

J'attrape Pretty Leslie et j'enroule son bras autour de ma taille, le mien autour de ses épaules. Elle est trop bourrée, ou trop honteuse, pour me repousser. Je souris faiblement à Malachi. Pretty Leslie pue, mais c'est quand même ma coloc.

Installation

Je nous fais entrer en silence chez Mariana, Malachi soutenant Pretty Leslie de l'autre côté.

– T'as encore envie de vomir ? je demande.

La porte de la chambre de Mariana est plongée dans l'obscurité. Il est presque une heure du matin. Elle va se coucher vers vingt-deux heures, d'habitude.

– Veux aller au lit.

La tête de Pretty Leslie tombe sur sa poitrine, puis se soulève d'un coup dans un hoquet. On se dirige vers la chambre en trébuchant – on évite tout juste de balancer une lampe par terre.

– Attends une seconde.

Je fais courir ma main le long du mur et trouve l'interrupteur.

– Argh. Pas la lumière, dit Pretty Leslie.

Elle s'écroule sur son lit et se roule en boule. Je lui retire précautionneusement ses baskets couvertes de vomi et je les pose par terre. Trouver un endroit où les mettre… Tout ce que je vois, c'est la grande trousse à maquillage de Pretty Leslie, sur la chaise près de son lit. Elle va me tuer, mais pas moyen que je dorme dans une chambre avec des pompes pleines de vomi par terre. Je vide la trousse à maquillage sur la chaise et je place les deux chaussures dedans en m'arrangeant pour ne pas toucher le vomi. Je vais devoir passer la serpillière sur l'escalier et près de la porte de l'entrée pour être sûre que ça n'a rien taché chez Mariana, mais les pompes, c'est Pretty Leslie qui va s'en occuper. Je la recouvre du duvet.

Quand j'ai fini, je me redresse et je cligne des yeux. Malachi est dans l'encadrement de la porte, l'air consterné.

– Je pouvais pas la laisser comme ça. Je suis une maman, après tout.

– T'es trop gentille, c'est ça, le truc.

Malachi s'avance et je le regarde. Il pense qu'on va faire quoi ? Pretty Leslie est bourrée mais vivante, et dans le lit juste en face du mien. Sans parler de Mariana, de l'autre côté de l'appartement.

On se tourne pour regarder la forme sur le lit. Comme si elle sentait nos regards, Pretty Leslie se retourne vers le mur et rote bruyamment. Je me marre en douce.

– Je crois que tu devrais y aller.

Malachi hoche la tête et va vers la porte.

– T'aurais pu parler à n'importe quelle meuf, à Schomburg. Pourquoi tu t'es fixé sur moi ?

Il me tripote les cheveux.

– C'était toujours à toi que je pensais.

Je baisse les yeux.

– Malachi, je murmure. Tu me fais du charme juste pour me mettre dans ton lit ?

– Tu me feras jamais confiance quand je te dis que j'ai des sentiments pour toi ? Il nous reste deux jours ici. Tu penses qu'on pourrait les passer ensemble ? Je vais te prouver que c'est pas ce que tu crois.

Il appuie son pouce sur ma lèvre inférieure. Je ne m'étais même pas aperçue que j'étais en train de la mordiller.

Je hoche la tête et il m'embrasse légèrement.

– Bonne nuit.

Les mecs, ça pense qu'à ça

Quelque part, j'ai trop peur de faire confiance à Malachi. Ça a commencé comme ça avec Tyrone aussi. Les compliments, les petits cadeaux, le charme. Il venait me chercher au lycée pour me raccompagner chez moi. Il m'emmenait au cinéma. J'étais pas sa première copine, et même si lui savait qu'il était mon premier copain, quand ses parents ont insisté pour qu'il fasse un test de paternité, il m'a pas défendue.

Il a pas argumenté non plus quand j'étais enceinte de cinq mois et que je l'ai accusé de me tromper. Angelica avait des amis dans son lycée et ils l'avaient vu se balader main dans la main avec une autre fille. Et quand je lui ai dit ça, quand je lui ai dit qu'ils m'avaient envoyé des photos, il a juste haussé les épaules.

– T'es grosse comme une maison, faudrait que je fasse quoi ?

Comme ça, tranquille. Et Tyrone est fort pour manier les mots. Il sait exactement comment les rendre doux comme des baisers ou tranchants comme un couteau. Alors c'est là que j'ai compris qu'il ne voulait plus de moi. Il voulait partir, mais il savait pas comment, c'est tout. Et j'aurais eu du respect pour lui s'il m'avait juste dit « Je crois pas que ça marche entre nous », au lieu de dire « Je vois pas pourquoi tu crises, tu la connais même pas, cette fille. » J'aurais pu lui arracher la tête le jour où il a, encore une fois, juste haussé les épaules quand je lui ai dit qu'il resterait le père de mon enfant, mais pas mon mec à moi.

Et tous les deux-trois mois, il revient à la charge et essaie de voir si ça pourrait marcher à nouveau entre nous. Ou alors il fait des crises de jalousie quand il pense que je suis avec quelqu'un.

C'est ça que j'ai appris avec lui et avec la plupart des autres mecs : les airs qu'ils se donnent quand ils vous offrent des fleurs et essaient de coucher, c'est pas ce qu'ils sont vraiment quand la lune de miel est finie et qu'ils se sont trouvé une autre meuf. Je sais bien que le passé, ça ressemble pas forcément à l'avenir, mais c'est un reflet de ce que ça pourrait être. Et lorsque ton premier amour te brise le cœur, les fragments continuent à te faire saigner très, très longtemps.

Cœur à cœur

Pretty Leslie me réveille en plein milieu d'un rêve et, brièvement, je ne sais pas où je suis. J'ai l'impression que c'est la voix de Babygirl qui m'extirpe du sommeil, jusqu'à ce que les mots parviennent à mon cerveau.

– Emoni, je crois que j'ai trop bu. Je me sens trop mal, gémit Pretty Leslie depuis son lit.

Je me démène pour trouver mon téléphone. Il est six heures du matin.

– Tu m'étonnes, après avoir bu comme ça et m'avoir tellement mis sur la gueule.

J'envoie un texto rapide à 'Buela pour lui dire bonjour et lui demander des nouvelles de Babygirl. Normalement, elle se couche à vingt-trois heures, donc je sais qu'elle ne le lira pas avant sept bonnes heures, mais au moins elle l'aura à son réveil. Je me lève.

– Heureusement pour toi, ma grand-mère m'a élevée pour être une pharmacie ambulante et j'ai de l'Alka-Seltzer dans mon sac. Je vais te chercher de l'eau.

Je traverse la maison plongée dans le noir, laissant courir ma main le long du mur pour atteindre la cuisine. Pretty Leslie est recroquevillée sur son lit quand je reviens. Je laisse tomber deux Alka-Seltzer dans un verre et le lui tends.

– Tiens. Ça devrait un peu arranger les choses. 'Buela me gave de ça et de thé au gingembre quand j'ai mal où que ce soit. T'as pas mal à la gorge, d'avoir autant vomi ?

– J'ai vomi ? demande Pretty Leslie.

Enfin, je pense que c'est ce qu'elle me demande. C'est étouffé par son oreiller.

– Euh, oui, partout sur tes chaussures.

Elle grogne et se met péniblement assise pour me prendre le verre. Elle avale le médicament.

– Tu te souviens de quoi ?

– Euh…

Elle se mordille la lèvre.

– On était dans un bar. Toi et Malachi, vous êtes venus aussi, non ? Je me suis assise à côté de vous, mais je me souviens de rien sinon, en vrai.

Je remue la tête.

– T'as dit des trucs vraiment glauques. Tu m'as traitée de pute, en gros. Et tu t'es tapé l'affiche.

Ses yeux s'écarquillent, et pour la première fois, j'ai la vision d'une Leslie qui ne fait pas sa diva, qui ne minaude pas, qui n'essaie pas d'avoir le dessus. Cette fille-là a des traces de mascara sur les pommettes, des faux cils en vrac, et du vomi séché au coin des lèvres – des lèvres qui tremblotent comme si elle était sur le point de pleurer.

– Oh mon Dieu. Comment je suis rentrée ?

– Malachi et moi, on t'a ramenée à la maison. T'as trop bu, c'est pas grave. Mais il y a quand même quelque chose que je voudrais te dire. D'abord, je cherche pas à être mieux que toi ni à me la péter par rapport aux autres. Je me tiens à distance, c'est tout. Et je sais pas ce qui s'est passé entre toi et Malachi, mais s'il a pas voulu que ça continue, c'est pas ma faute. J'étais pas là à chiner qui que ce soit.

– Oh mon Dieu, Emoni, j'ai aucun souvenir d'avoir dit ces trucs-là. J'ai pas réfléchi.

– Mais c'est ce que tu ressens, non ? j'insiste.

– Ben…

Elle s'interrompt et boit une grande gorgée d'eau.

– J'avais bien flashé sur Malachi. Et je savais pas pourquoi il était tellement à fond sur toi. Mais il était – il est – tellement – et donc… j'étais juste en colère, je pense. Jalouse. Tout est parfait chez toi. Les profs t'aiment bien. T'as des amis fidèles. On récupère un seul nouveau cette année, trop mignon, et il tombe amoureux de toi le premier jour. Ça paraît pas juste, tu vois.

Je secoue la tête.

– Tu te fous de moi ? C'est comme ça que tu vois les choses ? Leslie, j'ai une gamine. J'ai dû suivre des cours supplémentaires chaque été depuis la grossesse pour compenser les modules que j'ai ratés. J'ai dû me battre pour pas qu'on me colle dans un programme spécial pour jeunes mamans, pour pouvoir suivre un cursus normal et terminer en même temps que vous tous. Je travaille depuis l'âge de treize ans et je travaille double depuis que j'ai un enfant.

– J'ai pas dit que j'étais logique. C'est juste difficile de bien t'aimer. J'ai pas vraiment quelqu'un à la maison qui me soutienne ou me pousse. Toi, même si tu faisais pitié à tout le monde au début, t'as débarqué au lycée en mode total Beyoncé. Genre tu nous calculais même pas.

Je souris.

– Ben, normal. Comment t'es censée te comporter quand tu sais que tu fais pitié ?

Elle sourit en retour.

– Ouais. Peut-être que si j'étais toi, je ferais pareil. Écoute, j'ai eu tort. Malachi, c'est pas le seul mec de Schomburg. Je m'en remettrai.

On a beaucoup échangé, aujourd'hui, Pretty Leslie et moi. Et c'est la première fois que j'ai l'impression qu'elle a été sincère envers moi.

Prête ?

– Elle est où, ta famille d'accueil ? je demande en entrant dans la maison.

Les parents d'accueil de Malachi sont profs de fac à l'université du coin, et c'est l'une des rares familles à parler parfaitement anglais.

– Ils devaient aller à la fac pour une conférence ou un truc du genre.

J'opine et je m'arrête devant l'un des tableaux de l'entrée. C'est une jolie vue de la ville. La lumière sur les pierres, les auvents du marché, la plaza. Malachi tiraille l'une de mes bouclettes avant de laisser courir sa main sur mon cou, sur ma nuque. J'adore quand il joue avec mes cheveux.

– Tu penses à quoi ?

– À rien. Il est beau, ce tableau.

– T'es stressée ? D'être ici avec moi ? Je peux arrêter. On peut sortir, ou bien…

Ce serait dommage, quand même, de ne pas profiter de

l'une de nos dernières soirées dans la ville, et un vendredi soir en plus ; mais ce serait dommage aussi de gâcher la chance d'un appartement désert. Décisions, décisions…

– On n'a qu'à chiller un peu sur le canapé avant de sortir. On pourrait regarder la télé ?

Il y a une nuit Harry Potter en cours, et on regarde, le bras de Malachi autour de mes épaules. Je traduis certaines des répliques, mais Malachi a déjà vu le film, alors il comprend la plupart des dialogues sans mon aide. On arrive au moment où Harry lance son Patronus contre un Détraqueur pour la première fois, quand Malachi commence à jouer avec mes doigts. Puis il pose une main sur ma cuisse. Je reste immobile. J'aimerais me blottir contre lui.

– T'es stressée, en vrai !

Je lui caresse une fossette.

– T'as déjà couché avec une fille, Malachi ?

Je n'ai jamais eu les nerfs de le lui demander, mais je pense que j'ai besoin de savoir.

Il s'éclaircit la voix et arrête de jouer avec ma main.

– Il y avait une fille dans mon lycée, avant… c'était pas sérieux entre nous, mais on faisait des trucs. On avait parlé d'aller plus loin. Et puis mon frère a été tué et c'était le bordel dans ma tête et ma mère m'a envoyé à Schomburg et je t'ai rencontrée.

Je tourne mon visage et il me donne un bref baiser avant de se retasser sur le canapé. Je ne bouge pas, alors il vient m'embrasser à nouveau et cette fois ça dure plus longtemps. Et puis il recommence, et je me retrouve sur lui, jambes enroulées autour de sa taille. Je l'embrasse en retour.

Avec Tyrone, ça avait été vite, et tout tournait autour de lui. C'était fun les quelques fois où on l'avait fait. Peut-être même pas fun, juste excitant. Nouveau. Comme entrer dans un univers dont tout le monde parle mais que personne n'arrive à expliquer, et tout à coup tu te retrouves mise dans le secret. Même si c'est pas tellement un secret. Si je devais les compter, je dirais qu'on a couché ensemble trois fois, max. La première fois, probablement là où je suis tombée enceinte, et puis deux autres fois. J'ai jamais trop compris pourquoi c'était tellement ouf, à part que ça fait plaisir quand on te touche. Mais cette fois-ci, c'est différent.

– T'es sûr que t'es puceau ? je demande à Malachi.

Il embrasse comme s'il avait fait ça toute sa vie. Et ses mains bougent lentement, comme si elles avaient un but précis.

– Et toi, t'es sûre que tu l'as déjà fait ? il rétorque.

Je me marre et je lui flanque un coup dans l'épaule. Mais c'est vrai que je suis nerveuse. Pas parce que je crois que je devrais être experte – Tyrone et moi, on l'a pas fait assez de fois pour que j'aie appris plein de trucs – mais parce que sur mon corps nu il est écrit que j'ai eu un enfant. J'ai perdu les kilos de la grossesse assez rapidement, mais il y a d'autres choses, sous les vêtements, qui disent que je suis de celles qui ont donné naissance. Avec Tyrone, ça n'avait aucune importance, ce que je savais ou ne savais pas, parce qu'il savait que je ne savais rien. Mais Malachi, j'ai l'impression, il s'attend à quelque chose.

– Malachi, j'ai vraiment pas tant d'expérience que ça. C'était juste deux ou trois fois. Je veux pas te donner de faux espoirs…

Il porte un index à mes lèvres et continue à m'embrasser le cou.

– S'il te plaît, ne me parle pas des autres fois. On en parlera plus tard. Si tu veux. Mais on s'en fout, des autres personnes. On n'est pas ici avec les autres. C'est juste nous, ici. Maintenant. Toi et moi. D'accord ?

Il m'embrasse toujours le cou. Et tout à coup mes mains sont partout sur lui. J'ai besoin de lui toucher la peau, les épaules, le dos. J'embrasse son oreille et il gémit dans mon cou.

– C'est trop bon.

Ça aussi, c'est nouveau. Le pouvoir de faire sursauter un garçon, de le faire gémir.

Je retire mon T-shirt, et lui le sien.

– T'es sûre ? il demande.

Je presse ma main contre son cœur. Je ne suis sûre de rien.

– Embrasse-moi encore ?

Alors on continue, on s'embrasse et on se caresse, et ses mains se posent sur mon corps et ça fait très, très longtemps que je n'ai pas montré ce corps à quiconque. Il laisse courir sa main le long des vergetures sur mes seins et sur mon ventre. Toutes ces choses qui témoignent que je suis une mère, de la plus évidente des manières. Il m'embrasse là et là et là. Il attrape mon jean.

Je recouvre la main de Malachi de la mienne, juste à la hauteur de ma braguette, et je la maintiens en place.

– Je crois qu'on devrait attendre. Ce serait romantique, c'est sûr. L'Espagne. Ta première fois. Tout ça. Ça ferait une bonne histoire à raconter. Mais…

Malachi lève les mains en l'air et appuie de nouveau sa tête sur le canapé. Je m'apprête à descendre de ses genoux, mais il me retient.

– Pas de problème, Santi.

Il m'enlace fermement.

– Laisse-moi reprendre le contrôle de moi-même une minute…

Je caresse sa poitrine du bout des doigts.

– Peut-être…

Je m'interromps. Et puis je m'oblige à avoir le courage de demander ce que je veux sans me précipiter vers ce dont je ne veux pas. Je m'éclaircis la voix.

– Peut-être qu'on pourrait essayer d'autres choses ?

Il hausse un sourcil, et, plus enthousiaste que je l'aie jamais vu, il me répond vigoureusement :

– Oui, madame. Oui, madame Santiago. À votre service. Prêt à apprendre. Je ne vous décevrai pas.

Il me fait rire avec ses bêtises. Et tout semble parfait. Quoi qu'il se passe entre nous, ça me rend heureuse qu'on puisse rire des moments gênants.

Dernier jour

Même si c'est notre dernière journée complète en Espagne, et un samedi, le chef insiste pour qu'on retourne en apprentissage. J'élabore une marinade pour l'épaule de porc qu'Elena Amadí servira au dîner demain soir. Selon la recette, il faut que ça marine vingt-quatre heures, et j'aimerais bien être là une journée de plus pour tester le résultat. Mais c'est peut-être ça aussi, l'intérêt d'un voyage de ce type : on commence à apprendre, et puis on emporte avec soi ces connaissances.

Je masse l'épaule de porc avec le mélange d'épices, fermement.

– N'oublie pas de préparer la marinade sèche aussi. Et tu as ajouté du citron dans ton mélange ?

– J'ai mis des oranges amères à la place, je réponds.

– Bonne idée, les oranges amères. Tu feras bien des entailles dans la viande. Petites et peu profondes, pour capturer toute la saveur. Tu as appris des choses, ici, non ?

Je hoche la tête et j'attrape un couteau. J'ai beaucoup appris.

– Oui, et pas seulement derrière les fourneaux.

J'ai appris à être plus assurée dans ma cuisine, et aussi à me rappeler que les clients ont des attentes quant à ce que je vais leur servir. J'ai appris à faire confiance à mes mains. Mais j'ai aussi appris des choses au-delà de la nourriture. J'ai appris des choses sur les gens. À regarder des gens d'ailleurs marcher, rire, aimer, manger.

– Tu as de bons instincts. Tu seras une bonne cheffe, un jour. Peut-être que, quand tu finiras le lycée, tu pourras revenir en Espagne ? J'adorerais t'avoir comme apprentie.

Je lève brusquement les yeux et j'oublie ce que je suis en train de faire. Ma main glisse et je me coupe là où je tenais l'épaule de porc. Je lâche le couteau et m'éloigne rapidement.

– Merde.

Je vérifie que je n'ai pas mis de sang sur la viande, mais la cheffe me prend par l'épaule et me pousse vers l'évier, où elle fait couler de l'eau sur ma main.

– Voilà.

Elle enroule autour un torchon propre.

– Laisse l'eau couler dessus. Je vais aller voir si tu n'en as pas mis sur la viande ou sur la planche à découper. Il y a des pansements et des gants dans le placard au-dessus de ta tête. À quelques heures près, tu serais sortie de cette cuisine intacte… mais maintenant, t'as une blessure de guerre, tu vas pouvoir prouver que tu étais là.

La petite coupure picote, mais pas autant que les larmes dans mes yeux. Pouvoir rester ici, travailler dans une vraie cuisine après le lycée, et apprendre encore plus, ce serait un rêve.

Mais je sais bien, au moment même où se formule cette idée, que je ne quitterais jamais ma fille, ou ma ‘Buela, ou la ville que j'aime.

– Emoni, c'était un bonheur de travailler avec toi. Si tu repasses en Espagne, reviens ici. Et si tu veux qu'on parle de travailler ensemble, j'ai de la place pour une cheffe avec des mains comme les tiennes. Ah, et tiens.

Elena Amadí me donne une lettre.

– Mon évaluation officielle de ton travail, pour Mr. Ayden. Ne la lis pas. Sauf si tu le veux.

Elle me sourit et me tend une boîte à thé.

– Et des herbes du potager. Tu peux en faire du thé, ou les ajouter à des recettes. Je suis sûre que tu trouveras comment les utiliser.

Je porte le sachet à mon nez. Lavande, gingembre, camomille…

– Il y a quelque chose là-dedans que j'arrive pas à identifier, je lui dis.

– Ah, c'est bien pour ça que c'est de la magie. Dans la vie, on ne comprend pas toujours toutes les recettes facilement, on ne les suit pas toujours facilement, on ne les déconstruit pas toujours facilement. Parfois, il faut juste prendre ce qu'on nous donne et utiliser nos propres talents pour faire le meilleur thé possible. Tu ne crois pas ?

Elle m'enlace d'un geste ferme avant que je ne puisse répondre, puis elle me fait signe de partir. Je retire mon tablier et ma toque, je les plie avec soin et les lui rends.

– L'épaule de porc sera délicieuse. J'ai hâte de goûter ta marinade. Fais attention à toi, et fais ce qui te semble bien, et, oh, Emoni, aie confiance. D'accord ? Aie confiance. En toi, principalement. Mais aussi en ce monde. Il y a une magie qui te veut du bien.

Elle referme la porte sans me laisser le temps de dire quoi que ce soit.

Pendant un instant, je me sens nue, et j'ai l'impression que la lumière du soleil du soir me révèle comme quelqu'un de différent de celle que j'étais quelques minutes auparavant.

Duende

Je passe avec Pretty Leslie notre dernière soirée chez Mariana. Elle nous a préparé un grand dîner traditionnel et nous a même versé un verre de sangria. Pretty Leslie, à l'odeur du vin, a viré au vert Hulk et je n'ai pas pu contrôler le rire qui s'est échappé de mes lèvres. Elle ne touche pas du tout à son verre.

Pour une fois, je me retiens d'analyser le plat qui m'est donné et je mange juste pour le plaisir. Mariana a une vieille chaîne stéréo dans son salon et elle passe des chansons espagnoles en boucle. J'en reconnais certaines qui passent à la radio que 'Buela écoute, et il y en a d'autres que je ne connais pas mais que j'aimerais bien connaître. L'une des chansons commence et les premières notes me font baisser ma fourchette. Mariana s'en rend compte, apparemment, car elle se lève et va monter le volume. Même Pretty Leslie doit s'apercevoir qu'elle est belle, cette chanson, parce qu'elle ferme les yeux pour écouter.

La chanteuse a une voix grave et elle ponctue chaque note d'un claquement de mains.

– Tu reconnais ? me demande Mariana.

Je secoue la tête. Cette voix-là, je ne l'ai jamais entendue.

– C'est Mercedes Sosa. Une chanteuse folk d'Argentine, très aimée ici.

Je ferme les yeux. Je veux pas rater un seul mot. Elle chante sur ce qui change toujours, les choses légères et les choses profondes, tout ce qui brille et tout ce qui prend de l'âge. Tout change, sauf l'amour pour là d'où on vient. Je bats la mesure du pied, et quand la chanson se termine, Mariana se relève et va la remettre au début.

– C'est Mercedes Sosa était pleine de duende. D'inspiration et de passion.

Je savoure ce nouveau mot comme si c'était la dernière bouchée de mon dîner, et maintenant je sais que je suis prête à rentrer chez moi.

Chez moi

J'attrape ma valise sur le tapis roulant et j'embrasse rapidement Malachi. Il me retient pour m'embrasser plus longuement, et je rougis jusqu'aux oreilles sous les sifflements et les applaudissements de nos camarades, qui approuvent cette démonstration publique d'affection. Je suis presque sortie du terminal quand je jette un œil derrière moi, parce que j'entends quelqu'un pousser tous les jurons du dictionnaire. C'est Pretty Leslie, qui arrive tout essoufflée avec ses trois grosses valises, prête à prendre les transports en commun.

– Leslie, tu veux que je te ramène ? Il y a un ami de ma grand-mère qui vient me chercher. T'habites vers Lehigh, non ?

Pretty Leslie n'a pas besoin d'ouvrir la bouche : je vois le soulagement s'étaler sur son visage.

– Ça serait trop bien. Merci, Emoni.

Mr. Jagoda attend derrière les portes quand on sort du terminal et il a l'air trop heureux de me retrouver. Et en vrai, c'est bon de voir un visage familier, et de savoir qu'il va me ramener à ma famille. Dans la Volkswagen, on reste silencieux, la radio sur une chaîne de vieilles chansons. J'ai envie d'ouvrir la portière à la volée pour courir chez moi à chaque fois qu'on s'arrête à un feu rouge, à un péage, ou dans un embouteillage, et en même temps il y a chez Mr. Jagoda quelque chose qui calme mon impatience, la manière dont il chantonne tranquillement. J'ai tellement envie de voir mon bébé. J'ai pas pu dormir de tout le trajet, ni blaguer avec Malachi, parce que la seule chose à laquelle je pensais, c'était Babygirl. On dépose Pretty Leslie, et exactement quatre minutes plus tard, Mr. Jagoda freine devant chez moi.

– Vous venez avec moi ? je demande à Mr. Jagoda, qui sort ma valise du coffre.

Il sourit, et j'adore la manière dont les rides autour de ses yeux se creusent et l'éclat de ses grandes dents.

– Oh, non. J'ai déjà vu Gloria cette semaine et je crois qu'aujourd'hui elle n'aura d'yeux que pour toi.

Il me tapote la joue et remonte dans sa voiture.

Je me précipite dans l'escalier. Quand j'ouvre la porte, 'Buela éclate en sanglots depuis le milieu du salon, où elle se tient avec Babygirl dans les bras. Babygirl pousse un glapissement et tend les bras vers moi, et je l'attrape pour la serrer contre moi. Pour respirer son odeur de bébé. Cette odeur que je connais mieux que mon propre prénom. Je cligne des paupières, les yeux rivés au plafond.

Je m'avance vers 'Buela. Je n'ai pas envie de lâcher Babygirl, alors je me tourne juste pour pouvoir enlacer 'Buela de ma main libre. Elle ne sent pas pareil, comme si elle portait un parfum cher, mais ses mains quand elle me tient le visage et m'embrasse les deux joues sentent toujours la vanille.

– Pero tú sí me hiciste falta, nena.

Je presse ma joue contre sa paume et je me blottis plus près d'elle encore, et mes yeux se ferment.

– Tu m'as manqué encore plus, 'Buela.

Admissions

Plus tard ce soir-là, je suis posée sur mon lit à lire un magazine, Babygirl lovée contre moi. Le déjeuner avec 'Buela et Babygirl, c'était tellement doux, et je sais qu'on a toutes mangé beaucoup trop du mofongo de 'Buela. Je voudrais juste être moins affectée par le décalage horaire. Je n'ai même pas eu le temps de me dire « je m'endors » que mon assiette avait déjà glissé de mes genoux. J'ai besoin d'une sieste, c'est sûr.

Babygirl a l'air deux fois plus grande que quand je suis partie, même si je sais que ce n'est pas possible.

– J'ai parlé à Angelica et elle m'a dit que beaucoup d'universités avaient rendu leurs décisions la semaine dernière. Tu as pu regarder, pour toi, depuis l'Espagne ?

'Buela n'entre pas dans la chambre. Elle joue avec les franges de la longue écharpe grise que je lui ai achetée, et je m'aperçois qu'elle ne porte plus son alliance. Je voudrais me nicher dans son accent espagnol, si familier, dans ses cheveux doux et ondulés. Je la regarde se tenir là, bien droite, dans son uniforme habituel – pantalon, pull pâle. Je n'ai pas envie de lui avouer que j'ai eu trop peur de regarder ce que j'avais eu.

– Tu as demandé combien d'universités, déjà ?

– Quatre licences en quatre ans, et une en alternance, je murmure.

Elle reste là, à attendre. J'attrape mon téléphone et je me connecte au portail de la première fac. Refus de Temple University. Je me connecte à une autre. Refus de La Salle. Une troisième. Refus d'Arcadia.

Et merde. Si je suis rejetée partout, je ne sais pas comment je vais l'annoncer à 'Buela. Il y a une différence entre ne pas vouloir aller à l'université et ne pas être acceptée du tout.

– 'Buela, je crois qu'on devrait attendre demain. J'ai pas envie de ruiner ta soirée.

– Allez, nena, termine. Quoi qu'il arrive, je préfère être avec toi plutôt que tu doives gérer la nouvelle toute seule. Aie confiance, Emoni.

Je me connecte au portail de Drexel.

Et je ralentis pour lire ce qui est écrit. 'Buela s'aperçoit que mon silence est différent, cette fois, parce qu'elle arrête de faire joujou avec son écharpe.

– Alors, nena ?

J'attire Babygirl à moi et elle me fait un câlin sans se réveiller. Je lui pose un baiser au sommet de la tête.

Je tends mon téléphone à 'Buela. Je veux qu'elle le lise elle-même. Elle ferme les yeux comme pour dire une prière. Son regard danse sur l'écran, et quand elle le reporte sur moi, une grosse larme roule le long de sa joue. Elle agite son écharpe comme un éventail autour de son visage, comme si ça allait empêcher la cascade de pleurs, et puis tout à coup je suis dans ses bras, elle me serre et rigole, et même quand Babygirl se réveille en chouinant, tout ce que 'Buela arrive à faire, c'est me maintenir clouée au lit, à me balancer d'avant en arrière, en répétant :

– Mi niña, mi niña va aller à l'université. Appelle ton père. Il sera tellement fier.

Surprises

Je ne pensais pas que je serais acceptée à Drexel. Mes notes étaient un peu inférieures à celles requises, alors je suis toujours en état de choc. Contrairement à la conseillère d'orientation du lycée, Ms. Fuentes m'a poussée à candidater alors que c'était théoriquement hors de portée. C'est près de chez moi. C'est une super fac. Et il y a un programme d'arts culinaires qui ne se concentre pas seulement sur la préparation de plats, mais aussi sur la gestion de restaurant.

Mais je sais pas comment je vais aider à payer les factures si je dois aussi payer la fac.

– 'Buela, il faut que je te parle, je lui dis le jour suivant, après le dîner.

Elle met la télé sur silencieux et m'envoie un sourire lumineux. Depuis la lettre de Drexel, tout ce qu'elle sait faire, c'est me sourire ou se mettre à pleurer.

– Je veux pas te donner de faux espoirs question Drexel. J'ai pas obtenu une bourse complète, alors ça serait pas plus logique de… ben, de trouver un vrai boulot, au lieu d'accumuler des dettes ?

'Buela ne cesse pas de sourire. Elle cligne des yeux comme si elle attendait que je lui raconte la fin de la blague, mais comme je répète, elle secoue la tête.

– Qu'est-ce que tu veux dire, Emoni ? C'est un rêve qui devient réalité.

Je secoue la tête.

– Je veux être en cuisine, pas dans une salle de classe. Tu sais bien que je suis nulle en cours. Et si jamais je perds du temps et de l'argent et que j'échoue aux examens ?

– Emoni, tu as adoré ton module d'arts culinaires cette année. Je sais que tu m'as dit qu'il y aurait plus de chimie dans celui-là et que tu as peur de ne pas t'en sortir, mais quand tu auras ton diplôme, personne ne pourra te l'enlever. Il faudra juste travailler dur.

Je voudrais lui expliquer que je travaille dur, déjà, même dans les cours où j'ai des mauvaises notes. C'est pas un manque d'efforts, la raison pour laquelle j'ai tellement de mal à apprendre. Mais je sais aussi que je n'ai plus treize ans. Comme la dernière fois où j'ai laissé une conseillère d'orientation me dire que j'étais pas assez bonne pour aller au lycée de mon choix. Et si, cette fois-ci, c'était moi qui me mettais toute seule des bâtons dans les roues ?

– Emoni, ça fait longtemps que j'attends que tu déploies tes ailes. Tu veux savoir où je vais quand je fais semblant d'aller chez le médecin ?

J'ai demandé une seule fois, et puis jamais plus. 'Buela a été claire avec moi : ce n'était pas mes affaires. Je ne sais pas si je devrais hocher la tête ou la secouer, alors je reste immobile. Oh mon Dieu. Oh mon Dieu. Est-ce que 'Buela est malade ? Est-ce qu'elle attendait juste que ma vie se mette en place parce qu'elle savait qu'il y avait quelque chose qui n'allait pas ? Le mur derrière moi, c'est la seule chose qui me fasse tenir debout. Je me prépare au pire.

– Je vais chez le docteur parce que parfois j'ai besoin de me mettre à distance de tout ça…

Elle agite une main en l'air et je comprends que « tout ça », c'est chez nous.

– Je vais chez le docteur pour me rappeler que je ne suis pas seulement l'arrière-grand-mère d'une toute petite fille, et la grand-mère d'une mère adolescente, et la mère d'un grand olibrius.

Elle s'éclaircit la voix.

– Alors donc… la vraie raison pour laquelle « je vais chez le docteur » tout le temps, c'est Joseph. Mr. Jagoda.

Elle ne me regarde pas quand elle dit ça, et je vois un rougissement grimper le long de sa joue brune. Ma grand-mère qui rougit comme une jeune fille amoureuse pour la première fois.

– Il me fait la cour. Tu sais, c'est lui qui gère le cabinet de son fils, et il est gentil avec moi, et il m'a emmenée dîner au restaurant chic de l'autre fois, et on prend des cafés le weekend, et on est allés au cinéma. Il a son petit accent polonais. Et moi, portoricain. On parle souvent, et souvent on reste silencieux. Et c'est ça, ce qu'il y a de mieux, je crois. Ça fait longtemps que je ne suis pas restée à ne rien dire auprès d'un homme. Ça fait longtemps que je n'ai pas eu quelqu'un qui ne dépende pas de moi pour que je lui ravaude ses chemises. Un compagnon. Et nena, c'est…

Elle porte la main plusieurs fois à son cœur, et je comprends exactement ce qu'elle m'explique.

– Il n'est pas parfait ! Je veux dire, c'est un fan des Giants, Dieu nous protège, mais il me fait me sentir femme. Pas multi-maman.

Je ne sais pas quoi lui dire. Son visage a pris une apparence différente. Elle n'a plus la bouche pincée, les traits tendus ; les rides sur son front se sont lissées, et elle laisse tomber la main qu'elle agitait en l'air tout droit sur son cœur.

Je m'assieds sur le canapé près d'elle et je l'enlace tendrement.

– Oh, 'Buela, Dieu merci – je suis tellement heureuse que tu ne sois pas malade, ou alors, je sais pas, que t'ailles pas juste t'asseoir sur un banc dans un parc pour nous éviter. Et pour Mr. Jagoda, t'as bien raison, il est adorable. C'est merveilleux que tu aies quelqu'un.

Je la serre fort. Sa voix s'épaissit quand elle brise le silence.

– Il m'a demandé d'emménager avec lui. Il veut qu'on se marie. Enfin, bien sûr, je ne te laisserais jamais avec Babygirl. Je ne pourrais pas. Ça ne serait pas bien. Mais, Emoni, de temps en temps, c'est bon de rêver.

Je ne m'essuie pas les joues.

– Mais 'Buela, si c'est ce que tu veux, tu ne devrais pas me montrer l'exemple ?

Elle émet un rire qui ressemble à un hoquet et s'écarte de moi.

– Je t'ai beaucoup appris, Emoni Santiago. Et ce dont je suis le plus fière, c'est de t'avoir appris le sacrifice et les responsabilités. Je ne peux pas me soustraire aux miennes non plus.

– 'Buela, je ne veux pas que tu mettes ta vie sur pause pour moi.

Je la libère complètement de mon étreinte.

– Babygirl est mon bébé à moi. Toi, tu en as assez fait. Marie-toi avec ton Joe. On s'en sortira parfaitement.

Parfaitement

Je ne sais pas réellement si on s'en sortira, mais j'essaie de me souvenir de la chanson de Mercedes Sosa : tout change. J'apprendrai à m'en sortir.

Avant d'aller me coucher, j'appelle Julio. Je ne l'ai pas appelé une seule fois quand j'étais en Espagne et il ne m'a pas appelée non plus. J'aimerais bien qu'il soit du genre à envoyer des textos, ça serait plus pratique, mais il a une théorie du complot comme quoi le gouvernement lit nos messages.

– Emoni ! Tu te rappelles enfin ton viejo ?

J'espère qu'il ne m'entend pas soupirer.

– Hey, Julio. Comment ça va ?

Je perçois un bruissement de papier – j'ai dû interrompre sa lecture.

– Moi, normal. C'était comment, l'Espagne ? Mami m'a dit que c'était la belle vie pour toi là-bas, en Europe.

Je lui raconte un peu le voyage et l'apprentissage, sans

mentionner le mausolée de Christophe Colomb et toutes les dorures. Il est trop tard pour m'infliger un sermon à la Julio.

– Julio, je voulais juste te dire que je suis admise à l'université. À Drexel, ici, en ville. 'Buela est tellement heureuse qu'elle risque de mettre des affiches partout pour que tout le monde soit au courant, alors je voulais que tu le saches avant qu'un de tes potes du quartier ne te l'annonce.

Silence à l'autre bout de la ligne, à tel point que je me demande si on a été coupés.

– Julio ?

J'entends quelque chose qui pourrait ressembler à un reniflement. Mais c'est pas possible. Mon père n'a pas pleuré quand il a perdu sa maison dans le dernier ouragan. Il n'a pas pleuré quand j'ai arrêté de l'appeler Papi et que j'ai commencé à l'appeler par son prénom. Il ne pleure pas quand il va se recueillir sur la tombe de ma mère.

Mais si, c'est bien un reniflement.

– J'espère bien que Mami va placarder ça partout. Tu le mérites. Tu dois être ravie.

Mais il doit m'entendre hésiter, parce qu'il demande :

– Emoni ? C'était pas ce que tu voulais ?

Le truc, c'est que Julio, il a plein de bons et de mauvais côtés, et je sais pas toujours si je peux compter sur lui. Mais je sais qu'il croit qu'on peut apprendre par soi-même, et que si je lui disais que je ne veux pas aller à l'université, que je pense que ce serait mieux de me mettre directement à travailler, il me soutiendrait. Même s'il devait ensuite argumenter avec 'Buela. Et puis je repense à ce reniflement.

– Si, je suis heureuse. Juste un peu stressée par tous ces changements.

– Et Mami avec son nouveau copain.

Je suis estomaquée. 'Buela lui a dit pour Mr. Jagoda ?

– Elle m'a dit.

Et je m'aperçois que j'ai posé la question à voix haute.

– Tu trouveras un moyen, Emoni. La vie t'a déjà lancé les défis les plus difficiles, et tu t'en es toujours sortie. Il y a un ange sur ton épaule.

Tout ce que je peux espérer, c'est qu'il ait raison.

Prochaines étapes

– Ms. Santiago, comment s'est passé votre voyage ? me demande Ms. Fuentes depuis son bureau.

J'espère qu'elle ne me regarde pas de trop près, ou elle risque de s'apercevoir que j'ai passé la nuit à pleurer dans mon oreiller.

– C'était trop génial. J'espère que j'y retournerai un jour.

– Vous avez regardé les résultats de vos candidatures, finalement ?

Je m'avance vers mon bureau et je sors immédiatement mes manuels. Il faut que j'enfouisse mon visage quelque part avant de répondre.

– Je suis admise à Drexel.

– C'est fabuleux, Ms. Santiago !

Ms. Fuentes applaudit, puis laisse retomber ses mains quand elle voit mon regard peu enthousiaste, agrippé au manuel fermé de mathématiques appliquées.

– Ça n'a pas l'air de vous enchanter. Qu'est-ce qui ne va pas ?

Je secoue la tête.

– Ça va. Décalage horaire, je pense.

Je ne regarde pas Malachi quand il entre, mais je sens son regard sur moi pendant toute la demi-heure de cours. On s'est parlé au téléphone hier, après ma conversation avec 'Buela. Enfin, c'est surtout moi qui ai parlé. Pour changer. Il m'a écoutée faire la liste de mes peurs et pleurer pour 'Buela. Je suis tellement heureuse pour elle, et en même temps j'ai tellement peur du changement.

Au déjeuner, je ne fais même pas semblant de jouer avec ma nourriture.

– Emoni, tu peux m'expliquer pourquoi t'es en mode crise de nerfs aujourd'hui ? Tu rentres d'un pays magnifique, t'as un copain, t'es admise à l'université, et t'as la meilleure amie dont quiconque puisse rêver. C'est quoi, le problème ?

Angelica n'a pas beaucoup de patience quand je fais la tête.

– J'ai l'impression qu'on me tiraille dans mille directions à la fois et que j'ai les pieds coincés dans un bloc de ciment.

Elle repousse ses lunettes jusqu'en haut de son nez.

– T'es devenue poète, en Espagne ?

Je lui balance de la compote de pommes sur ses mèches blondes.

– Hé !

Elle esquive ma douche de compote et fait semblant de se cacher sous la table.

– Sors de là, poulette. J'ai fini de te rappeler qui est le boss, ici.

– OK, OK. Attends que je me lave ces mèches-là. Ça va être la guerre de la compote.

Absolument rien n'a changé mais, pendant quelques minutes, la vie semble plus légère.

Amour

Babygirl m'a tellement manqué que je vais la chercher à la crèche tous les jours, même si ça me rajoute une heure à la fin de chaque journée, d'aller la récupérer après les cours. Mamá Clara est adorable et passe un temps fou à me montrer ce que Babygirl a peint et toutes les petites robes qu'elle a mises à ses poupées. Je fais grimper Babygirl dans le bus et je la laisse me chanter des chansons.

– Elle est tellement mignonne, me dit une femme blanche d'un certain âge, assise en face de moi. C'est ta petite sœur ?

Je souris à Babygirl.

– Non, madame. C'est ma fille.

Le sourire s'efface du visage de la dame mais le mien reste fermement en place. J'ai déjà rencontré des femmes de ce genre. Le genre à avoir des idées très strictes sur ce qui rend certaines personnes respectables. Le genre à prendre un air constipé en entendant que Babygirl est ma fille, mais qui aurait de l'empathie si elle était un peu plus pâle. Le genre à voir les cheveux multicolores d'Angelica et à la traiter de racaille en douce, mais à trouver charmante et créative une ado blanche avec des tresses violettes. Le genre à couper un stéréotype en deux, et à en garder la moitié pour les jeunes Blancs et la moitié pour les jeunes Noirs. Et peut-être que je la caricature, moi aussi. À m'imaginer que je sais très bien quel genre de femme elle est, juste parce qu'il y a des femmes comme ça qui nous donnent de la haine, à moi, à Angelica, à toutes les filles noires ou basanées du quartier, qui remuent la tête et font *tss, tss*, en nous voyant passer, qui nous rappellent qu'on n'est pas les bienvenues de leur côté de la ville, de leur côté du bus, de leur côté du monde.

Le sourire reste ancré sur mon visage. Je presse mon nez contre la joue de Babygirl. Rien que nous deux, si on veut, on peut.

Troisième Partie

LE DOUX-AMER

RECETTE FAÇON EMONI

« QUAND LA VIE ESSAIE DE TE RÉDUIRE EN MIETTES, FAIS DU PAIN À LA BIÈRE AVEC CEUX QUE T'AIMES. »

Occasion : reprendre des forces quand on se sent seul

INGRÉDIENTS :

Trois bonnes grosses tasses de farine
Quatre grosses pincées de sucre blanc
Un quart de plaquette de beurre fondu
Deux bouteilles de bière
Un soupçon de sauge
Un soupçon d'origan de l'île

PRÉPARATION :

1. Préchauffe le four à 200 °C. Mélange tous les ingrédients sauf les herbes jusqu'à ce que ça soit tout lisse. Puis mélange la sauge et l'origan de l'île avec la pâte.
2. Étale la pâte sur une plaque de cuisson huilée. Répands un peu de beurre dessus.

3. Fais cuire le pain le temps de passer tout le dernier album de Bad Bunny.
4. Retire le pain du four et laisse-le refroidir.

Suggestion de dégustation : avec du beurre au miel, en écoutant ce qui se passe à l'intérieur de toi.

Coincée

Les deux semaines suivantes, tout le monde me demande en permanence dans quelle université je compte aller. En général, je souris et je hausse les épaules. Il n'y a que 'Buela qui me regarde comme si elle allait me décapiter, parce qu'elle veut me faire un chèque pour l'apport, mais la vérité, c'est que je sais ce que je veux faire. C'est juste que je ne sais pas comment aborder le sujet avec quiconque. Même avec mes amis les plus proches. Angelica a essayé de me faire parler de mes projets d'avenir, elle a tout tenté, les menaces, les encouragements maternels, et aujourd'hui au déjeuner, c'est de nouveau la même chose.

– Emoni, tu dois manger quelque chose.

Je ne la regarde pas. Elle est admise dans toutes les universités qu'elle a demandées, sauf Pratt, qui l'a mise sur liste d'attente – elle n'arrête pas de vérifier ses mails avec anxiété dès que les surveillants ont le dos tourné.

– Ça va. J'ai pas super faim.

Une ombre se découpe devant moi et je lève les yeux vers la peau lisse et brune, les yeux marron scintillants de Malachi. Ce n'est pas son service, pourtant.

– Qu'est-ce que tu fais ici ? je lui demande.

Il s'assied à califourchon sur le banc et se penche vers moi jusqu'à ce que nos fronts se touchent. Pas de sourire sur son visage.

– Tu m'esquives et tu parles à personne et t'as l'air triste. Je me suis dit que je pourrais t'extorquer une réponse en venant ici.

Je recommence à fixer mon plateau. Je m'écarte de la table, mais soudain il y a des bras autour de moi : Malachi, qui m'enlace par-derrière, et Angelica, par-devant. Et j'inspire longuement, profondément, avec eux tout près de moi.

Malachi me dit que ça va aller. Angelica me dirait probablement la même chose si elle avait la moindre sensibilité au fond de son âme, mais ce n'est pas le cas, alors à la place elle dit :

– Meuf, c'est le moment d'entrer en scène et d'arrêter de flipper.

Ces deux déclarations me sont utiles.

Le dernier jour avant la date limite pour le paiement de l'apport, 'Buela laisse un chèque en blanc sur ma table de chevet avec une note.

Suis tes rêves, nena. Le reste suivra.

Alors je remplis les formulaires et j'envoie ma décision.

Acceptée

– Je suis prise ! hurle Angelica à l'autre bout du fil. J'arrive tout de suite ! Je veux que tu me lises le mail. Il me faut un témoin pour me prouver que c'est vrai !

Elle ne mentionne pas Pratt, mais je sais bien qu'il n'y a aucune autre université qui l'enthousiasmerait à ce point, et c'était la seule à l'avoir mise sur liste d'attente. Ma meilleure pote va à New York.

Je me secoue quand je m'aperçois que mon silence a duré un peu trop longtemps.

– Angelica, je suis tellement heureuse pour toi ! Viens direct. J'ai trop hâte de te lire le mail.

Je raccroche. 'Buela fait la sieste sur le canapé après un petit déjeuner bien copieux. Je referme le roman que j'étais en train de lire pour le cours d'anglais. Je ne sais même pas pourquoi je m'embête à continuer à faire mes devoirs. C'est la fin de l'année dans quatre semaines, et les profs se fichent de ce qu'on fait en classe, maintenant. C'est pas comme s'ils allaient nous faire échouer. Il y en a qui ont été « malades », ces derniers temps. J'ai vu plus de remplaçants ce mois-ci que toute l'année durant.

Trois coups nets à la porte d'entrée, et je l'ouvre sans regarder par le judas.

– Angelica, 'Buela est en train de dormir, alors…

Mais ce n'est pas Angelica.

C'est Tyrone. Tyrone tout bien parfumé, Tyrone avec sa tête de chien battu.

– On peut se parler ? Je voudrais qu'on discute d'un truc.

Je sors sur le palier et je referme la porte derrière moi.

– Tyrone, t'as…

Je regarde mon portable.

– T'as deux heures d'avance. Babygirl n'est pas encore prête.

Car, malheureusement, c'est son weekend.

– Je voulais te parler de ça, justement, dit Tyrone. Il va y avoir du changement.

– Oui, de mon côté aussi. Je suis prise à la fac. Et j'ai un copain.

Ses lèvres se pincent et il secoue la tête.

– Un copain ? J'avais entendu des bruits, mais j'espérais que c'était pas vrai. J'aime pas ça.

Je respire profondément.

– Je sais, Tyrone. Je sais. Et pendant longtemps, j'ai voulu faire en sorte que tout le monde soit content. J'ai juste besoin que tu sois là pour ta fille. Je te respecte, je ne vais pas lui présenter quiconque sauf si je suis certaine que c'est quelqu'un de bien, qui aura une bonne influence. Mais je vais pas me cacher du reste du monde. Je vais pas m'arrêter de vivre. Je vais pas en vouloir à ma gamine. C'est pas comme ça qu'on prend soin d'une personne.

Il n'arrête pas de remuer la tête.

– Je savais bien que t'aurais pas dû aller en Espagne. T'es revenue avec toutes ces idées dingues. Ma mère a toujours dit que t'étais trop influençable.

Je me marre, parce qu'à l'époque où sa mère essayait de me convaincre qu'elle me paierait mon avortement, elle ne trouvait pas du tout que j'étais « trop influençable ».

Tyrone enfonce ses mains dans ses poches et son front se décrispe. Je l'autorise à entrer. Il semble plus mûr – sa chemise est repassée, ses cheveux bien coupés. Il a l'air confiant, et cette confiance me paraît moins liée qu'avant à sa capacité de trouver une bonne tournure de phrases. Il est bien dans sa peau. Je sais pas quand c'est arrivé, j'ai dû rater sa transformation.

– Écoute, en fait, c'est pas pour ça que je suis là. C'est tes affaires. Tu t'occupes bien d'Emma depuis le début, et même si j'aime pas ça… je vais juste essayer de pas penser à d'autres mecs qui risqueraient de tourner autour de ma fille et de sa mère. Moi, je suis là pour Emma. Je voulais te dire que j'ai trouvé un job récemment, et je me suis pris un appartement. Alors je voudrais t'aider un peu plus, question argent. Ma mère me dit tout le temps que c'est cher, un bébé, et je sais que je pourrais faire mieux envers toi et Emma. Même si je peux pas te promettre des sommes énormes pour l'instant.

Mon cœur se met en pause. La caporale Palmer a convaincu son fils de me donner de l'argent pour Babygirl ? Tout change, décidément, dans la vie. Mais Tyrone n'a pas fini, et il lève une main comme si je n'allais pas aimer ce qu'il a à me dire ensuite.

– Emoni, je voudrais aussi étendre ma garde. Du vendredi soir à lundi matin – je crois que je mérite tout le weekend. Je m'occupe bien d'Emma, je la récupère et je la ramène à l'heure, et tu sais toujours comment me contacter. Et j'aimerais l'avoir toute une semaine l'été pour l'emmener en vacances avec ma famille.

Je me sculpte un visage de pierre – tous les sentiments bien tenus à l'intérieur, comme les muscles d'une gymnaste qui fait des tourbillons dans l'air. Mais c'est comme ça que je me sens – en chute libre.

– Laisse-moi y réfléchir, Tyrone. C'est un gros changement.

– Bien sûr. Je sais que ça fait beaucoup d'un coup. C'est juste qu'elle me manque quand elle est pas avec moi. Chaque fois que je la vois, elle a encore grandi, elle a appris d'autres trucs, et… j'ai pas envie de rater tous ces moments.

Je hoche la tête.

– Attends trois minutes, je vais préparer Babygirl pour toi. Ça serait bête de retourner chez toi juste pour revenir ensuite.

Et j'essaie de me dire la même chose : il faut aller de l'avant, c'est la seule direction qui vaille ; retourner en arrière, c'est juste bon pour les saumons.

Le bal

Malachi et moi, on se parle tous les jours et on se voit au lycée, mais on est plus tranquilles depuis l'Espagne. On s'est trouvé un rythme, on est comme deux amis qui s'embrassent et qui bavardent tout le temps, mais sans se presser pour aller plus loin.

On n'a pas parlé de « nous deux », de ce que la relation à distance impliquera. Et ça me va.

– Tu vas faire quoi, juste traîner dans la maison ? me demande 'Buela en mettant une boucle d'oreille.

Je me penche au-dessus d'elle pour regarder la télé. Une rediff de *La Comtesse aux pieds nus*.

– Oui, juste moi et Babygirl.

– Angelica va passer ?

Elle attrape son manteau et son sac à main.

– Non. Elle prépare ce qu'elle va mettre pour le bal de fin d'année avec Laura.

'Buela se fige, bâton de rouge à lèvres flottant dans l'air.

– Et toi, tu vas faire ça quand ?

Je commente l'écran :

– La comtesse arrive toujours à dresser sa table pour que ce soit super chic. Je devrais envoyer un mail à Tante Sarah pour lui donner des idées.

– Emoni, tu n'as pas entendu ma question ? Pourquoi tu n'as pas mentionné le bal de fin d'année ?

Elle s'assied près de moi sur le canapé.

– Nena, tu veux pas y aller ?

– Non, 'Buela, je veux pas. On a déjà dépensé beaucoup pour l'Espagne et pour mes frais d'inscription. Chaque dollar compte, je me trompe ? Mes pourboires du déjeuner ne vont pas jusque-là. Je peux pas te demander deux cents balles de plus tous les mois.

– Apaga la televisión. Éteins et écoute-moi.

Et je vois bien qu'elle va faire sa mère poule. C'est ce qu'elle fait quand elle veut me parler sérieusement, mais sans me gronder.

– 'Buela, t'inquiète. Tu vas être en retard pour ton date avec Joe. On en reparlera plus tard, OK ?

– A…pa…ga… la…

Je lève les yeux au ciel et j'éteins la télé.

– Tu ne veux pas aller au bal ? Malachi ne t'a pas invitée ?

– Si. Il me l'a demandé, mais il comprend que je peux juste pas me le permettre en ce moment et que j'ai pas envie d'y aller.

– Bientôt tu seras une femme indépendante. Mais il te reste un mois et demi pour profiter du lycée. Va au bal.

– La seule chose que je veux faire le soir du bal, c’est rester tranquille ici, regarder un film avec JLo, et faire des petits trucs sympas à manger. Qu’est-ce que t’en dis ?

Elle presse son front contre le mien.

– Bon, eh ben, nena, c’est décidé, alors.

Et une semaine plus tard, c’est exactement ce que je fais. Malachi va au bal, mais il rentre tôt pour nous rejoindre à la maison. Il m’apporte une rose rouge vif et enfonce ma main dans l’une des poches de sa veste pendant qu’on danse un slow sur une chanson gnangnan de Jennifer Lopez. Babygirl et ‘Buela nous applaudissent à la fin. Et c’est exactement le souvenir que je voulais garder.

Plus haut

Je ne trouve pas le sommeil la nuit avant la remise des diplômes. Il est presque minuit. Demain après-midi, j'aurai officiellement terminé le lycée. Et puisque j'ai eu dix-huit ans il y a une semaine, je suis aussi officiellement adulte.

Mais bon, tout ce que je voudrais, moi, c'est me blottir dans les bras de 'Buela et lui demander de tout arranger dans ma vie. De prendre toutes les décisions. De rendre tout plus facile. Je suis emmêlée dans un tourbillon de conseils. 'Buela, Julio, Angelica, Ms. Fuentes, Tante Sarah, Elena Amadí, Mr. Ayden, Tyrone, Malachi : tout le monde a son mot à dire.

Babygirl soupire dans son sommeil et je me lève pour aller lui caresser la joue. Elle est tellement tranquille, alors que moi, je sais que je ne vais pas réussir à fermer l'œil de la nuit. Je passe à pas de loup devant la porte de la chambre de 'Buela et je descends dans la cuisine. Je mets le four à deux cents degrés. Je prends de la farine, du beurre, du sel, de l'origan séché. Une bière que je comptais utiliser pour un ragoût de bœuf.

Julio, un jour, m'a dit que ma mère adorait faire du pain et des gâteaux. Tante Sarah a confirmé, même si elle n'a jamais mentionné dans une recette que c'était celle de ma mère.

Je mélange tous les ingrédients.

Je vais devoir dire à 'Buela ce que j'ai décidé de faire, question université. Et je vais devoir préparer le premier trimestre de l'année qui vient. Il faut encore que je discute avec Tyrone du nouveau programme de garde, et je pense que je vais le laisser passer plus de temps avec Babygirl. Les résultats du ServSafe tombent dans une semaine, et je crois bien que la meuf qui vous parle a géré. Je n'ai jamais autant révisé pour un examen.

Il reste vingt minutes de cuisson, et je commence à m'endormir quand j'entends frapper à la porte. Il est minuit, à ce stade. J'attrape l'un des couteaux du bloc et je m'approche doucement du judas.

Sur le palier, il y a Julio. Un mois plus tôt que prévu. J'entrouvre la porte, toujours convaincue que je suis en train de rêver. Mais il m'attrape et me serre dans ses bras, et c'est son odeur, si familière : déodorant Old Spice, lotion capillaire, et une note que j'ai toujours appelée « son parfum de l'île ».

– Qu'est-ce que tu fais ici ? On ne t'attendait pas avant le mois prochain ! je chuchote.

– Quoi, tu croyais que j'allais rater la remise de diplôme de ma fille ?

Je me retiens de hocher la tête. Sincèrement, oui, je croyais.

– Tout le monde dort ?

Il tracte sa valise dans le salon et je referme la porte derrière lui. Son sac est plus gros que d'habitude. Je passe dans la cuisine et il me suit. S'arrête sur le pas de la porte.

– Insomnie ? il dit, en se balançant d'avant en arrière.

Je vérifie le four. Encore un peu de cuisson, le temps que le dos du pain brunisse.

Julio et moi, on est tous les deux debout.

– Assieds-toi, je te donnerai une tranche de pain dans cinq minutes.

Mais il secoue la tête avant même que j'aie fini ma phrase.

– Impossible, je peux pas. Mami a fait la cuisine aujourd'hui ?

Je blague :

– Me dis pas que t'es au régime sans gluten. Non, 'Buela n'a pas fait la cuisine aujourd'hui. T'es coincé avec ma nourriture à moi, et je sais pas si t'as entendu la rumeur, mais je suis plutôt bonne en cuisine.

Un long silence.

– Emoni, tu ne t'es jamais demandé pourquoi je ne mange jamais ce que tu cuisines, quand je viens ici ?

Bien sûr que je me suis demandé. J'étais juste trop à fleur de peau pour dire quoi que ce soit.

– Ta grand-mère dit que ta cuisine lui rappelle Puerto Rico. Mais moi, c'est pas ça que ça me rappelle, pas juste la vie là-bas. Mais ma vie d'avant. Chacun de tes plats me fait penser à ta mère. Ça me tue de voir resurgir des souvenirs de son visage chaque fois que je prends une bouchée de ce que tu prépares. Ça me tue d'être ici, à Philadelphie, où chaque coin de rue me la rappelle. J'ai toujours cru qu'avec le temps, ça s'améliorerait. Mais non.

Je suis abasourdie. Julio et moi, on n'a jamais parlé de ma mère, et même si ses mots ont fracassé d'un coup mon appétit, j'ai le ventre rempli des questions que je n'ai jamais posées auparavant.

Je vais vers l'évier et je me lave les mains. Je regarde mon père.

– Je devrais être furieuse contre toi. Tu n'as fait que m'abandonner, encore et encore. Pourquoi j'étais jamais une assez bonne raison de rester ?

Il enfonce les mains dans ses poches. Ses longues mèches virevoltent au rythme de ses mouvements de tête.

– C'était jamais ta faute, Emoni. J'ai essayé. Chaque année, je me disais que ce serait la bonne, que je resterais, que j'aiderais à élever ma fille. Mais tu n'avais pas besoin de moi. Mami a fait un super boulot sans moi, et je suis pas fait pour un endroit comme celui-ci. L'océan me manque. La chaleur me manque. Ça me manque, d'avoir un véritable but. Il y a tellement de choses ici qui me collent de mauvais souvenirs.

– Mais il y aurait eu des bons souvenirs aussi, non ? Si tu étais resté assez longtemps pour t'en fabriquer.

Il opine.

– Quizás, Emoni. Peut-être. J'ai envie de continuer à essayer, même si maintenant tu es trop grande pour avoir besoin de moi. Je sais qu'il y a beaucoup de changements qui se profilent pour toi, et je me disais que, peut-être, je pourrais rester plus longtemps, cette fois-ci, et t'aider pour Emma et pour les factures. Ça pourrait marcher, non ? Pendant que tu t'adaptes à ce qui viendra ensuite ?

Et peut-être que ça suffirait, qu'il essaie. Je retire le pain du four et je m'en coupe une tranche. Je m'assieds à table avant de la goûter. Mon père me regarde avec attention quelque temps, avant de s'avancer, lui aussi, pour briser un morceau de la miche. Après un long silence, il prend le pain entre ses lèvres et commence à mâcher. Je tends ma main par-dessus la table, pour recouvrir la sienne.

Remise des diplômes

Il me faut toute une boîte d'épingles à cheveux pour faire tenir mon chapeau sur mes boucles. On est juste devant l'auditorium de Temple University, où la cérémonie de remise des diplômes pour Schomburg vient de se dérouler. 'Buela et Julio prennent des photos avec leur téléphone. J'ai juché Babygirl sur ma hanche; elle n'arrête pas de tripoter le pompon de mon chapeau. Dans l'autre main, je tiens mon diplôme. Mr. Jagoda est là aussi, dans le fond, une présence calme et souriante, et je suis heureuse que 'Buela l'ait invité.

J'entends quelqu'un pousser un cri de joie derrière moi et voilà Gelly qui m'entoure de ses bras. Je me laisse aller contre elle, et on sourit pour d'autres photos. Mais ça doit être trop dur pour 'Buela de voir ses filles prises en photo sans elle: elle finit par filer son portable à Mr. Jagoda et se précipite à mes côtés.

Bientôt, c'est Malachi qui vient se joindre à nous, et il chatouille Babygirl. Je lui jette un regard, et il m'envoie un baiser. Mr. Jagoda fait signe à quelqu'un de venir poser aussi, et Ms. Fuentes m'expédie un clin d'œil, mais pas assez vite pour que je ne remarque pas les larmes dans ses yeux. J'entends quelqu'un s'éclaircir la voix, et soudain je repère Mr. Ayden juste derrière moi, une main sur l'épaule de Malachi, l'autre sur celle d'Angelica. J'hallucine de le voir en costume chic, sa tête chauve luisant sous le soleil. Et on se redresse tous pour regarder les appareils pendant que Julio commence un compte un rebours, quand soudain, une petite voix aiguë intervient :

– Je peux être sur la photo aussi ?

Pretty Leslie n'attend pas ma réponse – elle se presse contre Ms. Fuentes et s'illumine d'un sourire à deux mille watts.

Avant que Julio ne range son téléphone, je m'écrie, assez fort pour qu'on m'entende au-dessus du brouhaha :

– Mr. Jagoda, vous pourriez prendre une photo du groupe avec Julio aussi ?

Mr. Jagoda attrape le téléphone de Julio. Je vois bien que Julio ne sait pas encore trop quoi penser de Mr. Jagoda, mais il va se mettre auprès de Mr. Ayden, derrière nous. Le bras de 'Buela s'enroule autour de ma taille, moins pour me soutenir moi que pour nous soutenir toutes les deux.

Mr. Jagoda dit « 3, 2, 1 » pour la dernière fois. Ma famille sourit à l'objectif.

Tous ceux qui sont sur la photo et leur famille ont été invités chez nous pour un déjeuner de fin d'année. J'ai commencé à faire la cuisine hier soir : c'est le repas du siècle. Ça fait longtemps que je prépare le menu, même si je n'étais pas très sûre de savoir pourquoi je mettais ensemble certaines saveurs ni comment les accompagnements s'assortiraient. Je faisais la cuisine pour ce déjeuner-là parce que ce n'est pas seulement le lycée que je vais laisser derrière moi.

La nourriture que je prépare ne me fait remonter aucun souvenir, à moi, mais c'est quand même un coup d'œil vers le passé. Elle est infusée des gens de qui je viens. Et c'est aussi un moyen pour moi de regarder vers l'avant – de voir ces recettes, qui montent de mes racines, se transformer, grandir, et nourrir ce qui en moi a le plus faim.

C'est comme si elles étaient une carte, que j'essaie de suivre sans savoir exactement vers où je me destine. Et je sais que j'ai passé du temps à m'équiper pour le trajet, et que ça m'aidera à survivre quand j'arriverai. Je n'ai pas toutes les réponses, j'ignore ce qui va se passer ensuite, mais j'ai enfin un aperçu de là où je vais, moi, Emoni Santiago.

En avant

'Buela est chez nous avec Julio et Babygirl. On a fait une grande réunion de famille il y a quelques jours, et j'ai exposé mes projets. 'Buela refuse de changer d'avis. Julio n'a pas exprimé d'opinion ; il m'a juste demandé comment il pourrait m'aider. Quant à Babygirl, elle sait parfaitement communiquer ses moindres désirs, mais elle n'est pas encore tout à fait capable de me donner des conseils ; elle est arrivée à me tapoter le dos quand je l'ai serrée dans mes bras et à dire :

– Bravo, Maman.

Et donc, j'ai sorti la carte de visite que l'amie de Mr. Ayden m'a donnée pendant le dîner de Noël. La cheffe du restau chic où on est allées avec 'Buela. Je la garde dans mon placard depuis décembre, sans raison particulière, mais il y avait quelque chose qui m'empêchait de la jeter.

Je tiraille ma chemise avant d'entrer dans le restaurant. 'Buela l'a repassée pour moi sans me demander pourquoi j'en avais besoin. J'essuie mes paumes sur mon pantalon.

Heureusement qu'il fait assez chaud pour ne pas avoir besoin de porter une veste, parce que je suis tellement nerveuse que je transpire. J'ouvre la porte, et l'hôtesse d'accueil m'adresse un sourire chaleureux.

– Une table juste pour vous ?

– Non, je...

J'avale ma salive, presque prête à faire demi-tour.

– J'aurais voulu parler à la cheffe.

– La cheffe ? Vous voulez dire à un gérant ? Vous cherchez du travail ?

– Non, je veux dire la cheffe. Est-ce qu'elle est disponible ? Elle m'a dit que je pouvais passer la voir.

Les yeux de la femme se froncent, comme si elle ne me croyait pas, mais sa tête au chignon parfait pivote sur le côté et elle fait signe à un serveur. Elle se penche vers lui, lui murmure quelque chose à l'oreille. Il hoche la tête et part en direction de la porte de la cuisine.

L'hôtesse tapote un coin du comptoir.

– Un instant, je vous prie.

Cinq minutes s'écoulent. Je le sais, parce que je n'arrête pas de regarder mon portable. Six minutes. L'hôtesse fait semblant que je n'existe plus. Des couples entrent, me regardent pour voir si j'attends qu'une table se libère, mais je leur réponds d'un sourire nauséeux et je leur fais signe d'avancer.

Sept minutes. Huit minutes. Neuf minutes. Je suis à deux doigts de perdre courage et de me retourner quand, tout à coup, la porte de la cuisine s'ouvre en grand, et une femme à la haute toque et au tablier blanc s'approche du comptoir. Elle est aussi grande que dans mon souvenir.

– Qu'est-ce qu'il y a ? elle aboie en direction de l'hôtesse, qui me désigne immédiatement du doigt.

La cheffe, Ms. Williams, se tourne et me regarde. Hausse un sourcil.

Je me redresse.

– Bonjour, cheffe.

Je tends la main.

– Je m'appelle Emoni Santiago. Je ne sais pas si vous vous souvenez de moi. J'étais l'une des élèves de Mr. Ayden à Schomburg Charter. En décembre dernier, vous êtes venue à un dîner dans mon lycée et vous m'avez donné votre carte de visite.

Ses sourcils se défroncent.

– Mais oui, bien sûr ! Vos plats étaient d'une qualité particulièrement remarquable.

Elle se souvient !

– Je suis venue parce que j'ai besoin d'un travail. Je connais la cuisine mieux que quiconque, et je me demandais si je pourrais travailler pour vous.

Elle dégage sa main de la mienne et croise les bras. J'ai l'impression qu'elle réprime un sourire.

– C'est très exigeant, comme travail, quel que soit le poste auquel vous débutez. Je n'embauche pas de personnes aussi jeunes, d'habitude, en cuisine.

– Je comprends. Je serai à Drexel en licence d'arts culinaires, à mi-temps, et c'est pas trop loin d'ici, alors je pourrai suivre les cours le matin et être à l'heure pour le rush de midi. Ma famille va m'aider pour que je puisse m'engager à faire de longues heures. Et puis…

Je veux rester à Philly et travailler à Philly et apprendre dans un restaurant à Philly. Parce que je crois qu'il y a beaucoup de choses que je pourrais offrir à ma ville, aux endroits d'où je viens.

Elle me dévisage avec attention.

– Vous pourriez commencer quand ?

Je tiraille le sac que j'ai sur les épaules, celui qui contient mon tablier de cuisine et mes chaussures.

– Aujourd'hui. Aujourd'hui, c'est un très bon jour pour commencer.

De : ESantiago724@drexel.mail.edu
A : SarahFowlkes_15@exchange.com
Date : Jeudi 1er août, 15:02
Objet : re : Visite

Coucou Tante Sarah,

Merci pour la recette de quatre-quarts de ma mère. Je l'ai faite pour mon père la semaine dernière. Il a pleuré non-stop, mais il l'a mangé jusqu'à la dernière miette. Je ne sais pas combien de temps il va rester, mais pour l'instant ça n'a pas l'air de le démanger de repartir. Il n'a pas renouvelé le bail de son appartement et il a fait livrer tout son matériel de coiffure ici. C'est un de ses cousins qui gère le salon à Puerto Rico.
Je sais que Philadelphie n'arrivera pas à le garder très longtemps, mais au moins je crois qu'il projette de rester un peu plus que d'habitude, et si le quatre-quarts peut aider, je continuerai à en faire 😊
Pour répondre à ta question : Tyrone va partir en vacances avec Emma et sa famille dans deux semaines, et je pense que ça serait idéal comme moment pour que je vienne vous rendre visite. J'adorerais rencontrer mes cousins et mes autres oncles et tantes.
Et puis tu m'avais demandé d'inventer une recette inspirée de mon prénom. Julio m'a dit qu'Emoni veut dire « foi », mais jusqu'à cette année je n'avais pas compris pourquoi ma mère avait voulu m'appeler comme ça. Alors j'ai décidé de faire

une nouvelle version de gambas flambées à la Emoni, parce que question acte de foi, c'en est un : mettre le feu à quelque chose et avoir confiance que ça ressorte non seulement intact, mais en plus complètement délicieux…

J'ai tellement hâte de te voir, dans quelques semaines à peine.

Plein de bises et, comme toujours, un souffle de poudre de cannelle,

E.

Remerciements

Il faut un village pour élever un roman, et je tiens à remercier tous les bras qui ont porté cette histoire-là.

Tout d'abord, mon équipe chez HarperTeen. J'ai une chance folle que vous preniez autant soin de mes histoires – je voudrais remercier particulièrement ma merveilleuse éditrice, Rosemary Brosnan, et mon assistante éditoriale, Courtney Stevenson. Merci d'avoir fait progresser ce livre depuis les premières versions très, très, très bordéliques, jusqu'à l'histoire que je voulais vraiment raconter. Merci à Erin Fitzsimmons de m'avoir dessiné les plus belles couvertures qu'une autrice puisse espérer. Merci à Bess Braswell, Ebony LaDelle et toute l'équipe d'Epic Reads, qui ont mis tout leur amour derrière ce livre pour s'assurer qu'il atterrisse dans les bibliothèques des lecteurs. Un autre merci tout particulier à mon attachée de presse, Olivia deLeon Russo, qui soutient mes idées de promotion les plus dingues et qui comprend mon besoin de faire venir des gens de ma communauté sur toutes les plateformes.

Je veux remercier mon agente, Ammi-Joan Paquette : j'ai de la chance d'avoir quelqu'un d'aussi passionné et d'aussi bienveillant pour me guider… et ce n'est pas une mauvaise chose non plus que tu sois aussi bonne pâtissière, ce qui a pu inspirer certaines parties de ce livre !

Carid Santos et Amanda Nazario, merci d'avoir lu des versions précoces et moches de ce roman. Vos retours me sont incommensurablement précieux, et je sais que cette histoire sonne plus juste grâce à vous.

Yahaira Castro, merci d'être ma critique officielle. Je suis tellement heureuse que tu me poses les questions difficiles qui me permettent d'arriver au cœur d'un roman.

Clint Smith, mon pote, je t'aime trop ! Merci d'avoir lu ce texte entre deux vols et de toujours m'encourager à mettre l'empathie au centre de tout.

Je veux remercier tout spécialement le lycée Frankford à Philadelphie, qui m'a accordé le privilège de mener une summer school avec ses terminales en 2010. Je ne le savais pas à l'époque, mais ça a planté les premières graines de cette histoire. Merci du fond du cœur à Mr. Joseph Bradbury, qui en 2017 m'a permis de rendre visite à sa classe et à sa cuisine pour que je puisse observer ses élèves d'arts culinaires en pleine action.

Hermana Jessica Tirado, tu me sauves la vie depuis toujours. Je sais qu'il faut l'avoir vécu pour savoir exactement ce que ça fait d'être une mère adolescente, mais j'apprécie vraiment que tu aies lu cette histoire et que tu m'aies fait des retours détaillés. J'espère leur avoir rendu justice. Et merci de m'avoir fait connaître Generation Hope. Je sais qu'ils ont apporté un soutien inestimable à bien des jeunes parents.

À ma famille, les Acevedo et les Amadi, merci de me rappeler sans cesse ce que ça veut dire de rentrer chez soi. Ce que ça veut dire d'emporter ce chez-soi au-delà des distances. Ce que ça veut dire de nourrir et d'aimer les siens. Ce que ça veut dire d'être un enfant de la magie. Merci infiniment de soutenir mes rêves.

À ma famille de cœur : les Cannon, les Moyes, et les Cannon-Moyes, merci de m'avoir accueillie à South Jersey et à Ayden en Caroline du Nord. De me nourrir à Thanksgiving, de continuer nos tournois interminables de dame de pique, de partager vos histoires, et vos personnes, avec moi. Et merci en particulier à Nyjeri d'avoir répondu à mes questions sur les tout petits enfants et de m'avoir offert des nièces aussi brillantes et adorables : Zaria et Yara, j'espère continuer à tenter, pour vous, de rendre le monde meilleur et plus sûr, et à écrire des histoires qui célèbrent à la fois votre force et votre tendresse.

À mon amour, Shakir, je t'offre cette ode aux coupes de cheveux de Philly, aux voyages autour du monde, et au seul adage qui compte : si je mange, tu manges. Merci de ne jamais me laisser douter de moi-même, de lire tout ce que j'écris, et de me rappeler de fêter jusqu'au mardi le plus ordinaire. Je t'aime.

Ancêtres : toujours. Gang, gang. Je serais qui sans vous ? Que sont mes histoires, sinon la tresse des fils que vous avez débobinés ? Qu'est-ce que je ne vous dois pas ? Et pourtant, vous me rappelez, encore et encore, que je ne vous dois qu'une chose : être sincère, être courageuse, être entière.

Pa'lante siempre.

L'autrice

Née à New York, fille d'immigrés dominicains, Elizabeth Acevedo est diplômée en arts de la scène et en création littéraire. Elle a ainsi remporté plusieurs concours de slam, dont le National Poetry Slam.

Son premier roman, *Signé Poète X*, a connu un immense succès dès sa parution et a remporté des prix aussi prestigieux que le National Book Award aux États-Unis et la médaille Carnegie au Royaume-Uni.

Elizabeth vit aujourd'hui à Washington.

La traductrice

Autrice, traductrice et chercheuse, Clémentine Beauvais vit en Angleterre et publie des livres des deux côtés de la Manche, parmi lesquels *Les petites reines* et *Songe à la douceur*. Elle a notamment traduit les romans en vers de Sarah Crossan.

Imprimé en France en novembre 2022
sur les presses numériques de l'Imprimerie Maury S.A.S.
(12100 Millau, Aveyron, France)

N° d'éditeur : 10289588 – N° d'impression : K22/72062N
Dépôt légal : juillet 2021

Dans un monde qui ne veut pas l'entendre, Xiomara **REFUSE DE RESTER SILENCIEUSE.**